I0668557

www.ingramcontent.com/pod-product-compliance
Lightning Source LLC
Chambersburg PA
CBHW021219260626
47172CB00002B/512

* 9 7 8 1 9 9 0 1 5 7 2 5 7 *

انتشارات انار

فریدون دانشمند | از هزار افسان ایران -۱

افسانه‌ی ساینا

کسی در جهان، جاودانه نماند

به گیتی ز ما جز فسانه نماند

افسانه‌ی ساینا

از هزار افسان ایران-۱

نویسنده: فریدون دانشمند

دبیر بخش «از هزار افسان ایران»: بنفشه حجازی

مدیر هنری و طراح گرافیک: عبدالرضا طبیبیان

چاپ اول: زمستان ۱۴۰۰، مونترال، کانادا

شابک: ۷-۲۵-۹۹۰۱۵۷-۱-۹۷۸

مشخصات ظاهری کتاب: ۲۳۶ برگ

قیمت: ۱۲٫۵ £ - ۱۵ € - CAD $ ۲۱٫۵ - US $ ۱۷

نشانی: 746A, Plymouth Av., Montreal, QC, Canada

کدپستی: H4P 1B1

ایمیل: pomegranatepublication@gmail.com

اینستاگرام: pomegranatepublication

انتشارات انار

پیشکش به
سرگذشت پرفراز و نشیب سرزمینم

مجمعی کردند مرغان جهان

آنچ بودند آشکارا و نهان

جمله گفتند این زمان در دور کار

نیست خالی هیچ شهر از شهریار

چون بود که اقلیم ما را شاه نیست

بیش ازین بی‌شاه بودن راه نیست

یک دگر را شاید ار یاری کنیم

پادشاهی را طلب کاری کنیم

زانک چون کشور بود بی‌پادشاه

نظم و ترتیبی نماند در سپاه

پس همه با جایگاهی آمدند

سر به سر جویای شاهی آمدند

«منطق‌الطیر عطار نیشابوری»

و سفر آغاز می‌شود...

فهرست

یکم • فروپاشی •

شاه چترا، پیر و مریض‌حال و به طرز محسوسی بی‌حوصله و کلافه، تقریباً در اورنگ شاهی مچاله شده بود. همه‌ی رجال برجسته‌ی کشور حضور داشتند؛ رابینِ وزیر، سردار اوژن، رادمانِ خزانه‌دار، ماهورِ مستوفی دیوان، آرشان طبیب و چشم و گوش شاه، سباک. آنان همگی در حرکات، رفتار و واکنش‌های شاه بیمار دقیق بودند.

سوبارِ شاعر مدیحه‌سرایی می‌کرد و سرگشِ رامشگر، در فواصل مناسب، اشعار سوبار را با آوای حنجره و نوای چنگ خود همراهی می‌کرد، اما نه آن اشعار فریبنده و نه آن صدای گوشنواز و نه آن نوای دلنواز و نه حتی شیرین‌نمایی‌های نمکین تاویار، غلامِ ریزنقش دربار، هم تغییری در حوصله‌ی تنگ چترا پدید نمی‌آورد. او با پرتاب کیسه‌های کوچک محتوی سکه‌های زر، پیش پای سوبار و سرگش، عدم تمایلش را به ادامه‌ی کار آنها اعلام کرد و با ناله‌ای خفیف سرش را به پشتی

نرم اورنگ تکیه داد و پلک بر هم نهاد. رابین وزیر که در کنار تخت ایستاده بود، با توجه به حال چترا، سرش را نزدیک آورد و کنار گوش او نجوا کرد:

«سرورم بیمارید؛ میل دارید استراحت کنید؟»

چترا با چشمان بسته نالید و با تنگ خُلقی جواب داد:

«لازم نیست؛ می‌خواهم از اوضاع بشنوم.»

رابین، با اشاره‌ی انگشت آرشان طبیب را فراخواند و کنار گوشش گفت:

«شاه بیمارست، با این وجود اصرار دارد که از اوضاع مملکت با خبر شود.»

آرشان سری تکان داد و گفت:

«معجونی آورده‌ام که به ایشان نیروی تازه می‌بخشد.»

«پس معطل چه هستی؟»

و فوراً دهانش را به گوش شاه نزدیک کرد و گفت:

«سرورم، آرشان معجونی فراهم کرده که...»

چترا که گویا قبلاً سخن آن دو را شنیده بود، لب به اعتراض گشود:

«لازم نیست!... فقط بگو زودتر گزارش امور را بگویند.»

رابین که علت کلافگی شاه را از پیش می‌دانست، قامتش را راست کرد و پس از نگاهی نومیدانه به آرشان، ابتدا ماهور را فراخواند. مستوفی با کتاب قطور و سنگینی که در بغل داشت پیش آمد و مقابل چترا ایستاد و تعظیمی کرد و سپس کتاب را گشود و شروع به خواندن گزارش امور مالی کرد:

«شهریار به سلامت باشند، خراج وصول و به خزانه تحویل شد؛ معادل پانصد هزار مثقال زر، تمامی خراج بر زمین و باغات، دویست و بیست هزار مثقال زر، تمامی خراج بر محصولات دستی و بر سود بازرگانان که جمیعاً عبارت می‌شود بر هفتصد و...»

چترا دستش را تکان داد و کلام مستوفی را قطع کرد.

«کافیست!»

مستوفی که سخنش ناتمام مانده بود، سر بلند کرد و به شاه نگریست و منتظر ماند. چترا با چشمان بسته لب به اعتراض گشود.

«باز هم که به محصول به بار ننشسته خراج بستید! چرا؟... مگر قرار نشد که در سه نوبت بستانید؟... فراموش کرده‌اید یا دیگر فرمان ما خریدار ندارد؟ یا می‌خواهید رعایا از جان خود سیر شوند و بر جان ما شیر؟»

رجال به یکدیگر نگاه کردند و چون همه می‌دانستند که این سخن شاه به درمان پس از مرگ شبیه است، لذا سکوت کردند و منتظر ادامه‌ی سخن خود او ماندند. شاه پرسید:

«دیگر چه خبر؟»

رابین با اشاره‌ی انگشت، رادمان خزانه‌دار را فرا خواند و امیدوار بود که گزارش او اندکی شاه را بر سر کیف آورد. رادمان پیش آمد تا از خزانه‌ی سلطنتی گزارش دهد.

«عمر شهریار دراز باد! به یمن وجود مبارک شاه و همت بلند رعایا، خزانه مملو از مسکوکات زر و سیم، انبارها انباشته از غله و حبوب و نمک و پوست و عاج و نیل... و گنجینه‌ی نیاکان همه در جای امن...»

چترا پلک از هم گشود و کلام رادمان را قطع کرد و با تمسخری یأس‌آلود گفت:

«شنیدم، همه را شنیدم؛ خزانه‌ها لبریز! رعایا مطیع!... چرا از مرزها نمی‌گویید؟»

و چون جوابی نشنید، پرسید:

«صدای تأیید نمی‌شنوم؟»

همه به سردار اوژن نگریستند و منتظر توضیح او شدند. اوژن پیش آمد و تعظیمی کرد و خطاب به چترا گفت:

«شهریار، نخواستیم اوقات شریف را به اخبار ناخوشایند مکدر کنیم، لیکن چون پرسش فرمودید، باید حقیقت را عریان بگوییم. پایتخت از جانب دریا نا امن شده.»

برای لحظاتی چند سکوتی سنگین چیره شد و بعد چترا چشم گشود و پرسید:

«از طرف چه کسانی؟»

سباک مجال پاسخ به اوژن نداد و جلو دوید و زانو زد و گفت:

«فدای وجود مبارک شوم؛ تا جان نثاران را آماده‌ی جانبازی دارید، چه باک اگر عالم بر ما بتازند!»

چترا میل داشت که اخبار را از زبان سباک بشنود که مأمورانش در گوشه و کنار پراکنده بودند و لذا از او پرسید:

«اخبار را تو بگو.»

سباک که اهمیت حضور خود را به رخ بقیه کشیده بود؛ بقیه‌ای که می‌دانست هیچ‌یک دل خوشی از او ندارند، پس از کرنشی چاپلوسانه، پاسخ داد:

«عالیجناب مطلعید که مأموران ما چشم و گوششان به هر حرکت و کلامی تیز و دقیق است. آنان زمستان سال گذشته خبر رساندند که گویا دشمن خیال دست درازی دارد و بهار امسال...»

چترا نگذاشت او سخنش را ادامه دهد و بر سرش داد کشید:

«کی‌اند آنها، کی‌اند؟»

رابین وزیر پیش‌دستی کرد و زودتر از سباک جواب داد:

«مهاجمین نقابدار سرورم.»

چشمان شاه باز ماند و آثار وحشت در آن پدیدار شد و زیر لب زمزمه کرد:

«بازور؟»

سپس به عقب تکیه داد و پس از لختی سکوت ادامه داد:

«پس راست بود؛ عاقبت آمدند!»

و با تنشی آشکار رابین را مخاطب قرار داد و پرسید:

«آن مرد پیشگو را چه کردید؟»

رابین با وجودی که منظور شاه را می‌دانست، پرسید:

«منظورتان کیست؟»

«همان گستاخِ زبان دراز را.»

«به فرمان شما در سیاهچال افکنده‌ایم.»

چترا که آثار بیماری بیشتر از پیش در وی مشهود بود، نفس بلندی کشید و با خود گفت:

«امیدوارم تا به حال نمرده باشد!»

منظور چترا از مرد پیشگوی گستاخ زبان دراز، ژیوار راستگو بود که قبلاً شهامت به خرج داده و به چترا هشدار داده بود که اوضاع نابسامان اداره‌ی مملکت، زمینه‌ی یورش دشمن فرصت‌جو را فراهم می‌کند و چترا سرمست از باده‌ی غرور، دستور داده بود که وی را به جرم یاوه‌گویی در سیاهچال به زنجیر بکشند، اما اکنون که کشتی‌های جنگی نقابداران مهاجم، به سرکردگی بازور، بر آبی دریا تیرگی منحوسی گسترده بود و دل امواج را می‌شکافتند و پیش می‌آمدند، پیش‌بینی ژیوار به حقیقت پیوسته و لرزه بر ارکان سلطنت چترا افکنده بود. آنچه که بیش از همه ذهن شاه را مشغول کرده بود کشف راز حقیقتی بود که سباک و هزاران جیره‌خوار کارکشته‌ی وی از تشخیص بهنگام آن فرو مانده بودند. کشف رازی که چترا را علیرغم غرور و خودشیفتگی سلاطین بر آن واداشت که رابین را به محبس ژیوار گسیل کند.

•••

رابین در اجرای این مأموریت، سردار اوژن را نیز با خود همراه کرد تا از زهر این ملاقات تحمیلی و پیامدهای قابل پیش‌بینی و حقارت بار آن بکاهد و سباک نیز به عادتی معمول با آن دو همراه شد.

آنها مجبور بودند برای رسیدن به سیاهچالی که ژیوار در آنجا محبوس بود از دالان سنگی و نمور زندان عبور کنند. تعجیلی که رابین و اوژن در برداشتن گام‌ها بروز می‌دادند، نشانه‌ی عدم میل به حضور در آن مکان و بیش از هر چیز عبور از مقابل دخمه‌های دیگر زندانیانی بود که از روزنه‌های کوچک به بیرون اشراف داشتند. بر خلاف آن دو، آنجا برای سباک محیطی آشنا با آدم‌هایی آشنا بود.

زندانیان که از حضور آن سه مطلع شده بودند، با چهره‌های تکیده و موهای

انبوه و ژولیده، پشت روزنه‌ها اجتماع کرده بودند و پیوسته توسط مأموران شلاق به دست ازکنار روزنه‌ها به عقب رانده می‌شدند و تلفیق صدای زوزه‌ی تازیانه‌ها و نفرین و ناله‌ی زندانیان موسیقی غم‌انگیزی را پدید آورده بود. پیر زندانی رنجوری دستش را از لای میله‌ها بیرون آورده بود و ملتمسانه طلب آب می‌کرد:

«آب!... جرعه‌ای آب!... تشنه‌ام... آب!»

ضربه‌ی تازیانه‌ای بر دستان او فرود آمد و نالید و گریست:

«نزنید!... مگر آب بهایی دارد که از من دریغ می‌کنید؟... تشنه‌ام!»

رابین به زندانبانی گفت:

«به او آب بدهید.»

زندانبان گفت:

«بهانه می‌گیرد؛ آب دریا را هم بنوشد، سیراب نمی‌شود.»

رابین پرسید:

«جرمش چه بود؟»

سباک جواب داد:

«کشت آبی داشته و دیم قلمداد کرده. سرِ مأمورین شاه راکلاه می‌نهد بی‌شرف!»

رابین چاره‌ای ندید جز آن که بگوید:

«تشنگی کمترین مجازات اوست.»

و اوژن نیز در تأیید سخن او گفت:

«بگذار بفهمد که کشت دیم چه حاصلی دارد!»

زندانی جوانی سخن آنان را شنید و با صدایی بلند و لحنی کنایه‌آمیز که در آن خشم و تنفر موج می‌زد، پیر تشنه را مخاطب قرار داد و گفت:

«تحمل کن مرد پیر؛ مگر نشنیده‌ای که بازور در راهست؟ او بلای جان اینان است. ترا هم آزاد می‌کند که هرچه بخواهی آب بنوشی. تحمل کن، بازور در راهست؛ همه آزاد می‌شویم!»

سباک بر سر زندانبانان داد کشید:

«خفه‌اش کنید!»

چند نفر با تازیانه‌هاشان به جوان حمله‌ور شدند و او را زیر ضربات تازیانه قرار دادند، اما او نه گریخت و نه نالید و بلکه پی‌درپی جمله‌ی «همه آزاد می‌شویم» را تکرار کرد و تکرار آن رفته رفته بر زبان دیگر زندانیان نیز جاری شد و بانگ رسای آن در راهرو تنگ سیاهچال طنین افکند. سباک همچون دیوانگان، تازیانه‌ای را از دست یک نگهبان بیرون کشید و وحشیانه‌تر از بقیه بر سر و صورت زندانیانی می‌کوفت که دایم در پشت روزنه‌ها جا عوض می‌کردند و شعار می‌دادند. اوژن که احساس خطر کرده و شمشیر را برای مقابله با هر اتفاق پیش‌بینی نشده‌ای تا نیمه از نیام بیرون کشیده بود، همگام با رابین که دلیلی برای توقف نمی‌دید، خود را از معرکه دور کردند. رابین با دستمال عرق پیشانیش را خشک کرد و با نفرت زیر لب غرولند کرد:

«چه دخمه‌ی نفرت‌انگیزی!»

و گام تند کرد که هرچه زودتر خود را به محبس ژیوار برساند.

●●●

ژیوار بر سکوی سرد و سنگی سیاهچال نشسته و دوگوی سنگین آهنی به پاهایش زنجیر شده بود. چشمان او در میان انبوه موهایی که سر و صورتش را پوشانده بود، فروغی عجیب داشت که با گشوده شدن در سیاهچال و تابیدن نور مشعل بر چهره‌ی او، وضوحی دو چندان یافت. رابین و اوژن که وارد شدند، ژیوار به نیم نگاهی از زیر چشم کفایت کرد. آن دو لحظه‌ای به او نگریستند و بعد رابین لب به سخن گشود و گفت:

«گمان نمی‌کردم زنده باشی.»

ژیوار بی‌آن‌که نگاهشان کند با متانت و خونسردی جواب داد:

«می‌بینید که زنده‌ام.»

رابین قدمی پیش نهاد و گفت:

«به چند سؤال من باید پاسخی روشن بدهی.»

ژیوار که انگار از پیش علت حضور آنها را در سیاهچال دریافته بود، با همان خونسردی جواب داد:

«می‌دانم چه می‌خواهید بپرسید... به کسی که شما را فرستاده بگویید به خودش پاسخ می‌دهم.»

اوژن از گفته‌ی ژیوار برآشفت و گفت:

«چه گستاخ! در زندان ماست و برایمان شرط تعیین می‌کند!»

سباک که سرمست از ضرب و شتم زندانیان خودش را به سیاهچال رسانده بود، مداخله کرد و با لحنی تند و توهین‌آمیز ژیوار را مخاطب قرار داد و گفت:

«خودت خوب می‌دانی که برای بیرون کشیدن حرف از زبان گستاخت، مقید به خواست دل تو نیستیم، پس هر چه ازت می‌پرسند بی‌کم و کاست پاسخ بده!»

ژیوار که سباک را بهتر از هر کس می‌شناخت و بارها با مقاومتش وی را به زانو درآورده بود، در جوابی دندان شکن به او گفت:

«هنگامی که به چترا گفتم، بی‌تردید تو هم خواهی شنید.»

سباک خواست با تازیانه‌ای که هنوز در دست داشت، به ژیوار حمله‌ور شود که رابین مانعش شد و بعد با لحنی مسالمت‌جویانه به ژیوار گفت:

«ما محرمان شاه هستیم، پاسخ تو را وی می‌تواند از زبان ما بشنود.»

ژیوار برای نخستین بار رویش به سمت آنان کرد و با قاطعیت گفت:

«به چترا بگویید اگر می‌خواهد حقیقت را بشنود، باید دیدار با مرا بپذیرد.»

رابین با عصبانیت سیاهچال را ترک کرد تا آنچه را که دیده و شنیده بود به اطلاع ولی‌نعمتش برساند.

•••

قبل از آن‌که گام‌های مردد رابین او را به کاخ برساند، چترا در بستر خفته بود و آرشان طبیب معجون قوت‌بخشی را در یک جام بلورین بزرگ برای او تدارک می‌دید و در

ضمن تشخیص خود را شرح می‌داد.

«تپش قلب، مزاج شما را مختل کرده. صلاح است که این معجون هر لحظه در دسترس شما باشد.»

چترا که به ضعف مزاج خود آگاه بود، دستش را دراز کرد و گفت:

«بده ببینم این معجون چه معجزه‌ای دارد!»

آرشان جام را به دست چترا داد و گفت:

«ده جرعه بنوشید سرورم.»

چترا مشغول نوشیدن بود که رابین وارد استراحتگاه شد و تا بیاید و مقابل شاه بایستد، او از پس جام نگاه منتظر و کنجکاوش را به وزیر خود دوخت. رابین با وجود این‌که حال چترا را دریافته بود، اما صبر کرد تا شاه مقدار معین از معجون را بنوشد.

چترا تا جام را از لب دور کرد، خود زودتر از رابین به سخن درآمد و پرسید:

«چه گفت؟»

رابین در جواب شاه ابتدا گفته‌ی ژیوار را تلطیف شده بیان کرد و گفت:

«او گفت، هر چه را که شاه بخواهد بداند، فقط به او خواهم گفت.»

شاه بی‌صبرانه گفت:

«او را بیاورید؛ هر چه زودتر! یاد حرف‌هایش روانم را پریشان کرده!»

رابین برای گفتن مقصود اصلی تردید داشت.

«جسارتم را ببخشید شهریار.»

چترا با کنجکاوی پرسید:

«چه شده؟»

و رابین چاره‌ای جز گفتن نداشت.

«او حاضر به ترک زندان نیست.»

چترا چنان برآشفت و از بستر برخاست که نه انگار رخوت بیماری زمین‌گیرش کرده است. از خشم لرزید و پرسید:

«معنیش اینست که من باید نزد او بروم؟»

رابین سر به زیر افکند و با این عمل به پرسش چترا پاسخ مثبت داد. سخن
چترا به فریاد شبیه شد.

«بکشیدش! بخاطر این گستاخی سرش را جدا کنید!»

رابین به نشانه‌ی اطاعت از فرمان تند و طوفانی چترا سر خم کرد، اما شاه به
همان سرعت تغییر رأی داد و گفت:

«نه!... لازم نیست به این سرعت بکشیدش... ابتدا حرف‌هایش را می‌شنویم،
بعد مجازاتش می‌کنیم.»

و در تأیید تصمیم اخیر خود ادامه داد:

«حتماً مجازاتش می‌کنیم!»

تأییدی که خودش را هم قانع نکرد و به همین خاطر پیشانیش را با انگشت
مالید و باکلافگی آرشان طبیب را مخاطب قرار داد و گفت:

«آه که چقدر مردد شده‌ام؛ برای این مرض جدید چه معجونی داری حکیم؟»

•••

به زودی مسیر کاخ تا زندان را چنان خلوت کردند که هیچ نامحرمی شاهد خروج
گردونه‌ی شش اسبه‌ی سلطنتی از کاخ و رفتنش به مقصد زندان شهر نباشد.

با گشوده شدن در سیاهچال و تابیدن نور مشعل به داخل و ورود چترا، لبخند
معناداری بر لبان ژیوار نقش بست. چترا که مشعل در دست و تنها به دیدار او آمده
بود، بعد از ورود در را هم پشت سر خود بست. ژیوار به کنایه گفت:

«کشف حقیقت یا ترس از مرگ؛ کدام یک ترا واداشت که با این شتاب بیایی؟»

چترا با لحنی تحقیرآمیز جواب داد:

«می‌خواستم بدانم آن که با گستاخیش فرمان مرگ خود را صادر کرده، پیش
از مرگ چه سخن تازه‌ای برای گفتن دارد؟»

ژیوار لحظه‌ای در چشمان چترا خیره شد و بعد گفت:

«بپرس.»

چترا عجله‌اش را برای بیان آنچه که ذهنش را مشغول کرده بود، پنهان نکرد و فوراً پرسید:

«گفته بودی که بازور می‌آید. از کجا می‌دانستی؟»

پاسخ ژیوار ساده و روشن بود.

«تو زودتر می‌دانستی، اگر جاسوسانت حقیقت را گفته بودند.»

چترا کنجکاوتر از آن بتواند پنهان کند، پرسید:

«چه حقیقتی؟»

ژیوار جان کلام را در دو جمله بیان کرد.

«بازور تبلور آرزوهای جاهلانه‌ی مردمی است که سفره‌شان را مأمورین تو خالی کرده‌اند. آنان بی‌آن که بدانند چه بلایی بر سرشان نازل خواهد شد، آرزوی آمدن او را دارند.»

چترا لحظه‌ای اندیشید و بعد پرسید:

«گفته بودی میهمان، میزبان را می‌بلعد... چه کسی این خون‌آشام را دعوت کرده است؟»

«در آینه نگاه کن، او را می‌بینی.»

چترا از پاسخ ژیوار برآشفت و فریاد زد:

«من؟... من این ملعون را دعوت کرده‌ام؟»

چترا بعد از آن که ژیوار با آرامش سرش را به نشانه‌ی تأیید سخن خود تکان داد، سخن از تصمیمی بر زبان راند که در آن لحظه باور کردنش برای ژیوار دشوار بود. او قبل از خروج گفت:

«می‌گویم آزادت کنند تا با چشم خود ببینی که سربازان وفادار من، چگونه نسل این تیره روزان را از زمین بر می‌کنند.»

در بیرون از سیاه‌چال، چترا به سباک که منتظر ایستاده بود گفت:

«آزادش کنید، اما مراقب باشید که فرار نکند؛ می‌خواهیم که جشن پیروزی‌مان بر بازور را با مرگ این یاوه‌گو کامل کنیم!»

...

همان روز و به فرمان چترا ناوگان جنگی به فرماندهی اوژن آماده‌ی مقابله با کشتی‌های دشمن شد.

دیده‌بان، بر فراز دکل کشتی فرمانده، لکه‌های متحرک سیاهی را که در دور بر دامن امواج می‌لغزیدند و پیش می‌آمدند، تشخیص داد و فریاد برآورد:

«کشتی‌های دشمن!... کشتی‌های دشمن!»

بر روی عرشه‌ی کشتی، سردار اوژن در کنار افسر ناخدای جوان ایستاده بود و با شنیدن صدای هشدار دیده‌بان، به افق دور نگریست. ناخدای جوان با توجه به آنچه می‌دید، گفت:

«بالاخره پیدایشان شد فرمانده!»

اوژن خونسرد و مصمم دستش را بلند کرد و جواب داد:

«به استقبالشان می‌رویم!»

با علامت دست اوژن، در کرناها دمیده شد و نوای جنگ طنین افکند و کشتی به کشتی تکرار شد و همه آماده‌ی نبرد شدند. بادبان‌ها پایین کشیده شد و پاروها با سرعت و قدرت بیشتری به کار گرفته شد و تمامی کشتی‌ها در آرایش جنگی مناسبی رو به سمت ناوگان دشمن سینه‌ی امواج را شکافتند و پیش رفتند.

در آن سو بازور بر عرشه‌ی کشتی فرماندهی ایستاده و در حالی‌که باد، شنل سیاه را بر گرد هیکل استخوانی او به بازی می‌گرفت، چشم به افق روبرو دوخته بود. او نقابی با ترکیب عجیب بر چهره داشت که از زیر آن فقط چشمان سرخ رنگی که به سان شراره‌ی آتش می‌درخشید، پیدا بود. او کلاه شاخداری بر سر داشت که هر شاخ آن با پیچشی متقارن به یکدیگر نزدیک شده و ترکیبی شبیه به یک تاج استخوانی پیدا کرده بودند.

بازور با نزدیک شدن کشتی‌های مقابل شمشیر را از نیام بیرون کشید و بدین ترتیب فرمان جنگ را صادرکرد. بوق پیچ و تاب‌دار بدترکیبی با صدایی شبیه به زوزه‌ی گرگ به صدا درآمد و با صداهای مشابه دیگر هم‌آوا شد. بادبان‌ها جمع شدند و پاروزن‌ها دست به کار شدند و کشتی‌های حامل نقابداران به سمت ناوگان مقابل پیش رانده شدند و به روبروی هم که رسیدند، هر دو دسته از سرعت خود کاستند و افراد مستقر در آن منتظر فرمان جنگی فرماندهانشان ماندند.

اوژن، ناخدای جوان را مخاطب قرار داد و گفت:

«انگار منتظر دعوت ما هستند. بسیار خوب، به ضیافت آتش دعوتشان کنید!»

افسر جوان متوجه منظور فرمانده‌اش شد و اندکی بیش نگذشت که در عرشه‌ی کشتی‌های خودی غلغله به پا شد. گروهی کمانگیر به کنار عرشه دویدند و گروهی با مشعل‌های روشن آنان را همراهی کردند. سردار اوژن شمشیر از نیام بیرون کشید و بالا برد. پیکان تیرها که به قیر اندود بود، با آتش مشعل‌ها شعله‌ور شده و با اشاره‌ی شمشیر اوژن، به سمت کشتی‌های تحت فرمان بازور پرتاب شدند.

تیرهای شعله‌ور، همچون پرندگانی آتشین، پرواز می‌کردند تا جهنمی از آتش بر نیروهای متخاصم فرو ریزند که بازور نیز با اشاره‌ی شمشیرش فرمان مقابله را صادر کرد، بوق‌ها با نوای گوشخراش به صدا درآمدند و فوجی از نقابداران سیاهپوش با نیزه‌های سه شاخه بر روی عرشه ظاهر شدند و در حالی که به هر سو می‌دویدند، به مانند شعبده بازانی تردست، نیزه‌ها را در پس و پیش و بالا و پایین به چرخش در می‌آوردند و پرده‌های چرخنده‌ای در مقابل تیرهای فروزان سپر می‌کردند و هر یک را انگار که در گرداب افتاده باشند، به دوران درآورده و از مسیر منحرف می‌کردند. دسته دسته تیرها، همچون شهاب فروزان به درون آب فرو می‌رفتند و دودی سیاه سطح آب را فراگرفته بود.

سردار اوژن عصبانی از آنچه که در مقابل چشمانش اتفاق می‌افتاد، همچنان کماندارانش را به ادامه‌ی کار ترغیب می‌کرد:

«کمانداران دلیر به دشمن مجال ندهید! آتش ببارید... آتش ببارید!»

افسر ناخدای جوان، ملتهب و شتابان خود را به کنار اوژن رساند وگفت:

«فرمانده، تمام حملات ما را خنثی می‌کنند؛ حتی یک تیرآتشین به هدف نرسیده است...»

سردار اوژن برای اینکه به او اعتماد به نفس ببخشد، گفت:

«مهم نیست، ادامه بدهید.»

••••

هم زمان با شروع نبرد دریایی، چترا با وجودی که گام‌هایش، نشان از احوال بیمارش داشت، تحت حمایت رابین بر اورنگ شاهی نشست تا ثابت کند که در بحبوحه‌ی این کارزار سرنوشت‌ساز، همچنان شاهی مقتدر و مسلط بر اموراست. طبیب آرشان با تُنگی محتوی معجون مخصوص در یک دست و جام بلورین در دست دیگر، شاه را همراهی می‌کرد و مراقب احوالش بود. چترا تا بر تخت بنشیند، هدفش را از این کار با جملاتی بریده بیان کرد:

«می‌خواهم... لحظه‌ای که آن موجود منفور پلید را زنجیر برگردن آوردند... نه در بستر... بلکه بر اورنگ سلطنتی‌مان ملاقاتش کنم...»

و در حالی که با کمک رابین و آرشان بر تخت جلوس می‌کرد، به سخن ادامه داد وگفت:

«... می‌خواهم چشمانش از هیبت ما خیره بماند...»

دردی که او را مچاله کرد، مانع ادامه‌ی سخنش شد. آرشان جلو دوید و فوراً جام را از معجون پرکرد و به دست چترا داد. او جام را گرفت و اما قبل از آن که بنوشد، سباک دوان از راه رسید و مقابل تخت زانو زد. چترا که مشتاق شنیدن خبرهای تازه بود، نیم‌خیز شد و عجولانه پرسید:

«بگو دوست من چه خبرهایی آورده‌ای؟ می‌خواهم خبرهای مسرت‌بخش از زبان تو بشنوم.»

سباک چیزی راگفت که شاه مایل به شنیدنش بود.

«فدایتان گردم، جنگاوران شجاع ماکشتی‌های دشمن را به محاصره‌ی خود درآورده‌اند.»

چترا مسرور از آنچه که شنیده بود، دست تکان داد و صدایش را بلند کرد.

«بگو! باز هم بگو! با صدای بلند بگو که همه بشنوند.»

تکاپوی چترا جسم او را به درد آورد و ناله‌اش برخاست. طبیب او را به نوشیدن از جامی که در دست داشت ترغیب کرد.

«سرورم معجون را بنوشید.»

اما چترا علیرغم درد و بیماری، شوخ و سرحال محتوی جام را به صورت آرشان پاشید و با خنده و درد گفت:

«معجون ارزانی خودت؛ ما خبرهای خوب نوشیدیم!»

و دیدن مایع معجون که از نوک بینی طبیب می چکید، او را به وجد آورد و در حالی‌که دستش را روی سینه‌اش نهاده بود و قاه قاه می‌خندید گفت:

«نگاهش کنید؛ از سوراخ بینی‌اش معجون می‌تراود!»

آرشان سرزنش را به لفظ طبابت آمیخت و خطاب به چتراگفت:

«سرورم این بازی‌ها برای قلبتان نیشتر است.»

چترا نصیحت طبیب را ترحم قلمداد کرد و بر سر او داد کشید:

«خاموش!... مردک دیوانه، مرا مفلوک و بی‌دست و پایی مردنی تصورکرده‌ای؟... معجونت را ببر به خورد امواتت بده!»

و با خشم جام بلور را بر زمین کوفت. آرشان که انتظار این تندی را نسبت به خود نداشت و آن را روا نیز نمی‌دانست، تنها به تعظیمی اکتفا کرد و تنگ حاوی معجون را روی کرسی کنار تخت نهاد و چند گام عقب رفت تا از معرض تندباد خشم شاهانه در امان بماند.

چتراکه انگار همه مشکل خود را در داروی طبیب می‌دید، با خرد شدن جام

بلور، نفسی به راحتی کشید و با نشاط خودانگیخته‌ای کف دو دست را به هم کوفت و ندا سر داد:

«کجاست این شاعر شیرین سخن ما؟ کجاست این چنگ نواز ساحر پنجه‌ی ما؟ پس کو آن شوخ شیرین کار، شیرین حرکات؟»

و به زودی آنان که چترا طلبیده بودشان، حاضر شدند. بساط بزم شاهانه برپا شد و اندکی بعد چترا مست از می‌ناب، و لبریز غرور و شادی از شنیدن مدیحه‌سرایی سوبار و نغمه‌ی چنگ و آوای دلنشین سرگش شد و مجال ابراز حرکات شیرین به تاویار را نداد و با اشاره‌ی انگشت او را فرا خواند و مستانه کنار گوشش نجوا کرد:

«تو چرا اینجایی و کیمیاگر عزیز ما را تنها گذاشته‌ای؟ برو و تا آنچه را که او وعده داده نیاورده‌ای، باز نگرد!»

تاویار که حال شاه را درک می‌کرد و می‌دانست که اگر همان لحظه به خواست او پاسخ ندهد، ممکن است طلوع خورشید فردا را نبیند، فوراً کاخ را ترک کرد تا هر چه زودتر به نزد کسی رود که چترا از او نام برده بود.

● ● ●

و اما بر خلاف تصور کاذبی که چترا از گفته‌ی مشکوک سباک دریافت کرده بود، در عرصه‌ی دریا اوضاع به گونه‌ای دیگر رقم می‌خورد.

افسر ناخدای جوان، عرق ریزان خود را به اوژن رساند و با ناراحتی گفت:

«فرمانده، کتف و ساعد کمانداران از توان افتاده و عضلات دیگر در خدمت آنها نیستند.»

اوژن در حالی که به افسر جوان می‌نگریست، لحظه‌ای در فکر فرو رفت و بعد گفت:

«بگو اندکی دست نگهدارند، اما همچنان آماده باشند.»

لحظاتی بعد، رفته رفته از تعداد تیرهای آتشین کاسته شد و در آخر دیگر تیری پرتاب نمی‌شد. بازور که در این مدت چشم از صحنه‌ی جنگ برنداشته بود، با توجه به این موقعیت، لبان به هم دوخته‌اش را به شکل کریهی بر هم جنباند و

باگویشی که بیشتر به آوای وحوش شبیه بود و هجاهای آن گاه کشیده وگاه بریده می‌شد، گفت:

«حالا نوبت ماست که آتش بیفروزیم!»

بازور این راگفت و با یک حرکت سریع شمشیرش را بالا برد.

با علامت بازور، فوراً منجنیق‌های بزرگی بر روی عرشه مستقر شدند وگوی‌های درون آن با شعله‌ی مشعل‌ها افروخته و با فرمان بعدی به سمت کشتی‌های روبرو پرتاب شدند.

افسر ناخدای جوان از دیدن موج سهمگین گوی‌های آتشین که فضا را می‌شکافتند و پیش می‌آمدند، شگفت‌زده و هراسان شد و بی‌اختیار گفت:

«خدای بزرگ، آسمان آتش گرفته!»

سردار اوژن که موقعیت خطیری را پیش رو می‌دید، با لحنی که سعی می‌کرد محکم باشد، گفت:

«بگو همه آماده باشند!»

اولین گوی آتشین از روی سر اوژن و ناخدای جوان عبورکرد و درآب‌های پشت کشتی فرو رفت، اما گوی بعدی قسمتی از عرشه را به آتش کشید. جاشوان، دلو آب در دست، فوراً دویدند و آتش را قبل ازگسترش خاموش کردند، اما مگرگوی‌های مهیب و سوزان یکی و دوتا بودند؛ به همان تعداد که در آب می‌افتادند، باقی بر عرشه و انبار و دکل کشتی‌ها فرو می‌ریختند و جهنمی از آتش به پا می‌کردند و در هرگوشه مناظری دهشتناک پدید می‌آوردند. جاشوان نمی‌دانستند آتش را خاموش کنند یا آنهایی راکه آتش گرفته بود و با فریادهای جگرخراش بر روی عرشه می‌دویدند. اکنون کمانداران و جنگجویان نیز به جاشوان پیوسته بودند تا مانع فجایع بدترشوند. در چنین شرایط ناگواری، اوژن از پس پرده‌ای از دود و آتش، اولین کشتی ازناوگان خود را مشاهده کرد که کاملاً آتش گرفته بود و ملوانان آن برای نجات جان خود به درون آب می‌پریدند و یکی بعد از دیگری طعمه‌ی کوسه‌ها می‌شدند.

خونی که به زودی سطح آب را پوشاند، منظره‌ای دردناک پدید آورده بود. هرچه زمان می‌گذشت، از شدت بارش گوی‌های آتشین کاسته نمی‌شد و انگار به طرزی جادویی تمامی‌ناپذیر بودند، اما در این سو هر لحظه بر خستگی و فرسودگی افراد افزوده می‌شد و به تدریج کشتی‌های بیشتری در کام آتش گرفتار می‌شدند و از هر سو صدای همهمه و فریادهای نومیدانه‌ی «همه جا آتش گرفته» و «کشتی را ترک کنید» شنیده می‌شد و از پس ابر سیاه دودی که هر لحظه غلیظ‌تر می‌شد، ملوانان و سربازان بیشتری مشاهده می‌شدند که از ترس سوختن در آتش، به ناگزیر خود را به دریا می‌افکنند و خوراک کوسه‌های سیری ناپذیر می‌شدند.

اوژن هنوز چشم از مناظر غم‌انگیزی که نشانه‌های شکست را با خود داشت، بر نگرفته بود که ناخدای جوان هراسان‌تر از پیش خود را رساند تا آخرین اخبار را گزارش دهد. او با صدایی که در آن نومیدی و استیصال موج می‌زد گفت:

«فرمانده، بیش از نیمی از کشتی‌های ما در آتش سوختند و غرق شدند. ما...»

تیری که بر سینه‌ی افسر جوان نشست، مجال سخن بیشتر را از او ستاند و پیکر خون‌آلودش در آغوش اوژن فرو افتاد. اوژن به چهره‌ی پریده‌رنگ او نگریست و با لحنی که سعی می‌کرد امیدآفرین باشد خطاب به او گفت:

«برخیز!... به ساحل برمی‌گردیم و انتقام این شکست را روی زمین تلافی می‌کنیم.»

و چون از لبان فرو بسته‌ی افسر جوانش، کلامی در پاسخ نشنید، اشک در چشمانش جوشید و بی‌اختیار رو به سمت ناوگان دشمن کرد و فریاد کشید:

«ملعون‌ها!»

اوژن که همه‌ی نفرتش را در این کلمه ابراز کرده بود، به عنوان یک سردار جنگی دریافت که جنگ در دریا را به بازو رباخته است و تنها راه باقیمانده مبارزه در خشکی است.

•••

به زودی پخش اخبار و شایعات مربوط به شکست در جنگ دریایی ولوله‌ای در میان مردمان ناراضی شهر پدید آورد و نغمه‌های مخالف ساز شد. ژیوار که پس از آزادی از زندان وجود جاسوسان سباک را هر لحظه و در هر کجا در اطراف خود احساس می‌کرد، مترصد موقعیتی بود که این بند نامریی را از هم بگسلد. ترس از آشوب‌های شهری، تمرکز جاسوسان سباک را معطوف به آن سمت کرد و فرصتی پیدا شد که ژیوار از شهر بیرون بیاید و خود را به کاروانسرایی در بیابان‌های اطراف برساند.

کاروانسرا نیمه مخروبه و متروک بود و انگار سالیان درازی می‌گذشت که کاروانی در آنجا بار اقامت نیفکنده بود.

ژیوار بی‌آن‌که از سرعت اسب بکاهد، وارد کاروانسرا شد و یکسر به سر چاه آبی در میانه‌ی آنجا رفت و با چابکی از اسب پیاده شد و انگشتریش را در دلو نهاد و به درون چاه فرو فرستاد. مدتی در انتظار سپری گشت و سرانجام طنابی که دلو به آن آویخته بود، لرزشی آشکار یافت. ژیوار فوراً چرخ چاه را با قوت بازو چرخاند و بالا کشید. درون دلو جوانی خوش چهره با لبخندی نمکین نشسته بود که وقتی از درون دلو به بیرون جهید، برای هر کس دیگری به جز ژیوار موجب تعجب بود که او چگونه درون یک دلو جا شده است. ژیوار با دیدن جوان گفت:

«زیما، داشتم ناامید می‌شدم و با خودم فکر می‌کردم که کجای دیگر ممکن‌ست پیدایت کنم.»

زیما انگشتری ژیوار را به او برگرداند و گفت:

«ببخش معطل شدی؛ می‌دانستم دنبال امانتی خود آمده‌ای و برداشتنش از جای امن آن طول کشید.»

منظور زیما از امانتی، کیسه‌ای چرمینه بود که به ژیوار تحویل داد و در ادامه‌ی سخنش گفت:

«علت این بود، وگرنه من جایی قرار نیست بروم، مگر این که تو بگویی و تو بخواهی.»

در سخن زیما صداقتی نهفته بود که از میزان ارادتش نسبت به ژیوار حکایت می‌کرد. ژیوار کیسه‌ی چرمین را گرفت و ضمن گشودن آن، حق شناسانه گفت:

«مطمئن بودم که بخوبی از آن مراقبت می‌کنی، ممنونم.»

محتوی کیسه را که یک کتاب با غلاف آبی بود، بیرون آورد و پس از نگاهی به آن، با لحنی رازآلود به سخن ادامه داد:

«به زودی به این احتیاج خواهیم داشت.»

و زیما نیز با همان لحن پرسید:

«پس این اتفاق خواهد افتاد؟»

ژیوار سرش را به نشانه‌ی تصدیق تکان داد و قبل از ترک آنجا به زیما گفت:

«تو باید آماده باشی. به خواهرت ژینا هم بگو آماده باشد.»

•••

ژیوار پس از بازگشت به شهر، اولین کاری که کرد به میدان شهر رفت و از سکوی جارچیان بالا رفت و مردمان حاضر در آنجا را فرا خواند و آنان را مخاطب قرار داد و گفت:

«مردم، این سرزمین متعلق به شماست. اجدادتان سالیان دراز در آن تخم کاشته‌اند و از بخشش زمینش بهره برده‌اند... و امروز این سرزمین را خطر بازور و نیروهای ویرانگرش تهدید می‌کند. برای دفاع متحد شوید مردم!»

صدای اعتراض مرد ژنده‌پوشی بلند شد:

«حاصل رنج ما در انبار حاکمان انبار شده است و فرزندان ما گرسنه‌اند؛ برای که بجنگیم، برای چه بمیریم؟ دیگران شکم فربه کنند و ما سینه سپر؟»

از سخن او عده‌ای خندیدند. ژیوار نومید نشد و به سخن ادامه داد:

«ولی بازور به فرزندان شما نان هدیه نمی‌دهد، او حتی لبخند را از لبان شما خواهد ربود. مگر نشنیده‌اید درباره‌ی او چه‌ها می‌گویند.»

سباک که به اشاره‌ی مأمورینش خود را به آنجا رسانده بود، در حالی که لباس مبدل به تن داشت و قسمتی از چهره‌اش را پوشانده بود، از میان جمعیت و با

صدای بلند گفت:

«تو اگر سخنگوی شاه نیستی، بگو چرا از زندان او آزاد شدی؟»

چند تن دیگر نیز که از مأموران سباک بودند و قبلاً توسط او توجیه شده بودند، سخن اربابشان را تأیید کردند و بدین ترتیب حیله‌ی سباک کارگر افتاد و جماعت آهنگ رفتن داشتند که ژیوار بر سرشان فریاد کشید:

«مردم، من مزدور و سخنگوی شاه نیستم و اگر سخنگوی کسی باشم، او ساییناست. مردم، سایینا منتظر دعوت شماست!»

سباک کلوخی از زمین برداشت و گفت:

«افسانه‌ی سایینا را فقط دیوانه‌ها باور دارند؛ بزنید این شیاد را!»

سباک خود ابتدا اقدام کرد و کلوخی را به طرف ژیوار انداخت و مأمورانش نیز عمل او را تکرار کردند و مردمان فریب خورده هم به آنان پیوستند. ژیوار تنها کاری که در آن موقعیت می‌توانست انجام دهد این بود که تا می‌تواند سر و صورت خود را از سنگ و کلوخی که به طرفش پرتاب می‌شد، محافظت کند و از آنجا دور شود.

•••

مقصد بعدی ژیوار، کلبه‌ای در دل جنگل بود. دود غلیظی که از دودکش به هوا بلند بود، او را مطمئن ساخت که صاحبخانه در خانه است و سخت به کار خود مشغول. ژیوار از اسب پیاده شد و چند ضربه به در بسته‌ی کلبه کوفت. صدایی از درون کلبه به گوشش رسید که گفت:

«هر چه را که آورده‌ای پشت در بگذار و مرا ببخش که سخت گرفتارم و نمی‌توانم در را برایت باز کنم.»

ژیوار که متوجه شد صاحبخانه او را با کسی دیگری، اشتباه گرفته است در پاسخ گفت:

«چیزی ندارم که پشت در بگذارم؛ آمده‌ام سخنی با تو بگویم. در ضمن می‌توانم صبر کنم تا کارت تمام شود.»

صاحبخانه صدای آشنا را شناخت و غرولندش به گوش رسید:

«آه، بازم که سر و کله‌ی تو پیدا شد!»

لحظه‌ای بعد درِ کلبه باز شد و مردی با موهای ژولیده نمایان گردید. از نظر ژیوار، با وجود گذشت سالها، جامین کیمیاگر تغییر چندانی نکرده و فقط اندکی ژولیده‌تر شده بود. جامین در ادامه‌ی غرولندش گفت:

«ماکه قبلاً همه‌ی حرف‌هایمان را زده‌ایم.»

ژیوار ابتدا با فروتنی سلام داد و بعد با لحنی نرم و مهربان گفت:

«از آن موقع سالیان درازی می‌گذرد، رفیق.»

جامین که برای ادامه‌ی انجام کاری که به آن مشغول بود، شتاب داشت فوراً به درون کلبه برگشت و ژیوار که گویا به رفتار کیمیاگر عادت داشت، پشت سر او وارد شد و در را بست و کلون را هم انداخت.

جامین به سراغ ادوات کیمیاگریش رفته بود؛ میز چوبی بزرگ، قرع و انبیق و ظروف متعدد بلورین و سفالینی که بیشتر فضای کلبه را اشغال کرده بود. مایعی درون ظرف در حال جوشش بود و بخار از آن متصاعد می‌شد. کتاب قطوری بر روی سه پایه گشوده شده بود و جامین با رجوع پیاپی به آن، مواد مختلفی را گاه مخلوط می‌کرد و گاه در هاون سنگی می‌کوبید و می‌سایید و ماحصل را تک به تک و یا با هم در محلول جوشان می‌ریخت و همه‌ی این کارها را با دقت و وسواس و سرعت انجام می‌داد و در ضمن از صحبت با ژیوار نیز غافل نبود. ژیوار در همان بدو ورود پرسید:

«گویا منتظر فرد دیگری بودی.»

جامین جواب داد:

«قرارست فرستاده‌ی شاه، لوازم کارم را بیاورد.»

ژیوار به کنایه گفت:

«و هم انعامت را.»

جامین ناخشنود از کنایه‌ی ژیوار، گفت:

«اگر آمده‌ای این طعنه را بگویی، گفتی. پس مرا راحت بگذار و برو.»

ژیوار گفت:

«کنایه نیست؛ اکسیری که تو قصد یافتنش را داری، قرارست زره چه کسی را رویین کند؟»

جامین بی‌هیچ تردیدی جواب داد:

«چه کسی را مهم نیست، مهم اینست که سپر نفوذ ناپذیری باشد در مقابل تیر جگرسوز بازوریان... تو مگر همین آرزو را نداری؟»

ژیوار سری به نشانه‌ی تأسف تکان داد و گفت:

«نه در هنگامی که آنها پشت درند!... اکسیر تو پس از تسخیر این سرزمین چه تأثیری دارد؟»

جامین برآشفت و فریاد زد:

«می‌گویی چکار کنم؟»

ژیوار با آرامش جواب داد:

«آنچه که مردم امروز سخت به آن محتاجند، آگاهی است.»

جامین اخم کرد و گفت:

«موعظه کار من نیست؛ تو خود مگر چه سود از این کار برده‌ای؟... برو بگذار کارم را بکنم.»

ژیوار با همان آرامش گفت:

«فکر می‌کنی که جاسوسان بازور بگذارند کارت را بکنی؟»

جامین با بی‌تفاوتی جواب داد:

«بالاخره گوشه‌ای دنج و دور از دسترس آنها برایم پیدا خواهد شد.»

ژیوار قبل از خروج از کلبه خود را ملزم به دادن تذکری دانست و به جامین گفت: «امیدوارم که با آنها وارد معامله نشوی!»

سخن ژیوار، به زعم خود او، آنقدر گزنده بود که جامین را به واکنش وادارد، اما

جامین در آن لحظه اعتنایی به کنایه‌ی ژیوار نشان نداد.

ژیوار که از کلبه بیرون آمد، تاویار را در مقابل خود دید. او که افسار استر حامل باری سنگین را در دست داشت، ژیوار را شناخت و سلام داد. ژیوار هم او را به جا آورد و جواب سلامش را داد. تاویار پرسید:

«آیا استاد تشریف دارند؟»

قبل از آن که او پاسخی بشنود، صدای شکسته شدن ظرفی که معلوم بود از سر غیظ بر زمین کوفته شده است، از درون کلبه به گوش رسید و ژیوار دریافت که کنایه‌اش تأثیر خود را گذاشته است و به همین خاطر جوابش به تاویار را هم به چاشنی کنایه آمیخت و گفت:

«بله، منتظر فرستاده‌ی شاه است و به گمانم حال خوشی هم ندارد!»

•••

چند فرسنگ دورتر، شاه چترا از همه بدحال‌تر بود. او آشفته و بی‌قرار و بنا به درخواست سباک، همه‌ی کسانی را که در حضورش بودند به خروج فرمان داد:

«بروید بیرون!... زود باشید، همه بروید!... زود، زود!»

سوبار دیوان شعرش و سرگش چنگش را زیر بغل زد و به همراه ماهورِ مستوفی که لنگ لنگان گام می‌زد و رادمانِ خزانه‌دار که قدم‌های تند و کوتاه برمی‌داشت، فوراً دربار را ترک کردند. ندیمه‌ها هم بادبزن‌ها را جمع کردند و رفتند و فقط رابینِ وزیر ماند و سباک. رابین نگاه پر سوءظنش را به سباک دوخته بود و سباک منتظر بود که همه و از جمله رابین نیز بروند. هنوز درباریان کاملاً خارج نشده بودند که چترا با بی‌قراری سباک را مخاطب قرار داد و گفت:

«بگو! چه می‌خواستی بگویی که لازم بود همه را پراکنده کنیم؟»

سباک به جای پاسخ به رابین نگاه کرد و چشم از او برنداشت. چترا متوجه منظور او شد و زبان به اعتراض گشود و گفت:

«می‌خواهی که او نیز برود؟... رابین، وزیر و محرم راز ماست.»

سباک به جای پاسخ، سری به نشانه‌ی تأسف جنباند و همچنان چشم از رابین برنداشت. رابین منتظر فرمان شاه نماند و پس از نگاهی خشمگین به سباک، گام به رفتن برداشت. سباک صبر کرد تا رابین از دربار خارج شود و سپس با چندگام تند خود را کاملاً به چترا نزدیک کرد و بی‌مقدمه گفت:

«سرورم، لشکریان شما تار و مار شدند!»

چترا چنان تکانی خورد که تخت به همراه او به لرزه افتاد. برای لحظه‌ای چشمانش گشاد شد و دهانش باز ماند، بعد با صدایی که آشکارا می‌لرزید، گفت:

«تار و مار شدند؟... اما صبح امروز...»

سباک مجال نداد که شاه جمله‌اش را تمام کند و میان سخنش دوید و گفت:

«دروغ به عرض شما رسانده‌اند.»

چترا از گستاخی سباک به خروش آمد و داد زد:

«کلامم را قطع نکن!... کی دروغ گفته؟... تو؟»

سباک با لبخندی مزورانه جواب داد:

«این روزها به هیچکس اعتماد نکنید.»

چترا از نوع سخن گفتن سباک هم متعجب بود و هم خشمگین. گفت:

«پرت و پلا می‌گویی.»

سباک چشم در چشم چترا دوخت و گامی پیش نهاد و گفت:

«مگر نه اینست که روزی به برادرتان کاراکو هم اعتماد نکردید و او را به تبعید فرستادید؟»

جراحت زخمی کهنه سر باز کرد و وجود چترا از سوء ظن و ترس لبریز شد و گفت:

«بگو آیا تو اینک از کاراکو فرمان می‌بری؟... نه... او ممکن‌ست دشمن من باشد، اما مرا به بازور نمی‌فروشد. نه!»

چترا می‌گفت و هر دم بیشتر در تخت خود فرو می‌رفت و سباک که گام به گام پیش آمده بود و هر لحظه بیشتر بر او مسلط می‌شد، با لحنی که از آن بوی توطئه

به مشام می‌رسید گفت:

«مطمئن نباش که کسانی تو را به دشمن نفروشند... شاید نمی‌دانید که رعایای تو بی‌صبرانه انتظار ورود بازور را می‌کشند.»

رنگ از روی چترا پریده بود و سباک ضربه‌ی آخر را هم وارد کرد و گفت:

«یا شاید نمی‌دانید که آنها به خون تو تشنه‌اند.»

قلب چترا به درد آمد و دست بر روی سینه فشرد. سباک موذیانه پرسید:

«چه شد شهریار؟ قلبتان به درد آمد؟»

چترا با نفرت جواب داد:

«قلب از کار بیفتد، بهتر از آن‌ست که در کنار شما خائنین بتپد.»

چترا سعی کرد که قامت راست کند، اما ضعف و درد بر او چیره شد. دست دراز کرد که تنگ بلورین محتوی معجون را از کنار تخت بردارد، اما سباک پیش‌دستی کرد و تنگ را برداشت و با این کار خیانت خود را آشکارا به نمایش گذاشت. چترا با همه‌ی نیروی باقیمانده فریاد کشید:

«نگهبان!»

سباک قهقهه زد و گفت:

«به این زودی فراموش کردید که همه را از خود راندید؟»

نفس چترا به زحمت بالا می‌آمد و ترس از مرگ او را چنان زبون کرد که برای گرفتن تنگ معجون، به سمت سباک متمایل شد و او دستش را عقب کشید. چترا در تمنای معجون با آخرین رمقی که داشت از جا برخاست. سباک گامی به عقب برداشت. چترا خواست پیش بیاید، اما مقابل پای سباک به زانو افتاد و در حالی که رعشه بر اندامش مستولی بود، ملتمسانه دست به تقاضای گرفتن تنگ دراز کرد. سباک با خنده‌ای تحقیرآمیز، تنگ را به پنجه‌ی چترا نزدیک کرد، اما لحظه‌ای که او می‌خواست بگیرد، آن را رها کرد. تنگ بر زمین افتاد و صد تکه شد، تا آخرین امید شاه را به نیز به یأس مبدل سازد. چترا لحظه‌ای در همان حال ماند و سپس

بر زمین افتاد و تاج از سرش جدا شد. سباک با نوک کفش، سر شاه را بلند کرد و چون مطمئن شد که او مرده است، با خونسردی به سمت درِ تالار به راه افتاد، اما با دیدن رابین که همزمان وارد تالار می‌شد، به سرعت و مهارت چهره عوض کرد و در حالی‌که از کنار رابین می‌گذشت تا بیرون رود، انگار که بخواهد عالم و آدم را از ماتم فقدان شاه با خبر کند، فغان سر داد:

«خاک عالم بر سرمان شد!... شاه مُرد!... شاه مُرد!»

رابین مبهوت از حرکات و سخنان سباک، شتابان خود را بر سر نعش چترا رساند و کنارش زانو زد و در چهره‌اش دقیق شد و در آن آثاری از حیات ندید. مرگ شاه او را در اندیشه فرو برد. اوضاع پریشان بود؛ شاه مرده بود و بازور ناوگان دریایی را در هم کوبیده و نیروهای مهاجم و ویرانگرش را در ساحل پیاده کرده بود. رابین موقعیت خود را که در این زمان و در غیاب شاه، مهمترین شخصیت سیاسی کشور محسوب می‌شد، به شدت در مخاطره می‌دید و می‌دانست که از این پس تیر دشمن به سمت او نشانه می‌رود. همین تصورات که به سرعت از ذهن او گذشت، موجب شد که پس از نگاهی به اطراف و اطمینان از عدم حضور هر شاهد، به سرعت بندهای ابریشم پیراهن شاه را بگشاید و آنچه را که انتظار داشت آشکار کند. برق درخشنده‌ی زره زرینی که چترا در زیر پیراهن به تن داشت، به رابین اعتماد به نفس می‌بخشید.

•••

دور از آنچه که در دربار می‌گذشت، در تپه‌های مشرف به دریا، سردار اوژن سوار بر اسب، چشم به روبرو دوخته بود و پشت سر او سواره‌نظام و سربازان پیاده آماده‌ی رزم بودند. در مقابل و در فاصله‌ی دور، ناوگان دشمن در ساحل لنگر افکنده و سپاهیان بازور ساحل را سیاه کرده بودند. همه چیز حکایت از جنگی تمام عیار داشت که سباک سوار بر اسب و در حالی‌که باد شنل او را به اهتزاز در آورده بود، به تاخت خود را به کنار اوژن رساند. پیش از آن که سخنی بگوید، اوژن او را مخاطب قرار داد و گفت:

«به شاه بگو ساحل دریا را گورستان دشمن می‌کنیم، مطمئن باشد.»

سباک قیافه‌ی ماتم‌زده به خود گرفت و گفت:

«شاه مُرد.»

نگاه اوژن خیره ماند و ناباوارنه پرسید:

«چه گفتی؟»

سباک سری به نشانه‌ی تأسف جنباند و گفت:

«درست شنیدی... و به توصیه‌ی جناب رابین صلاح اینست که نیروهای ما در پشت باروها به دفاع از شهر بپردازند.»

اوژن سخن او را بر نتابید و پرسید:

«چرا؟»

سباک آنقدر آهسته که فقط اوژن و چند سردار پیرامون او بشنوند، جواب داد:

«گفتنش دشوار است، ولی خبر داریم که اوضاع درون شهر آشفته است و بوی توطئه به مشام می‌رسد.»

شنیدن این سخن لحظه‌ای اوژن را به فکر فرو برد و سپس نگاه غمگینش را به روبرو، جایی که نیروهای بازور اجتماع کرده بودند، دوخت و با اندوه گفت:

«هرچه که جناب رابین دستور بدهند.»

•••

در جنگل‌های دور از شهر و هیاهوی آن، شاهزاده کاراکو همراه با ندیم خود و چند تن از خدمه‌ی شکارچی، سوار بر اسب از شکار باز می‌گشتند. همه به کمان و تیردان مسلح بودند و وجود لاشه‌های متعدد گوزن‌هایی که بر پشت اسبان حمل می‌شدند، گواه یک شکار موفقیت‌آمیز بود. کاراکو به طرز غریبی شبیه به برادر بزرگترش چترا بود، و لیکن بر خلاف او تندرست و ورزیده می‌نمود. او و همراهانش پس از عبور از میان درختان جنگلی، وارد محوطه‌ای فراخ شدند که در آنجا قصری زیبا جلوه‌گر شد؛ قصری که از سال‌ها پیش مکان زندگی در تبعید کاراکو بود.

در آستانه‌ی قصر، غلامی حلقه به گوش پیش دوید و زانو زد تا کاراکو بر گُرده‌ی

او پا نهد و پیاده شود. او هنوز وارد قصر نشده بود که یکی دیگر از ندیمان او پیش آمد، تعظیمی کرد و گفت:

«سرورم، وزیر اعظم جناب رابین به ملاقات شما آمده‌اند.»

کاراکو که نه تنها از برادر بلکه از همه‌ی وابستگان به او نیز بدش می‌آمد، پوزخندی زد و گفت:

«به او بگویید کاراکو خسته است، منتظر بماند.»

• • •

رابین پس از ساعت‌ها انتظار فرساینده و تحقیرآمیز، اجازه‌ی حضور یافت تا در تالار قصر با کاراکو ملاقات کند. شب شده بود و مشعل‌های روشن در میان مشعلدان‌های شکیل، به تالار زیبای قصر روشنایی با شکوهی می‌بخشید. کاراکو بر تختی زیبا از چوب جنگلی لم داده بود و شنلی از ابریشم رنگین بر تن و نیم تاجی که نشانه‌ی شاهزادگی او بود بر سر داشت. رابین مقابل او که رسید، سر به احترام خم کرد و گفت:

«درود بر شهریار!»

کاراکو با لحنی کنایه‌آلود گفت:

«چه عجب که شاه، وزیرش را به ملاقات برادر فرستاده؛ پیش از این از فرستادن دلقک درباری هم اکراه داشت!»

رابین بی‌توجه به طعنه او، گفت:

«اتفاق مهمی افتاده است که باید به اطلاعتان برسانم.»

کاراکو کنجکاو شد و گفت:

«بگو، می‌شنوم.»

رابین با شناختی که از کاراکو داشت، بی هیچ مقدمه‌ای گفت:

«شاه مُرد.»

نگاه کاراکو برای لحظه‌ای خیره ماند و سپس با پوزخند گفت:

«پس عاقبت مُرد! پیش از آن که مجال یابد زره‌اش را رویین کند!»

و با خنده‌ای که ازکینه‌ی درونش سرچشمه می‌گرفت، ادامه داد:
«و حتی پیش ازآن که زره‌ی رویینش، مانع هجوم مورچگان به لاشه‌اش شوند.»
رابین با لحنی که درآن سرزنشی ملایم نهفته بود گفت:
«شهریار، او برادر شما بود.»
کاراکو به خروش درآمد و با لحنی که درآن جنون انتقام موج می‌زد گفت:
«بگو غاصب بخت من! او حتی مرا از داشتن جفت محروم کرد... نه، هرگزاو را نمی‌بخشم؛ نه زنده و نه مُرده‌اش را!»
رابین دلجویانه گفت:
«حال من شتابان آمده‌ام که حق پایمال شده را به شما بازگردانم؛ او دیگر مرده است.»
کاراکو لجوجانه گفت:
«تلاش بیهوده‌ایست؛ من بهشت کوچکم را ترک نخواهم کرد.»
رابین بر اصرار خود افزود و گفت:
«اما این سرزمین احتیاج به شاه دارد و تنها مردی که خون شاهانه در رگ‌هایش می‌جوشد، شما هستید...»
و چون احساس کرد که سخنش تأثیر نهاده است، ادامه داد:
«شهریار، اکنون که دشمن پشت باروهای شهر اردو زده است، مردمی که فرمانده نداشته باشند، همچون گله‌ای بی‌صاحب وارد هر طویله‌ای می‌شوند.»
برای لحظاتی چند، سکوتی سنگین مستولی شد و سپس کاراکو لب به نجوا گشود:
«گرچه ترک این آرامش اوج حماقت است، اما انگار چاره‌ای جز این کار نیست!»

•••

همزمان با تلاش رابین برای ممانعت از فروپاشی سلطنت، مردی که چهره‌اش را پوشانده بود، قایقی را پاروزنان در میان امواج متلاطم پیش می‌راند تا خود را به کشتی فرمانده دشمن برساند. او شتاب داشت که هر چه زودتر با بازور ملاقات

کند. مرد قایق را به نزدیکی کشتی رساند و از آنجا با فانوس علامتی داد و لحظه‌ای بعد از عرشه‌ی کشتی، ریسمانی به پایین فرستاده شد. مرد قایق را به بدنه‌ی کشتی چسباند و با کمک ریسمان، خود را به عرشه‌ی کشتی رساند. بازور در آنجا منتظرش بود و به او گفت:

«روبنده‌ات را بردار، اینجا کسی نیست که تو را بشناسد.»

مرد روبنده‌اش را برداشت، او کسی جز سباک نبود و آمده بود تا خیانتش را به مردم سرزمین خود کامل کند. بازور که همچون قبل نقاب کامل بر چهره داشت و فقط چشمان سرخش پیدا بود، در عرشه بر روی تخت سیاه آبنوس نشسته بود و با شلاق بلندِ سیاه و خشنی که در دست داشت بازی می‌کرد. بر فراز سر او چتر بزرگی پهن شده بود و وی را از ریزش باران سیل‌آسایی که فرو می‌ریخت، محفوظ نگه می‌داشت. سباک چاپلوسانه گفت:

«کار سختی بود اما بخاطر قولی که به شما داده بودم، آمدم.»

بازور با صدایی که همچون تیغ می‌خراشید و انگار از دهان بسته‌ای خارج می‌شد، پرسید:

«با شاه بیمار چه کردی؟»

سباک با غروری نفرت‌انگیز پاسخ داد:

«مفلوک بینوا طوری به درک واصل شد که تصورش را نمی‌کرد. اما...»

سباک در بیان آنچه که می‌خواست بگوید، تردید داشت. بازور با کنجکاوی پرسید:

«اما چه؟»

سباک به ناچار جواب داد:

«اما این مردکِ چاپلوس، رابین، به سرش افتاده که برادر سبک‌عقل شاه معدوم را به سلطنت دعوت کند.»

بازور بی‌درنگ و غافلگیرانه با شلاقش محکم بر فرق سباک کوفت و گفت:

«بوزینه‌ی بی‌عرضه!»

سباک که شخصیت پوشالیش در هم شکسته بود، با تضرع گفت:

«نزنید قربان!»

بازور با لحنی که بدتر از آن نمی‌شد کسی را حقیر شمرد گفت:

«زدم که بدانی چقدر از دست تو عصبانیم.»

سباک برای آن که خیانت به سرزمین خود و سرسپردگی به دشمن را در حد

اعلا نشان داده باشد، گفت:

«ابتدا سعی کردم که رابین را پشیمان کنم، اما بعد فکر کردم که اتفاق خوبی

دارد می‌افتد.»

بازور با تردید پرسید:

«اتفاق خوب؟»

سباک با همان موذیگری ذاتی جواب داد:

«بله سرورم، روز تاج‌گذاری بهترین فرصت برای حمله به شهر است؛ در این‌گونه

مواقع سگ صاحبش را نمی‌شناسد.»

بازور همچنان با تردید پرسید:

«مطمئنی؟»

سباک چاپلوسانه پاسخ داد:

«شک نکنید. از طرفی من آدم‌هایی را سراغ دارم که به هزار و یک دلیل به من

مدیونند، کسانی که قادرند دروازه‌های شهر را به روی لشکریان شما بگشایند.»

بازور برای بار دوم شلاق را بر فرق سباک کوفت. سباک جای ضربه را مالید و

نالید و گفت:

«دیگر چرا قربان؟»

بازور پس از خنده‌ای کریه که به زوزه‌ی گرگ شبیه بود، گفت:

«زدم که بدانی چقدر از تو راضیم!»

•••

در خلوت کلبه‌ی جنگلی، جامین کیمیاگر همچنان در جستجوی اکسیر بود و تاویار در کارها به او کمک می‌کرد. هر دو از اتفاقات بیرون کمابیش مطلع بودند و با این وجود هر دو به وظیفه‌ی خود ادامه می‌دادند. جاه‌طلبی جامین برای کشف چیزی که دیگران به آن دسترسی نداشتند و سرسپردگی تاویار به فرمان شاهی که مرده‌اش نیز بر او حکم می‌راند، آن دو را مجبور به زندگی در کنار هم کرده بود. وقتی که آن دو شنیدند که برادر تبعیدی شاه قصد تاجگذاری دارد، جامین از تاویار پرسید:

«دلت می‌خواهد در مراسم تاجگذاری حاضر باشی؟»

تاویار به نشانه‌ی وفاداری پاسخ داد:

«من دستور دارم که نزد شما بمانم.»

جامین پوزخندی زد و گفت:

«شاه که آرزویش را به گور برد، تا آرزوی این دیگری چه‌ها باشد!... تو چه فکر می‌کنی؟»

تاویار که هرگز نیاموخته بود که از خود نظری ابراز کند، پاسخی داد که تنها از فرمانبر مظلومی چون او انتظار می‌رفت. او گفت:

«هرچه سرورم بگویند.»

جامین نگاهی به چهره‌ی معصوم تاویار انداخت و دلش به حال او سوخت. آهی کشید و گفت:

«راست می‌گویند، هر کس تقدیری دارد.»

•••

به زودی مقدمات تاجگذاری کاراکو آماده شد و تالار کاخ پذیرای جماعت انبوهی از اشراف شهر شد که برای حضور در مراسم گرد آمده بودند. این مراسم ویژگی متفاوتی داشت و آن وجود تابوتی بود که چترا در درون آن به خوابی ابدی فرو رفته بود. تابوت روی سکویی در کنار تخت شاهی قرار داشت و با حلقه‌های گل

مزین شده بود و تاج جواهرنشان بر روی آن جلوه‌گری می‌نمود.

از همان دقایق اول، تالار با ورود اشخاص سرشناس حال و هوایی دیگر یافت. رابین، پیشاپیش ماهور مستوفی و رادمان خزانه‌دار و سردار اوژن و آرشان وارد تالار شدند و کنار تخت پادشاهی مستقر شدند. مدعوین در انتظار شنیدن سخنان رابین وزیر، سکوت کردند و رابین با صدایی رسا آغاز به سخن کرد و گفت:

«میهمانان عزیز، نجیب زادگان!... تاریخ، امروز را هرگز از یاد نخواهد برد؛ روزی که یک چشم ما در فقدان شاه فقید گریان است...»

رابین اجازه داد تا نمایشی از گریه و فغان ساختگی توسط حاضرین اجرا شود و سپس سخن را با صدایی رساتر دنبال گرفت و گفت:

«و چشم دیگر ما... و چشم دیگر ما بر مقدم شاه نوبخت لبخند می‌زند!»

غریو شادی حضار، تالار را به لرزه در آورد و رابین به ناچار باقی سخن را تقریباً با فریاد ادامه داد و گفت:

«... نجیب زادگان با وفا... مردمانِ زنده، شاهِ زنده می‌خواهند؛ این فرمان تاریخ‌ست. پس با هم فریاد برآوریم... درود بر شهریار نیکبخت، اعلیحضرت کاراکو!»

همزمان با تکرار شعار رابین توسط جمعیت، کرناها نیز به نوا در آمدند و لحظه‌ای بعد کاراکو، ملبس به ردای شاهانه، وارد تالار شد و در حالی‌که دخترکان زیبا مقدم او را گل‌باران می‌کردند، با شتابی که متناسب چنین جشنی نبود، خود را به تخت شاهی رساند و بر آن جلوس کرد. سوبار شاعر با دیوان شعرش، و سرگش رامشگر با چنگش، پیش دویدند و مقابل تخت زانو زدند. سوبار به مدیحه سرایی پرداخت و سرگش اشعار او را با نوای چنگ و آوای حنجره همراهی کرد که البته همه‌ی تلاش آن دو در هیاهوی جمعیت گم بود. در این میان کاراکو مترصد بود که مراسم هر چه زودتر پایان پذیرد تا از بوی تعفن جسد در تابوت که علیرغم عطر گل و عبیر و مشک، مشامش را می‌آزرد، خلاصی یابد. سرانجام تحملش را از دست داد و با اشاره‌ی انگشت رابین را فراخواند و کنار گوش او گفت:

«بوی تعفن خفه‌ام کرد، زودتر تمامش کن!»

رابین تعظیمی کرد و برای شروع مراسم، دست را به نشانه‌ای مخصوص بالا برد و نوای کرنا در تالار طنین افکند و همهمه‌ی جمعیت فرو نشست. رابین با صدای رسا گفت:

«حضار محترم، نجیب زادگان... اکنون آن لحظه‌ی باشکوه که قلب مردمان کوچک و بزرگ این سرزمین در انتظارش می‌تپد، فرا رسیده است»

کرناها با نوایی دیگر به صدا درآمدند و رابین به سمت تاج حرکت کرد و آن را از جایش بلند کرد. کاراکو در دلش خوشحال بود که تاج بر سرش نهاده و قال قضیه کنده می‌شود، اما رابین هنوز برای او برنامه‌ای دیگر هم داشت که با همان صدای رسا ادامه داد:

«... اکنون شهریار جوان بخت ما برای آخرین بار با شاه فقید وداع می‌گوید. در سوگ او خاموش می‌مانیم.»

کاراکو با اکراه از تخت برخاست و علیرغم میل باطن به طرف تابوت رفت و مقابل آن زانو زد و پیشانی بر آن نهاد و زیر لب نجوا کرد:

«مطمئن باش هرگز تو را نمی‌بخشم. خودت می‌دانی چه برادر خبیثی بودی... یادت باشد که از همان کوچکی سرِ مرا کلاه می‌گذاشتی، حتی معلوم نیست زره‌ی زرین موروثی را هم به کدام گوری برده‌ای؟»

کاراکو از زیر چشم دید که رابین در کنار تابوت منتظر است که او برخیزد. معطل نکرد و روی زانو به سمت رابین چرخید و با این حرکت غیر معمول به او فهماند که تاج را زودتر بر سرش بگذارد. رابین غافلگیر شده بود و نمی‌دانست چکار باید بکند. کاراکو زیر لب غرید و گفت:

«زود باش دیگر بی‌دست و پا، تاج را بگذار!»

رابین با دستپاچگی، دستش را برای برداشتن تاج از روی تابوت دراز کرد و هنوز کاملاً آن را از جا برنداشته بود که سباک فریادزنان وارد تالار شد.

«فرارکنید!... فرارکنید! شهر به تصرف دشمن درآمده... فرارکنید!»

دستان رابین در هوا ماسید و همزمان هیاهویی از بیرون تالار به گوش رسید و متعاقب آن نظرها همه معطوف به سربازان محافظ قصر شد که شمشیرزنان به دفاع مشغول بودند و توسط نیروهای نقابدار و سیاه‌پوش بازور هر لحظه بیشتر به عقب‌نشینی وادار و به درون تالار رانده می‌شدند و به زخم شمشیرهای آنان از پای در می‌آمدند. صدای چکاچاک شمشیرها و آه و ناله‌ی زخمی‌ها موجب وحشت حاضرین بخصوص زنان شده بود و هرکس راه گریزی می‌جست و در این میان فریادهای سباک بر آتش وحشت می‌دمید. اولین کسی که واکنش شجاعانه نشان داد، سردار اوژن بود. او شمشیر از نیام کشید و محافظین را به مقاومت ترغیب کرد.

«سربازان شجاع، مقاومت کنید!»

کاراکو که دقایقی را در بهت به سر برده بود، موقعیت خود را بازیافت، نگاهی پرنفرت به تابوت برادر انداخت و با اشاره‌ی انگشت جسد او را مخاطب قرار داد و گفت:

«مرا به اینجا کشاندی که در دام شیطان بیفکنی؛ حتی مرده‌ات برای من توطئه می‌چیند!»

و سپس تاج را از دست رابین بیرون کشید و با خشم بر جسد کوبید و گفت:

«تاج ارزانی خودت، به گور ببر!»

کاراکو این را گفت و معطل نکرد و به سمت یکی از پنجره‌های بزرگ دوید و چنان از آنجا بیرون پرید که صدای خرد شدن شیشه‌ها بر تمامی هیاهوی ایجاد شده غلبه کرد و راه گریز را به‌گروهی از جماعت وحشت‌زده نشان داد. رابین برای لحظاتی هاج و واج ماند و بعد نگاهش معطوف به اتفاقاتی شد که در تالار رخ می‌داد. همه در حال فرار بودند؛ رادمانِ خزانه‌دار با صندوق آهنی‌اش، ماهورِ مستوفی با کتاب بزرگ در زیر بغلش، سوبار با دیوان شعرش، سرگش با چنگش و آرشان طبیب با کتاب زرد رنگ معلومات پزشکی‌اش، هر یک از هرجا که می‌توانستند در حال گریز بودند. شاید اگر شجاعت و جنگاوری سردار اوژن نبود که با ترغیب محافظین کاخ

به مقاومت موجب بیرون راندن مهاجمین نقابدار شده بودند، افراد به این راحتی قادر به گریز از مهلکه نمی‌شدند.

به زودی تالار از هر جنبنده‌ای خالی گشت و صدای چکاچاک شمشیرها، دور و دورتر شد. آنچه مانده بود تالار مخروبه‌ای بود و شاهی که فارغ از فروپاشی اساس حکومتش، درون تابوت آرمیده بود. رابین با نوک انگشتان روی سینه‌ی خودش را فشار داد و با اطمینان از آنچه که در زیر لباس به تن داشت، نفس عمیقی کشید و تاج را که بر زمین افتاده بود، برداشت و رفت تا راه مطمئنی برای خروج از کاخ پیدا کند.

دوم • انتخاب •

سردار اوژن با سر و وضعی آشفته و لباسی خون‌آلود که حکایت از ساعت‌ها مبارزه و جنگ داشت، سوار بر اسب و به تاخت، درختان جنگل را پشت سر گذاشت تا خود را به کلبه‌ی جامین برساند.

به آنجا که رسید از اسب پیاده شد و با چندگام بلند خود را به کلبه نزدیک کرد و بی‌آن که حضورش را اعلام کند، در را گشود و وارد شد. داخل کلبه، جامین به کار همیشگی‌اش مشغول بود و تا ویار هم کنار اجاق، آشپزی می‌کرد. او با دیدن اوژن تا کمر خم شد و در همان حال ماند. جامین لحظه‌ای دست از کار کشید و به اوژن که خشمگین و خسته در آستانه‌ی در ایستاده بود، نگاهی کرد و دوباره به کار مشغول شد. خشم و خستگی، اوژن را به خروش آورد و پرخاشگرانه گفت:

«دلِ همه به اکسیر تو خوش بود و آن ملعون خاک سرزمین ما را به توبره کشید!»

جامین با خونسردی پاسخ داد:

«فریاد تو کمکی به من نمی‌کند.»

اوژن از کوره در رفت و قدم جلو نهاد و یقه‌ی جامین را گرفت و از لای دندان‌های به هم فشرده گفت:

«اما کشف تو به ما کمک می‌کرد!»

و با اشاره به زره پاره‌ی خودش ادامه داد:

«این زره اگر رویین بود و هراس از مرگ زانویم را نمی‌لرزاند، از خون پلید آنان رود جاری می‌کردم!»

جامین با همان خونسردی گفت:

«آنهای دیگر هم، همه اول همین را گفتند ولی اکنون مثل بره آرام گرفته‌اند و به آینده‌ی خود می‌اندیشند.»

اوژن یقه‌ی جامین را رها کرد و برای فهم منظور او، چشم به دهانش دوخت. جامین در عوض هر توضیحی، با اشاره‌ی انگشت، درِ کوتاه انتهای کلبه را به او نشان داد. اوژن پس از اندکی تردید، به طرف در رفت و با احتیاط آن را گشود و به درون پستوی پشت آنجا نظر افکند و از آنچه که دید، جا خورد. در محوطه‌ی نسبتاً کوچک پستو، رابین، ماهور مستوفی، رادمان خزانه‌دار، آرشان طبیب، سوبار شاعر و سرگش چنگ‌نواز به طرز حقیرانه‌ای گرد کاسه‌ی بزرگی جمع بودند و با ولع از آش درون آن می‌خوردند. آنها فقط لحظه‌ای به اوژن نگریستند و بی‌هیچ شرمساری به خوردن ادامه دادند. اوژن وارد پستو شد و فوراً در را پشت سر خود بست که تاویار شاهد این صحنه‌ی حقارت‌آمیز نباشد. جامین، خطاب به تاویار گفت:

«تاویار، برو اسب این یکی را هم پنهان کن.»

تاویار کمر راست کرد و بی‌آن که چیزی بپرسد، از کلبه بیرون رفت تا آنچه را که به او گفته بودند، انجام دهد.

•••

زمانی که در کلبه‌ی جامین، بزرگان دربار به شکوه از دست رفته می‌اندیشیدند، بازور
در کاخ اشغالی بر تخت لمیده بود و شلاق دستش را با ضرباتی یکنواخت بر روی ران
می‌کوبید و از هیبت خود لذت می‌برد. ندیمه‌های زیبا و رنگین جامه‌ی دربار چترا،
اکنون بادبزن‌های بزرگ را بر فراز سر او به حرکت درمی‌آوردند. بازور خطاب به سباک
که دایماً اخبار را برای او می‌آورد و اکنون چاپلوسانه مقابلش ایستاده بود گفت:

«پیدایشان کن، همه را... می‌خواهم با پای خودشان به اینجا بیایند. می‌خواهم
مردم ببینند که آن‌ها با میل خود به پابوس ما می‌آیند.»

سباک با موذیگری گفت:

«جای دوری نرفته‌اند سرورم، مطمئنم. فریبشان می‌دهم آن طور که شما دوست
دارید.»

بازور غرق غرور و نخوت گفت:

«می‌خواهم تاج را با دست خودشان بر سرم بگذارند.»

سباک کرنشی کرد و گفت:

«هر چه شما فرمان بدهید.»

بازور علیرغم ابراز آن همه سرسپردگی از جانب سباک، شلاق را به شکلی تهدیدآمیز
به طرفش تکان داد و گفت:

«وای به حالت اگر فرار کنند!»

سباک خوشحال از این که بازور شلاق را بر سرش نکوبیده است، نوکرمآبانه
دست بر سینه نهاد و چند بار پی‌درپی خم و راست شد و رفت که به خیانت‌هایش
ادامه دهد.

•••

در خارج شهر، حجره‌های کاروانسرای متروک پذیرای تعداد زیادی مجروح و بیهوش
بود که همه، بی‌استثناء، از ناحیه‌ی گونه زخمی بودند و تیزی شمشیر، شیاری
عمیق در چهره‌شان ایجاد کرده بود.

ژینا، همچون پرستاری فداکار، از حجره‌ای به حجره‌ی دیگر سرکشی می‌کرد و برادرش زیما به کمک ژیوار، مجروحان را برای مداوا و مراقبت بیشتر به جای امن انتقال می‌دادند. وقتی که آن دو مجروحی را به کنار چاه حمل می‌کردند، ژیوار محزون و در عین حال با نفرتی عمیق گفت:

«ملعون حتی فرصت نداد که لااقل هلهله‌ی این ساده‌دلان در استقبال از او فرو نشیند و به همین زودی جنایتش را شروع کرد.»

آن دو، مرد مجروح و بیهوش را کنار چاه بر روی زمین گذاشتند و سپس زیما به چابکی درون دلو آویخته در چاه نشست و عجیب بود که دلو به واسطه‌ی سنگینی او در چاه فرو نرفت. ژیوار مرد مجروح را بر کول زیما سوار کرد و ضمن این کار گفت:

«اگر مجبور شوی که بدون کمک من بار این مسئولیت را به دوش بکشی، اشکالی ندارد؟»

زیما با روی خوش پاسخ داد:

«هرچه شما بگویید و هرچه شما بخواهید. در ضمن تنها هم نیستم؛ خواهرم هست و گروهی از مردمان تبار من هم گفته‌اند که به یاری ما می‌آیند.»

ژیوار از ته دل گفت:

«درود بر تو و خواهرت و تبارتان!»

زیما لبخندی زد و سری به نشانه‌ی تشکر جنباند و بعد خطاب به چرخ چاه گفت:

«برو پایین!»

چرخ چاه که گویی تا این لحظه منتظر فرمان او بوده است، مانند موجودی زبان فهم، شروع به چرخش کرد و زیما و مجروح روی کول او را به درون چاه برد. ژیوار در پی آنها با بیانی رازآلود نجوا کرد:

«بروید و منتظر ما بمانید!»

•••

نیمی از روز سپری شده بود و پناهجویان کلبه‌ی جامین از سکوت و سکون ناشی

از بلاتکلیفی کلافه بودند. سرانجام اوژن که علیرغم گرسنگی، لب به غذا نزده بود سکوت را شکست و گفت:

«فکر این که الان آن کریه‌المنظر بر تخت لمیده و از شادی در پوست نمی‌گنجد، قلبم را به درد می‌آورد.»

ماهورِ مستوفی سرِ بزرگش را تکان داد و با غصه گفت:

«چه اوضاع حقارت باری! کی این روز را پیش‌بینی می‌کرد؟»

رابین در پاسخ به سخن حسرت‌آمیز ماهور، گفت:

«او پیش‌بینی کرد.»

منظور رابین از او، ژیوار بود و با تکرار سخنان شجاعانه‌ی او در مواجه با چترا، وی را به یاد بقیه آورد.

«چنان بردهی غرور شده‌ای که فکر می‌کنی عمر جاودان داری، اما بدان فاصله‌ی مرگ و زندگی به نازکی یک تار مو است؛ پاره که شد جهانی قادر به وصله‌ی آن نیست.»

سوبارِ شاعر در تأیید این سخن گفت:

«و به راستی دیدیم که دبدبه و کبکبه‌ی شاهانه به تار مویی بند بود. به گمانم من شعری درین رابطه سروده باشم.»

و به جست و جوی این شعر در دیوان شعرش مشغول شد. آرشان طبیب نظر دیگری داشت و گفت:

«مرگ شاه به پیشگویی آن مرد ربطی نداشت؛ او مرضی داشت و جاهلانه به مداوای من عمل نکرد.»

رابین که هنوز در اندیشه‌ی سخنان ژیوار بود، گفت:

«آن پند دیگر چه؟ آن که خطاب به ماگفت یادتان می‌آید؟ گفت، روزی که همه حقیرانه از یک کاسه آش خوردید و طعم تلخ فلاکت را چشیدید، شاید آن روز به خود آیید و حسرت بخورید که چرا مشاوران شجاع و راستگویی نبودید.»

و با اشاره به کاسه‌ی خالی و لیسیده شده ادامه داد:

«آن روز فلاکت بار، همین روزست!»

سرگش خنیاگر پرسید:

«او کجاست، کسی ازش خبر دارد؟»

اوژن با خنده‌ای تلخ گفت:

«شاه آزادش کرد که مثلاً شاهد پیروزی‌های شگرف ما باشد! صدای ریشخند او
را می‌شنوم!»

«اگر مشتاقید، شما را پیش او بفرستم...»

با شنیدن سخنی که به گوششان رسید، توجه همه به جامین جلب شد که در
پستو را باز کرده بود و به درون می‌نگریست. او در حالیکه محلولی را درون یک تنگ
بلور هم می‌زد، به سخن ادامه داد و گفت:

«...گرچه گمان نکنم ازین ملاقات بهره‌ای نصیب شما بشود.»

رادمانِ خزانه‌دار از او پرسید:

«از کجا می‌دانی؟ شاید او راه نجاتی ازین مخمصه بداند.»

جامین در جواب او گفت:

«فهم سخنانش حوصله می‌خواهد؛ به نظر او کلید این قفل در دست ساینا
است.»

رابین خطاب به جامین گفت:

«به او بگو نزد ما بیاید.»

اوژن خندید و گفت:

«نزد ما بیاید؟ آن وقت که در حبس ما بود، نزد شاه نیامد. انگار فراموش کرده‌اید.»

سوبارکه هنوز در جستجوی شعری بود که فکر می‌کرد سروده است، دیوان
شعرش را بست و گفت:

«اگر درست فهمیده باشم، ما باید نزد او برویم.»

ماهور که از این پیشنهاد چندان راضی نبود گفت:

«دوستان فقط فراموش نکنند که در حال حاضر ما طعمه‌های چربی برای گرگ‌های گرسنه هستیم.»

و رابین حرف آخر را زد.

«من با او ملاقات می‌کنم؛ هر کس مایل‌ست می‌تواند همراه من بیاید.»

•••

تاویار، راهنمای رابین و آرشان طبیب در عبور از گذرگاه پرشیب کوهستانی برای رسیدن به محل اقامت ژیوار شد. آن دو پس از بحث و جدل زیادی که ساعت‌ها بین گروه پناهجویان درگرفت، از سوی بقیه نماینده شدند تا به ملاقات ژیوار بروند و نتیجه‌ی بحث میان خود را با وی در میان بگذارند. شیب کوهستانی تند و رو به بالا بود و آنان مجبور بودند که مسیر را پیاده طی کنند. به جز تاویار که چست و چابک از لابلای صخره‌ها بالا می‌رفت، رابین و آرشان کم و بیش از نفس افتاده بودند. رابین نفس زنان گفت:

«هرگز فکر نمی‌کردم اندکی کوه‌پیمایی اینطور آدم را از نفس بیندازد.»

آرشان که خودش هم حال و روزی بهتر از رابین نداشت گفت:

«چربی که انباشته شود، این مصیبت بر سر آدم می‌آید؛ درمانت پیش من‌ست.»

رابین سخن او را بی‌پاسخ نگذاشت و گفت:

«بهترست فکری به حال خودت کنی که دنبه‌ات گربه را شیدای خود می‌کند.»

و بعد غرولندکنان به تاویار گفت:

«آهای، قصد داری ما را بالای ابرها ببری؟ پس چرا نمی‌رسیم؟»

تاویار ایستاد و در جواب رابین با انگشت نقطه‌ای را در بالا نشان داد و گفت:

«آنجا را می‌بینید سرورم؟ آن غار که درختی پرشاخ و برگ کنار دهانه‌اش روییده؟ مقصد ما آنجاست.»

رابین جایی را که تاویار نشان داده بود دید و گفت:

«بسیار خوب، دیدم. حالا اگر نمی‌خواهی نعشم را به ملاقات آن مرد ببری، مرا سوار گُرده‌ات کن.»

تاویار بی هیچ اعتراض و یا حتی کمترین اخم، فوراً دوید و مقابل رابین زانو زد تا او بر شانه‌های نحیفش سوار شود و بعد قامت راست کرد و او را بر کول خود کشید.

کمی بعد رابین خطاب به آرشان که هن و هن‌کنان به دنبال آنان می‌آمد گفت:

«لازم نیست سگرمه‌هایت را در هم بکشی؛ تاویار ما را به نوبت حمل می‌کند، او مرد عادلی است.»

و به این ترتیب تاویار آن دو را به نوبت بر دوش خود حمل کرد تا به دهانه‌ی غار رسیدند. ژیوار که از آمدن آنها مطلع بود، ساده و بی‌پیرایه از آنها استقبال کرد و به درون دعوتشان نمود. نقش و نگارهای طبیعی و زیبای دیواره‌ی غار، جلوه‌ای بدیع و رؤیایی به محل اقامت ژیوار بخشیده بود و رنگ آبی آسمان از ورای طاق سنگی و برگ‌های درخت پرشاخ و برگی که همچون چتری سبز بر دهانه‌ی غار آویزان بود، بر لطافت و زیبایی محیط می‌افزود.

ژیوار بادیه‌ی شیر را از روی اجاق برداشت و برای میهمانان شیر در پیاله ریخت و جلوی‌شان گذاشت. تاویار در کناری دست به سینه ایستاده بود. ژیوار به او گفت:

«بیا بنشین پسر.»

تاویار فوراً اطاعت کرد و دوزانو مقابل ژیوار نشست. ژیوار شیر در پیاله ریخت و جلو او نهاد. تاویار تشکر نکرد، ولی برق قدرشناسی در چشمانش می‌درخشید.

رابین بی هیچ مقدمه از ژیوار پرسید:

«راست است که گفته‌ای سفر به نزد ساینا دل شیر می‌خواهد؟»

ژیوار گفت:

«چه شده که نشان از ساینا می‌جویی؟»

رابین جواب داد:

«گفته‌ای که کلید دفع بلا در دستان اوست.»

ژیوار پس از اندکی سکوت گفت:

«فقط در دستان اوست.»

آرشان پرسید:

«این کلید را چگونه می‌توان از دست او در آورد؟»

ژیوار جواب داد:

«باید نزدش بروی و بخواهی. اگر خطر سفر را بپذیری و اگر او بخواهد بدهد.»

رابین جرعه‌ای شیر نوشید و گفت:

«بی‌پرده آنچه را که دوستانم در آن متفق‌القولند بیان می‌کنم.»

ژیوار منتظر ماند که رابین منظورش را بر زبان آورد و او چنین ادامه داد:

«بی‌گمان هر سلامی را پاسخی‌ست. منظورم را می‌فهمی؟»

ژیوار با هوشمندی منظور او را درک کرد و در جوابش گفت:

«می‌خواهی بگویی شما که در اینجا هرکدام صاحب مقام و منصبی بوده‌اید، با

حضور ساینا چه موقعیتی خواهید داشت؟»

رابین جواب داد:

«آفرین بر تو! مقصود مرا خوب فهمیدی. در ازای دعوت به پادشاهی سرزمین‌مان،

او به ما چه می‌دهد؟»

ژیوار لبخندی زد و گفت:

«بسته به آنست که چگونه بر او وارد شوید، سوار بر شانه‌ی دیگران یا سوار بر پای

خود.»

اشاره‌ی کنایه‌آمیز ژیوار به ماجرای سواری آن دو بر گرده‌ی تاویار بود که هیچ‌کدام

از شنیدن آن خشنود نشدند. رابین ترجیح داد که در آن شرایط چنین پاسخ دهد:

«باید با دوستان دیگر هم مشورت کنیم، هر آنچه که همه تصمیم بگیرند.»

• • •

قبل از بازگشت آنها، پنج پناهجوی دیگر حوصله‌شان از انتظار سر رفته بود. سردار

اوژن که شرایط موجود کلافه‌اش کرده بود لب به اعتراض گشود و گفت:

«مثل پرندگانی محبوس در قفسی تنگ انتظار می‌کشیم که چه وقت گذار گربه‌ای به این طرف‌ها بیفتد!»

رادمان خزانه‌دار از او پرسید:

«جای امن تری سراغ داری؟»

ماهور مستوفی گفت:

«ما حتی نمی‌دانیم دشمن در کدام سمت ما ایستاده است.»

سوبار شاعر زبان به گله از سباک گشود و گفت:

«آن مردک خبرچینِ عزیز دردانه‌ی شاه هم معلوم نیست کدام گوری پنهان است که لااقل به ما بگوید که در شهر چه خبرست.»

سرگش خنیاگر با افسوس گفت:

«شاید آن بینوا را کشته باشند!»

با آمدن رابین و آرشان گفتگوی آنها ناتمام ماند. اوژن بی‌درنگ از رابین پرسید:

«او چه گفت؟»

رابین جواب داد:

«هضم سخنانش ثقیل بود. آرشان می‌تواند شهادت بدهد.»

آرشان گفت:

«و هضم رفتارش همچنین؛ توجه او به تاویار بیش از ما دو نفر بود.»

ماهور گفت:

«قصد تحقیر شما را داشته. من این دسته از مردم را خوب می‌شناسم؛ فرودستانی هستند که فرصت پیدا کنند، کلوخ بر سر ارباب خود می‌کوبند.»

رادمان از ماهور پرسید:

«تاویار را می‌گویی یا آن مرد پیشگو را؟»

ماهور صدایش را پایین آورد و جواب داد:

«هر دو از یک قماشند.»

آرشان گفت:

«خنده‌دارتر این که ما را از سفر پرخطر می‌ترساند. می‌دانید چرا؟ که افسارمان را در دست بگیرد.»

رابین گفت:

«من هم خیالش را راحت کردم و گفتم هر چه دوستان تصمیم بگیرند.»

اوژن گفت:

«حالا چه اصرار دارد که ما را نزد ساینا بکشاند؟ اگر راست می‌گوید، او را به اینجا بیاورد.»

سوبار گفت:

«حتماً شنیده است که هر کس بازارگرمی کند، متاعش بیشتر خریدار دارد.»

رابین آن چه را که در راه بازگشت، به نتیجه رسیده بودند، عنوان کرد و گفت:

«من و آرشان به این نتیجه رسیدیم که باید ژیوار و ساینا را فراموش کنیم. مطلوب ما در همین حوالی است.»

آن پنج تن دیگر مشتاق شدند که مقصود رابین را بدانند و او توضیح داد:

«ما باید بار دیگر به کاراکو مراجعه کنیم. تا بهبود اوضاع، قصر او پناهگاهی آبرومندانه است.»

• • •

قصر کاراکو نزد پناهجویان پناهگاهی امن پنداشته می‌شد و به هر زحمتی بود خود را به آنجا رساندند. البته کاراکو که پس از فرار، به قصر جنگلیش بازگشته بود تا به تبعیدی این بار خودخواسته ادامه دهد، در همان ابتدای امر شرط سخت و عجیبی را پیش پای آنها نهاد و گفت:

«در بهشت کوچک من، آنچه بخواهید فراهم است، بی‌آن که با دغدغه‌ی خاطر همراه باشد. شما هرگز به جایی به مانند اینجا لذت شکار آهوان چرنده و

مرغان پرنده را تجربه نخواهید کرد. وه که چه لحظه‌ی باشکوهی‌ست که در اوج تعقیب و گریز، شکار شما بشوند!»

آنگاه شرط ماندن را بدون تعارف به آنان گوشزد کرد و گفت:

«می‌خواهید بمانید، بمانید اما باید رسم شکار بیاموزید. در اینجا کسی نزد من محبوب‌تر است که تیر را بهتر در هدف بنشاند.»

کاراکو قبل از ترک مجلس به یکی از درباریان که در آنجا حضور داشت دستور داد:

«ابزارکارشان را به آنها تحویل بده.»

مرد درباری جعبه‌هایی چوبین محتوی کمان و تیردان را به نزد مهمانان آورد و هر جعبه را مقابل یکی از آنان نهاد و رفت. در ابتدا همگی ساکت بودند و فقط به یکدیگر نگاه می‌کردند و بالاخره رابین به سخن درآمد و گفت:

«نگران نباشید، بعد از آن که رسم شاهان را به او آموختیم، از اسب خیال پیاده می‌شود.»

آرشان گفت:

«گرفتار اوهام است، مداوایش را به من بسپرید.»

دادمان خزانه‌دار گفت:

«هنوز لذت بازی با مرواریدهای غلتان را نیازموده.»

سردار اوژن کمان از درون جعبه برداشت و در حالیکه کشش زه آن را آزمایش می‌کرد، گفت:

«ازین حرف‌ها که بگذریم دوستان، شکار هم برای خود عالمی دارد.»

•••

اما اولین جلسه‌ی شکار پر از اتفاقات مضحک بود. تیر سوبار شاعر در کلاه بلند ماهور مستوفی فرو نشست و صدای اعتراض او را در آورد. او از پشت بوته‌ای که در آنجا کمین کرده بود، بیرون آمد و با عصبانیت به سوبار گفت:

«چه می‌کنی ناشی؟»

سوبار ابراز شرمندگی کرد و گفت:

«مرا ببخش، نوک کلاهت در پشت بوته می جنبید، پیش خود گفتم چه تک شاخی ست.»

سرگش خنیاگر هم جنبده دیگری را در میان بوته ها دید و سر از پا نشناخته از پشت اسب بر روی او جهید و با خوشحالی فریاد زد:

«گرفتمش! گردنش را گرفتم؛ تیغ بیاورید.»

اما او در حقیقت برگُرده ی رابین فرود آمده بود که از خستگی در میان کمینگاه خوابش برده بود. فریاد اعتراض رابین بلند شد.

«خاموش گستاخ! این که فشار می دهی، گردن من ست!»

زبده ترین در میان گروه، سردار اوژن بود که او نیز به خوبی فوت و فن کار را نمی دانست و غزالی که بدنبال شکارش بود، وی را به هر سمت می کشاند و خسته اش کرده بود، طوری که در آخر خود و اسبش را سرنگون کرد. کاراکو که شاهد ماجرا بود، دست بر روی شکم نهاده بود و از خنده ریسه می رفت. اوژن که غرورش جریحه دار شده بود در پاسخ به خنده ی کاراکو گفت:

«شرط می بندم کسی نمی تواند شکارش کند؛ ماهی لغزنده است.»

کاراکو با خونسردی تیری در چله ی کمان نهاد و گفت:

«پس تماشا کن.»

آنگاه غزال گریزپا را که از آنجا فاصله گرفته بود، نشانه گرفت. تیر در پشت غزال فرو رفت و او را بر زمین غلتاند. همه از مهارت کاراکو در شگفت ماندند و فهمیدند که برای کسب مهارت در شکار و تحقق شرط اقامت در قصر راه آسانی در پیش ندارند.

•••

همان زمان، تاویار با سر و صورتی سیاه شده از دود آتش و لباسی نیم سوخته و در حالیکه پیکر بیهوش جامین را بر کول افکنده بود، از شیب کوهستان بالا می رفت تا خود را به محل اقامت ژیوار برساند.

ماجرا از این قرار بود جامین که حاضر نشده بود با بقیه به قصرکاراکو برود، در کلبه ماند تا کارکیمیاگریش را به سرانجام برساند. او از تاویار هم خواسته بود که بماند و در کارها به وی کمک کند و همین بودن تاویار باعث شده بود که از یک خطر حتمی جان سالم به در ببرد، زیرا تاویار که در اطراف کلبه هیزم می‌شکست به طور اتفاقی از حضور نقابداران که با راهنمایی سباک و در جست و جوی فراریان به آن حوالی رسیده بودند آگاه شد و فوراً جامین را نیز مطلع کرد. آنان مجال فرار پیدا نکردند، اما توانستند خود را پنهان کنند. نقابداران که به هدف نرسیده بودند، کلبه را به آتش کشیدند و رفتند. جامین برای نجات کتاب کیمیاگریش از سوختن، بی‌واهمه به درون آتش رفت و اگر تاویار به کمکش نشتافته بود در آتش می‌سوخت.

و اکنون تاویار پیکر بیهوش اربابش را با زحمت و مرارت به نزد ژیوار در کوهستان می‌برد. به آنجا که رسید، در دهانه‌ی غار ندا سر داد:

«سرور مهربان، آنجایید؟»

ژیوار از غار بیرون آمد و با توجه به آنچه که می‌دید، پرسید:

«چه بلایی سرش آمده؟»

تاویار با کمک ژیوار، جامین را بر روی علف‌های کوهی خواباند و بعد از این که نفسی تازه کرد، جواب داد:

«سیاه‌پوشان باز ور مثل صاعقه فرود آمدند و تا به خود بیاییم، همه چیز را سوزاندند و نابود کردند.»

جامین چشمانش را گشود و نالید و به زحمت گفت:

«کتابم... کتابم چه شد؟»

تاویار کتاب کیمیاگری جامین را که در زیر پیراهن پنهان کرده بود بیرون آورد و گفت:

«کتاب شما نزد من‌ست سرورم؛ از کام آتش بیرونش کشیدم.»

جامین نفس راحتی کشید و دوباره پلک بر هم نهاد. ژیوار از تاویار پرسید:

«مهمانان شما چه شدند؟»

تاویار جواب داد:

«بخت یارشان بود که از پیش ما رفته بودند.»

ژیوار با کنجکاوی پرسید:

«به کجا رفته‌اند؟»

پیش از آن که تاویار جواب بدهد، جامین لب گشود و گفت:

«به قصر کاراکو. خدا بهشان رحم کند!»

ژیوار با توجه به نگرانی جامین گفت:

«نگران نباش می‌روم و آنها را از خطر آگاه می‌کنم.»

تاویار گفت:

«من راه میانبر رسیدن به آنجا را می‌شناسم.»

جامین آنها را به رفتن ترغیب کرد و گفت:

«بروید و مطمئن باشید که من تا برگشتن شما نمی‌میرم.»

•••

قبل از رسیدن آنها، کاراکو و مهمانانش سرمست از گذراندن روزی خوش، به اتفاق به قصر باز می‌گشتند. سرگش، چنگ می‌نواخت و اشعاری را که سوبار در مدح کاراکو سروده بود به آواز می‌خواند، که به یکباره حادثه‌ای غیر منتظره همه چیز را دگرگون ساخت. چند تیر شعله‌ور، پیاپی و از جهات مختلف، بر تنه‌ی درختان اطراف فرو نشست و سواران و اسب‌هایشان را سراسیمه کرد و هنوز به خود نیامده بودند که سباک، سوار بر اسب و به تاخت از روبرو آمد و از همان دور با فریادهای بلند آنان را به گریز ترغیب کرد.

«فرار کنید!... فرار کنید!... آنان به قصر حمله کرده‌اند و کسی زنده نمانده است!»

فریاد هشدار دهنده‌ی سباک و هجوم تیرهای آتشین پیاپی، گروه را چنان غافلگیر و وحشت‌زده کرده بود که تنها انتخاب را در گریز می‌دیدند و لذا یکی بعد

از دیگری از مهلکه گریختند.

•••

هنگامی که ژیوار و تاویار به محوطه‌ی قصر کاراکو نزدیک شدند، قصر در آتش می‌سوخت و شعله‌های سرکش از هر طرف به آسمان زبانه می‌کشید. تاویار بغض کرد و گفت:

«بیچاره سروران من!»

یکی از خدمه‌ی قصر زخمی و نیم سوخته از میان دود بیرون آمد و باگام‌های لرزان خودش را به سمت آن دو کشاند. ژیوار بی‌درنگ از اسب پیاده شد و به طرف او دوید. مرد مجروح چند قدم بیشتر نتوانست بردارد و با صورت بر زمین افتاد و ژیوار که خود را بالای سر او رسانده بود، دید که تیری در پشت او فرو رفته است. تاویار که خود را رسانده بود، نشست و سر مرد را بلند کرد و روی زانو نهاد. مرد مجروح تاویار را شناخت و با صدایی که به زحمت ازگلویش خارج می‌شد گفت:

«به سرورم کاراکو پیغام دهید... جانشان در خطرست.»

ژیوار خم شد و از خدمتکار مجروح پرسید:

«مگر او کجاست؟»

«با... مهمانانشان... به شکار...»

مرد خدمتکار نتوانست جمله‌اش را به آخر برساند و سرش به پهلو افتاد و قالب تهی کرد. تاویار در حالیکه بی‌صدا اشک می‌ریخت، سر مرد را بر زمین نهاد و از جا بلند شد. ژیوار نگاهی به اطراف انداخت و گفت:

«مطمئنم که قصد جان آنها را نداشته‌اند، وگرنه هر دو بار در غیابشان حمله نمی‌کردند؛ آنان بی‌گمان نقشه‌ای در سر دارند.»

•••

کاراکو و بقیه که از مهلکه گریخته بودند، جایی در دل جنگل انبوه گرد هم جمع شدند. آنان هنوز گیج بودند و قدرت تصمیم گیری ازشان سلب شده بود. کاراکو

با اندوه زیاد گفت:

«افسوس! ساعاتی قبل در همین اطراف غرق شادی و تفریح بودیم و جهان را به ارزنی می‌فروختیم، ولی اکنون...»

جمله را ناتمام رها کرد و ملتمسانه خطاب به بقیه گفت:

«هرکس برود از بهشت کوچک من خبری بیاورد، هر چه بخواهد به او می‌دهم!»

سباک سوار بر اسبش از راه رسید و همه به استقبالش رفتند و در پرسش از او به یکدیگر مجال نمی‌دادند. کاراکو پرسید:

«قصرم... قصرم چه شده؟»

رابین پرسید:

«از جان ما چه می‌خواهند؟»

سوبار پرسید:

«به کجا فرار کنیم؟»

رادمانِ خزانه‌دار پرسید:

«جای امنی سراغ داری؟»

ماهورِ مستوفی پرسید:

«چرا مردم قیام نمی‌کنند؟»

سرگش پرسید:

«تکلیفمان چیست؟ خوش به حال بینوایان!»

سردار اوژن اختیار از کف داد و داد زد:

«ساکت شوید ببینیم چه می‌گوید!»

فریاد رسای اوژن همه را به سکوت وا داشت و بعد سباک با لبخندی مکارانه لب به سخن گشود و گفت:

«آرام دوستان، چرا خود را باخته‌اید؟ چه اتفاقی افتاده مگر؟»

رابین گفت:

«چه اتفاق بدتری دوست داشتی بیفتد؟»

اوژن با سوءظن از سباک پرسید:

«این همه وقت کجا پنهان بودی؟»

سباک با خونسردی جواب داد:

«صبر کردم تا بحران فروکش کند. ابتدا دوست را از دشمن نمی‌شد تشخیص داد، اما گرد و خاک که فرونشست، دیدم اوضاع به آن خرابی که فکر می‌کردم نیست.»

آرشان طبیب اعتراض کرد و گفت:

«خراب‌تر از آن‌که نجیب‌زادگان از سوراخی به سوراخ دیگر بخزند چه می‌خواستی باشد؟»

سباک از سخن آرشان خنده‌اش گرفت و اوژن در اعتراض به او گفت:

«مرگ، ما را دنبال می‌کند و تو از خنده ریسه می‌روی. به چه امید بسته‌ای که ما از آن بی‌خبریم؟»

سباک همچنان با خونسردی جواب داد:

«به چیزی که اتفاقاً شما فکرش را هم نمی‌کنید.»

همه چشم به دهان سباک دوختند که او چه می‌خواهد بگوید. سباک که آنان را مشتاق به شنیدن دید، عمداً اندکی سکوت کرد تا آتش اشتیاق آنان شعله‌ورتر شود و بعد چنین گفت:

«دوستان، حقیقتی را خوب است که بدانید. آنان که کمر به نابودی شما بسته‌اند، کسانی نیستند که به مهارت‌ها و تجربیات شما نیاز دارند، بلکه آنانند که شما را مسبب شوربختی‌های خود می‌دانند.»

همه کنجکاو بودند که منظور سباک را بدانند. رابین پرسید:

«منظورت چیست؟»

سباک با اندوهی ساختگی جواب داد:

«قصر عالیجناب کاراکو را مردمان خودمان به تاراج بردند و آتش زدند، نه افراد

بازور.»

کاراکو در اعتراض به گفته‌ی سباک خروشید و گفت:

«دروغ‌ست! من این مردم را بارها نوازش کرده‌ام.»

سباک فوراً گفت:

«اما شما را برادر شاه می‌دانند و شاه را دشمن خود می‌پنداشتند.»

کاراکو به یاد برادرش افتاد و گفت:

«چوب خودخواهی او را من تا کی باید بخورم؟»

ماهور فرصت را برای گله از مردم مغتنم شمرد و گفت:

«من هیچ‌گاه به این مردم اعتماد چندانی نداشته‌ام!»

سباک زمان را برای بیان مقصود خود مناسب دید و گفت:

«شاید باور نکنید؛ بازور عده‌ای را پنهانی مأمور کرده است که به شما گزندی نرسد.»

اوژن با تمسخر گفت:

«این دیگر بزرگترین دروغ است.»

سباک فوراً در جواب او گفت:

«چرا دروغ باشد؟ او به دانایی، تبحر و تجربه‌ی شما نیازمند است و آنقدر احمق نیست که نداند زبان این مردم را شما بهتر از هرکس دیگری می‌فهمید.»

رابین با تردید پرسید:

«چگونه می‌توان اعتماد کرد؟ او به خون ما تشنه است.»

سباک که احساس کرد تخم تردید را در وجود آنها کاشته است، فرصت را از دست نداد و گفت:

«اگر به عهده‌ی این رفیق‌تان بسپارید، من سالیان دراز تجربه‌ی این‌گونه امور را دارم و حاضرم به خاطر شما و به خاطر سرزمین مادریم خطر را به جان بخرم.»

و پس از اندکی مکث، اصل منظور خود را بر زبان آورد و گفت:

«من با بازور مذاکره می‌کنم.»

•••

به زودی در شهر شایع شد که اطرافیان چترا خود را به بازور تسلیم می‌کنند و به همین خاطر جمعیت انبوهی از مردم شهر که ژیوار و تاویار هم در میان‌شان بودند، در دو سمت گذرگاه سنگفرش منتهی به دروازه‌ی کاخ تجمع کرده بودند. تاویار که چند روز همنشینی با ژیوار به او جرأت سؤال کردن و ابراز نظر بخشیده بود، پرسید:

«سرور، شما فکر می‌کنید که آنها تن به این حقارت بدهند؟»

ژیوار به او جواب داد:

«امروز هر اتفاقی ممکن‌ست بیفتد.»

همهمه از جمعیت برخاست و تاویار با اشاره به دور، گفت:

«دارند می‌آیند!»

در انتهای گذرگاه، سر و کله‌ی آنان که مردم در انتظار دیدنشان بودند، پیدا شد. رابین و کاراکو و سباک در جلو و بقیه در پشت سر آنها. آنان حال و روز مساعدی نداشتند و نشانه‌های چند روز دربه‌دری در چهره و لباس‌شان پیدا بود و در این میان تاجی که رابین بر روی دستان حمل می‌کرد، نمادی از تسلیم حقارت‌آمیز آنها بود.

رابین آهسته و طوری که فقط همراهانش بشنوند گفت:

«قامت‌ها را راست نگهدارید. درست است که گروهی شکست خورده‌ایم، ولی همانند مغلوبینی شریف به مذاکره با دشمن می‌رویم و این را باید مردم در چهره‌های ما ببینند.»

سخن رابین در نزد اوژن مسخره و بیهوده جلوه کرد و به همین خاطر از اطرافیان خود پرسید:

«در چهره‌ی مردم چه می‌بینید؟»

آرشان طبیب جواب داد:

«تحقیر.»

و کاراکو سخن او را تکمیل کرد.

«ترحم. در دل به حال‌مان گریه می‌کنند.»

رادمان خزانه‌دار از پاسخ آرشان و کاراکو خوشش نیامد و گفت:

«به حال خودشان گریه کنند که سرزمین‌شان اشغال شده و فقط تماشا می‌کنند.»

ماهور مستوفی نفرت ذاتیش به مردم را بروز داد و گفت:

«و جور بی‌عرضگی‌شان را ما باید بکشیم!»

سرگش سعی کرد خودش را بین بقیه پنهان کند و گفت:

«مرا پنهان کنید؛ تحمل نگاه‌شان را ندارم.»

سوبار او را مسخره کرد و گفت:

«چه کسی ترا می‌شناسد؟ تو در کاخ لنگر انداخته بودی، می‌خوردی و می‌خوابیدی و ساز می‌زدی.»

و سرگش در پاسخ سوبار گفت:

«نه این که تو خیلی مثمر ثمر بودی. خوب است که من و تو زوج مکمل یکدیگر بودیم!»

سباک خندید و صدای خنده‌اش را همه شنیدند. رابین نهیب سر داد:

«ساکت!»

از مقابل مردم که می‌گذشتند، تاویار آهسته از ژیوار پرسید:

«چه خوابی برایشان دیده‌اند سرور؟»

ژیوار متفکرانه پاسخ داد:

«به زودی همه چیز معلوم می‌شود.»

در آستانه‌ی دروازه‌ی ورودی کاخ، رابین به بسته بودن دروازه شک کرد و از سباک پرسید:

«چرا دروازه‌ی کاخ را بسته‌اند؟ قرارست ما را مانند گدایان پشت درِ بسته منتظر بگذارند؟»

سباک جواب داد:

«کمی صبر کنید؛ هنوز که به دروازه نرسیده‌ایم.»

اوژن فاصله‌اش را با نفرات جلو کم کرد و کنار گوش رابین گفت:

«احساس ناخوشایندی مرا آزار می‌دهد.»

سباک سخن اوژن را شنید و پس از نگاهی سرزنش‌آمیز به او گفت:

«فراموش نکن که آنها می‌توانستند هر بلایی سر ما بیاورند و این کار را نکردند.»

در همین زمان دروازه‌ی کاخ از هم گشوده شد و سباک با اشاره به آن ادامه داد:

«این هم از دروازه، خیال‌تان راحت شد؟»

همزمان با گشوده شدن دروازه، در بوق‌های شاخی پیچ در پیچ نیز دمیده می‌شد. سرگش که هر روز با نوای دل‌انگیز چنگ دمخور بود، از نوای گوش‌خراش بوق‌ها بدش آمد و گفت:

«چه نوای کریهی!»

گردونه‌ی شاهی متعلق به چتراکه شش اسب قوی آن را می‌کشیدند، از دروازه‌ی کاخ بیرون آمد. گردونه این بار حامل کسی بود که بر قدرت و ثروت شاه پیشین استیلا یافته بود. محافظین نقابدار نیزه به دست گردونه را در میان گرفته بودند و چهار غلام قوی‌هیکل نقابدار که اورنگ شاهی را بر روی دوش حمل می‌کردند، به دنبال آن می‌دویدند.

با خروج گردونه از کاخ، سباک از حرکت باز ایستاد و بقیه نیز به ناچار از او تبعیت کردند. گردونه به سمت آنان آمد و چرخی در اطرافشان زد تا آنها بازور را درون گردونه ببینند و بدانند با چه کسی مواجهند. کرنش حقارت‌آمیز و چند باره‌ی سباک، گرچه خوشایند بقیه نبود، اما آنان را از همان ابتدا مقهور قدرت بازور کرد.

گردونه‌ی شاهی پس از این چرخش حساب شده، از جمع فاصله گرفت و مسافتی دورتر از حرکت باز ایستاد. غلامان حامل تخت شاهی پیش دویدند و با حرکاتی هماهنگ تخت را به گردونه چسباندند تا بازور با تفرعن و نخوت بر آن جلوس کند و سپس همانجا زانو زدند و به سان چهارپایه‌ی انسانی، در زیر تخت استوار ماندند.

جمعیت شگفت‌زده ناظر ماجرایی عجیب بودند که تا آن روز نظیرش را ندیده بودند. تاویار آهسته از ژیوار پرسید:

«چه می‌خواهد بشود؟»

حس درونی ژیوار آنچه را که می‌خواست اتفاق بیفتد، پیش‌بینی می‌کرد و لذا در جواب تاویار گفت:

«آزمون سختی در پیش است.»

سکوت بر همه جا چیره شده بود و مردم در انتظار به سر می‌بردند. رابین آهسته به سباک گفت:

«نکند او در همینجا قصد مذاکره با ما را دارد؟»

سباک با خونسردی جواب داد:

«مگر ایرادی دارد؟»

صدای اعتراض اوژن بلند شد و پرسید:

«پیش چشم این جماعت؟»

سباک جواب داد:

«چرا که نه؛ بگذارید مردم شاهد این پیمان دوستی باشند. این‌گونه آینده‌ی ما امن می‌شود.»

کاراکوکه نسبت به رفتار و گفتار سباک به شدت سوءظن پیدا کرده بود، قفل سکوت را شکست و به او گفت:

«یعنی خود را بفروشیم؟»

سباک از موضعی فرادستانه به او جواب داد:

«نفروشیم؛ نجات دهیم... انگار اوضاع حقارت بار دو روز گذشته خود را فراموش کرده‌اید.»

رابین با درک شرایط خطیری که در آن گام نهاده بودند، از سباک پرسید:

«تو که قبلاً با او مذاکره کرده‌ای، بگو از ما چه توقعی دارد؟»

سباک جواب داد:

«توقع زیادی ندارد؛ می‌خواهد که تاج را شما بر سرش بنهید.»

رابین مجال اعتراض به بقیه نداد و گفت:

«به او بگو که تاجگذاری مراسم ویژه دارد.»

سباک در ابراز بی‌تقصیری شانه بالا انداخت و گفت:

«اینطور خواسته؛ من چه بگویم؟»

رابین به بقیه نگاه کرد، همه افسرده خاطر بودند و انگار چاره‌ای جز تسلیم نداشتند و به همین دلیل رابین سخن دل همه را بر زبان آورد و گفت:

«به درک! این کار را می‌کنیم.»

سباک لبخندی زد و گفت:

«تنها مراسم ساده‌ی دیگری نیز برگزار می‌شود و همه چیز به خیر و خوشی فیصله می‌یابد.»

رابین با کنجکاوی پرسید:

«چه مراسمی؟»

سباک نگاهی به جانب بازور انداخت. بازور که انگار از پیش می‌دانست او به چه کاری مشغول است، شلاق را در دستش تکانی داد و به سباک فهماند که کار را تمام کند. سباک متوجه دستور او شد و با لحنی فریبکارانه گفت:

«اینان مراسمی ویژه‌ای دارند که خود را ملزم به اجرای آن می‌دانند و از پیش بگویم که قصد تحقیری در آن نیست.»

کاراکو که حوصله‌اش سر رفته بود، با خُلقی تنگ پرسید:

«چه مراسمی است، جان ما را به لب رساندی؟»

سباک گامی از بقیه فاصله گرفت و گفت:

«اینان رسمی دارند که هرکس برای اولین بار به خدمت فرمانده‌شان می‌رسد، باید از ده قدم مانده به او زانو بزند و تا پیش پای او روی زانو حرکت کند.»

اوژن بی‌اختیار و با خشم گفت:

«این یعنی پابوس!»

سباک فوراً گفت:

«این فقط یک رسم ساده است و من خودم اول داوطلب این کار می‌شوم که ترس شما بریزد.»

پیشنهاد سباک در نظر بقیه آنقدر حقارت‌بار و توهین‌آمیز بود که هیچ یک در ادای کلمه‌ی «هرگز!» اندکی نیز درنگ نکردند و طنین این واژه به گوش همه از جمله ژیوار و تاویار رسید. ژیوار آهسته از تاویار پرسید:

«تو هم آنچه راکه من شنیدم، شنیدی؟»

تاویار جواب داد:

«گفتند هرگز، منظورشان از آن چه بود؟»

ژیوار با اشاره‌ی به گردونه شاهی گفت:

«آن گردونه را می‌بینی؟»

تاویار با کنجکاوی گفت:

«می‌بینم. چه می‌خواهید بگویید؟»

ژیوار چشم در چشم تاویار دوخت و گفت:

«آماده‌ی کار مهمی هستی؟»

تاویار از برق چشمان ژیوار دریافت که قصد انجام کار بزرگی را دارد. به وجد آمد و با هیجان گفت:

«تاویار خیلی وقت است که در آرزوی انجام کاری مهم روزشماری می‌کند!»

هنگامی که ژیوار و تاویار در چند و چون انجام کاری مهم به توافق می‌رسیدند، در آن سو سباک شعله‌های خشم را در چشمان با زور دید و سعی کرد که بقیه را به تسلیم وادارد.

«دوستان تا اینجا خوب جلو آمده‌ایم، خرابش نکنید!»

و چون واکنش دلخواهی در جمع ندید، سعی کرد آنان را بترساند.

«آن سربازان مسلح را نگاه کنید. ما نباید بازور را عصبانی کنیم.»

رابین در جواب او گفت:

«برو به او بگو فقط درون کاخ مذاکره می‌کنیم.»

بقیه هم که دل و جرأتی پیدا کرده بودند، سخن رابین را تأیید کردند. کلام سباک رنگ تهدید گرفت و گفت:

«پس بگذارید حقیقت را به شما بگویم، شما مجبور به این کار هستید؛ او فقط مدت کوتاهی فرصت می‌دهد که با میل خود بروید، در غیر اینصورت به زور مجبورتان می‌کند که پایش را ببوسید.»

هشدار سباک خیلی هم بیراه نبود؛ او از مدت‌ها پیش به خلق و خوی ارباب جدید خود آشنا بود. بازور شلاق سیاهش را در هوا جنباند و سربازان نقابدار نیزه به دست، به جنبش درآمدند. رابین خطر را احساس کرد و نومیدانه گفت:

«دوستان، انگار به پایان ماجرا نزدیک می‌شویم. شاید تقدیرمان این بوده که با پای خود به قتلگاه بیاییم.»

رگ غیرت کاراکو جنبید و ضمن برداشتن کمان از شانه‌ی خود، گفت:

«در عوض شرف خود را نفروخته‌ایم!»

خون سلحشورانه‌ی اوژن هم به جوش آمد و ضمن بیرون کشیدن شمشیر از نیام گفت:

«من نیز آماده‌ام!»

سباک در حالیکه آهسته از آنان فاصله می‌گرفت، گفت:

«اشتباه می‌کنید.»

حلقه‌ی محاصره توسط نقابداران سیاهپوش نیزه به دست هر لحظه تنگتر می‌شد. سوبار با آه و افسوس گفت:

«ای کاش مجالی بود تا شورانگیزترین شعر حماسی جهان را می‌سرودم!»

اشک برگونه‌ی سرگش جاری شد و بی‌اختیار پنجه بر تارهای چنگ نهاد و آماده شد که شوری حماسی برپا کند.

در میان جمعیت، ژیوار پنجه‌ی دست تاویار را فشرد و گفت:

«آماده‌ای تاویار؟»

تاویار با شوری زایدالوصف جواب داد:

«آماده‌ام سرور!»

«برویم!»

با ندای ژیوار هر دو به یکباره از جا کنده شدند و جمعیت را شکافتند و به سمت گردونه دویدند. تا گروه محافظین به خود آیند، تاویار با حرکتی که از جثه‌اش بعید می‌نمود، هدایت کننده‌ی اسبان گردونه را از جایش پایین کشید و خود به جایش نشست و ژیوار هم درون گردونه مستقر شد.

تاویار گردونه را به سمت محاصره شدگان هدایت کرد. اسبان قوی گردونه، صف نیزه داران را از هم گسستند و پیش رفتند. تاویار از همان دور فریاد بلند کرد:

«سوار شوید سرورانم، سوار شوید!»

ابتدا سرگش و بعد بقیه تاویار را به جا آوردند و چون جای درنگ نبود، در اجابت دعوت او لحظه‌ای نیز تردید نکردند و یکی بعد از دیگری و با کمک ژیوار یا درون گردونه جای گرفتند و یا بر آن آویختند و در تمام این مدت سباک مذبوحانه سعی در ممانعت و منصرف کردن آنان داشت.

«نکنید!... نروید!... این کار شما را به کشتن می‌دهد!»

و وقتی همه‌ی آنها سوار شدند، به دنبالشان دوید و خود را به پشت گردونه آویخت و در حالیکه بر زمین کشیده می‌شد، همچنان التماس می‌کرد.

«صبر کنید!... مرا بیچاره نکنید!»

و بالاخره از گردونه جدا شد و بر زمین غلتید. از زمین که بلند شد، از همان راه دور، آتش خشم را در چشمان سرخ بازور شعله‌ور دید و خود را برای دریافت

ضربات شلاق او آماده کرد.

انتظار سباک زیاد طول نکشید و بازوراو را فراخواند و زیر ضربات شلاق گرفت و گفت:

«باید پیدایشان کنی، حتی اگر لازم باشد به قعر دوزخ بروی!»

سباک که صورت و بدنش کبود شده بود، در زیر ضربات دردناک شلاق می‌نالید و در عین حال از ابراز بندگی و چاکری دریغ نداشت.

«اطاعت سرورم!... اطاعت!... به من مجال دهید!»

بازور باز هم زد و گفت:

«مردمی که شاهد این فضیحت بودند، باید با چشمان خود ببینند که آنان با پای خود دوباره به پابوس ما بر می‌گردند.»

سباک این بار با وجود درد و سوزش زخم، آنقدر پای برهنه‌ی بازور را بوسید و لیسید که او نشئه شد و گفت:

«می‌خواهم طعم یأس و شکست را به مردی که آنان را فراری داد بچشانم!»

سباک که از ضربات شلاق بازور خلاصی یافته بود، با لحنی اغواگرانه گفت:

«اگر مرا حمایت کنید، قول می‌دهم که اگر به انتهای جهان هم بروند آنها را به پابوس شما بر می‌گردانم.»

بازور کف پایش را بر صورت سباک نهاد و فشار داد، طوری که او با پشت بر کف زمین ولو شد و بعد خطاب به او گفت:

«برو و حرفت را ثابت کن!»

•••

تاویار، بدون توقف و با گذر از بیراهه‌هایی چند، اسبان گردونه را تا دامنه‌ی کوه محل اقامت ژیوار تازاند. در آنجا، ژیوار از گردونه پیاده شد و مسافران گردونه را مخاطب قرار داد و گفت:

«اکنون دیگر از خطر رهیدید. من وظیفه‌ای داشتم و به آن عمل کردم؛ ازین

پس چه خواهید کرد و به کجا خواهید رفت، انتخاب با خودتان است.»

ژیوار این را گفت و منتظر واکنش آنها نماند و با چالاکی راه بالا رفتن از شیب کوه را در پیش گرفت. تاویار برای لحظاتی بین ماندن نزد سروران پیشین و یا رفتن به دنبال کسی که در این مدت کوتاه تبدیل به مراد او شده بود، در تردید ماند و عاقبت انتخاب خود را کرد و به چالاکی از اسب پایین جهید و دوید و خود را به ژیوار رساند. ژیوار که انگار از پیوستن او به خود مطمئن بود، با لبخندی متین و مهربان از او استقبال کرد. مسافتی را که بالا رفتند، تاویار به پشت سر نگاه کرد و با تعجب دید که بقیه هم دارند از دامنه‌ی کوه بالا می‌آیند. خودش را به ژیوار نزدیک کرد و گفت:

«سرورم، دارند به دنبال ما می‌آیند.»

ژیوار بدون آن که به پشت سر بنگرد، جواب داد:

«می‌دانم؛ نگاه‌شان نکن.»

تاویار پرسید:

«چه می‌خواهند؟»

ژیوار جواب داد:

«با خود برای رفتن و یا نرفتن به نزد ساینا کلنجار دارند.»

به غار که نزدیک شدند، تاویار با نگاهی سریع به پشت سر دید که آنها از حرکت باز ایستاده‌اند و با هم صحبت می‌کنند. او فوراً موضوع را به اطلاع ژیوار رساند و گفت:

«انگار از آمدن پشیمان شده‌اند.»

ژیوار جواب داد:

«پشیمان نشده‌اند، دارند مشورت می‌کنند.»

تاویار با تعجب پرسید:

«شما مگر غیب‌گو هستید سرورم؛ از کجا می‌دانید دارند مشورت می‌کنند؟»

ژیوار لبخندی زد و با تواضع گفت:

«مگر تو به جز این فکر می‌کنی؟»

دیدن جامین که از غار بیرون آمد، ادامه‌ی سخن را از یاد تاویار برد و با خوشحالی گفت:

«سرورم بهبود یافته!»

و چون یک لحظه نگاهش به پشت سر افتاد، از آنچه دید نیز نتوانست چشم بپوشد و هیجان‌زده به سخن ادامه داد و گفت:

«آنها هم دارند می‌آیند!»

جامین، بی‌خبر از همه‌ی ماجراهایی که رخ داده بود، به استقبال ژیوار آمد و گفت:

«اگر قصد سفر کردی، من هم همرایت می‌آیم؛ اینجا دیگر امن نیست.»

ژیوار در عوض پاسخ، با نگاهش او را متوجه نقطه‌ای کرد که رابین، هن و هن کنان پیشاپیش بقیه به سمت آنها می‌آمد. جامین که آنها را با آن سر و وضع پریشان دید، حدس زد که چه اتفاقی افتاده است و منتظر ماند تا برسند. آنها پیش آمدند و چند گام مانده به مقصد ایستادند. رابین از بقیه جدا شد و تا مقابل ژیوار پیش آمد و با نشان دادن تاجی که هنوز با خود داشت، گفت:

«ما تصمیم گرفته‌ایم تاج شاهی را بر سر ساینا بگذاریم.»

تاویار پیش پای ژیوار زانو زد و دست به دامن او شد و با اشتیاق و خواهش گفت:

«مرا هم همراه ببرید سرورم!»

ژیوار او را از جا بلند کرد و با مهربانی در چشمانش نگاه کرد و گفت:

«مشروط به این که دیگر برای انجام خواسته‌ات هرگز زانو نزنی.»

تاویار مثل کودکی ذوق‌زده گفت:

«قول می‌دهم!»

ژیوار دست دراز کرد و حلقه‌ای را که به گوش او بود جدا کرد و گفت:

«درین صورت تو را هم با خود می‌بریم.»

و با این جمله، ژیوار پاسخ درخواست همه را با هم داد.

سوم • عیاران •

ژیوار قافله‌سالار بود و بقیه که بار و بندیل‌شان را بر ترک اسبان بسته بودند، در پی او می‌رفتند. سفر طولانی در بیابان گرم و بی‌آب و علف، همه را مشتاق اطراق و رفع خستگی در نقطه‌ای خوش آب و هوا کرده بود و به همین دلیل با رؤیت چند درخت در فاصله‌ی دور، ژیوار گفت:

«می‌رویم آنجا و اطراق می‌کنیم.»

قبل از رسیدن به آنجا، تاویار خودش را به ژیوار نزدیک کرد و آهسته به او گفت:

«آیا شما متوجه آن سواری که تمام امروز ما را تعقیب می‌کند، شده‌اید؟»

ژیوار بی‌آن‌که به سمت مورد اشاره‌ی تاویار نگاه کند، جواب داد:

«پس تو هم متوجه او شده‌ای.»

تاویار به سمت تپه‌ای شنی در دوردست نگاه کرد. سواری که لباس بیابانگردان

به تن داشت و صورتش پوشیده بود برای لحظه‌ای نمایان گردید و سپس پشت تپه‌ی شن ناپدید شد. تاویار از ژیوار پرسید:

«فکر می‌کنی با ما چکار دارد؟»

ژیوار جواب داد:

«به زودی معلوم می‌شود.»

به آبادی که رسیدند، ابتدا از چاه آنجا آب کشیدند و رفع تشنگی کردند و بعد بار از پشت اسبان برداشتند به آنان آب خوراندند و در آخر همه در سایه‌ی درختان نشستند و چون آذوقه‌ای برای‌شان نمانده بود دل به همت کاراکو خوش کردند که به عادت شکار، رفته بود که در آن اطراف سروگوشی به آب بدهد تا بلکه صیدی به چنگ آورد. رادمان که از فشار خستگی در گوشه‌ای ولو بود، دستی بر شکمش کشید و گفت:

«احساس می‌کنم که چربی و گوشت، هر دو با هم دارند ذوب می‌شوند.»

آرشان به کنایه‌ای طبیبانه گفت:

«این سعادتی‌ست که برای بعضی‌ها به گرسنگیش می‌ارزد!»

ماهورکه به زمین و زمان بدبین بود غرولندکنان گفت:

«اگر رزق ما در دست کاراکو باشد، به زودی از شدت لاغری دوک خواهیم شد.»

رابین گفت:

«انگار فراموش کرده‌اید که چگونه ترس از مرگ اشتهامان را کور کرده بود؛ این که الان خیال‌مان آسوده است به هزار سفره‌ی رنگین نمی‌ارزد؟»

سوبارکه یادش رفته بود تا یک ساعت پیش از شدت تشنگی در حال هلاک بود، بادی به غبغب انداخت و با کنایه‌ای که مخاطب اصلیش ژیوار بود، گفت:

«سفر آن‌گونه هم که ما را می‌ترساندند، سخت نیست.»

سرگش طعنه‌ی سوبار را کامل کرد و گفت:

«شاید ما را کودکان بی‌دست و پا تصور کرده بودند!»

اوژن که عِرق سلحشوریش جنبیده بود گفت:

«به فرض که پرخطر هم باشد، خاطره‌انگیز خواهد بود. ما با خطر بزرگ شده‌ایم.»

جامین که دورنگرتر بود پوزخندی زد و گفت:

«چه خیال خامی!»

و با لحنی جدی ادامه داد:

«شما را نمی‌دانم، ولی من در نخستین سرزمین امن ساکن می‌شوم؛ کار من با سفر تناسب ندارد.»

رابین که مثل بقیه به یافتن اکسیر توسط جامین امیدوار بود، در جواب به او گفت:

«تا آخر همسفر باش؛ بودن در کنار دوستان، امن‌ترین جای ممکن در دنیاست.»

جامین دوباره پوزخندی زد و گفت:

«مشروط به آن که این دوستان مطمئن باشند که سفر را تا به آخر می‌توانند ادامه دهند!»

جملات ناامیدکننده‌ی جامین همه را به فکر فرو برده بود، به جز ژیوار که در تمام این مدت سخنان و کنایه‌ها را همه شنیده و با این وجود آرامش و بردباریش را حفظ کرده بود. سکوتی که حاکم شده بود توسط تاویار شکسته شد. او با اشاره به دور گفت:

«شاهزاده برگشت!»

کاراکو سوار بر اسبش از دور می‌آمد. او اسب دیگری را هم به دنبال می‌کشید که ظاهراً لاشه‌ای را بر پشت حمل می‌کرد. رادمان که گرسنگی عقل از او دزدیده بود، کف دو دست را به هم سایید و با شعفی کودکانه گفت:

«آمد و با دست پُر هم آمد! نگاه کنید، صید آنقدر عظیم‌ست که دست‌ها از سویی و پاها در سوی دیگر آویزانست!»

سوبار بی‌اختیار آروغی زد و گفت:

«بعد از روزها خام خواری، گوشت پخته باید لذیذ باشد.»

سرگش حرف او را تأیید کرد و خطاب به تاویارگفت:

«بجنب جوان؛ تو در ساختن اجاق استادی.»

ژیوار در حالی‌که نگاه به دور داشت، گفت:

«خیلی عجله نکنید؛ معلوم نیست صید قابل خوردنی باشد.»

اوژن خندید و خطاب به بقیه گفت:

«دوست ما انگار شاهزاده را دست کم گرفته است!»

ژیوار در جواب خنده‌ی بقیه با همان آرامش گفت:

«کسی از شما شنیده است صیدی که سوار بر اسب خود به شکارگاه آمده باشد،

چه نام دارد؟»

خنده‌ها به یکباره فروکش کردند. تاویار شگفت‌زده از نکته سنجی ژیوارگفت:

«عجبا که همه لاشه‌ی صید را دیدیم و اسب به آن بزرگی را ندیدیم!»

اوژن با نگاهی سرزنش‌آلود به او گفت:

«از کجا معلوم که بین اسب و آن لاشه نسبتی باشد؟»

تاویار که جرأت دفاع از نظر خود را از ژیوار آموخته بود، در جواب اوژن گفت:

«قسم می‌خورم که او همان سواری‌ست که تمام امروز در تعقیب ما می‌آمد.»

اوژن بهانه‌ای دیگر برای سرزنش تاویار به دستش افتاد و با تندی به او گفت:

«کسی تمام امروز ما را تعقیب می‌کرده و تو الان می‌گویی؟»

ژیوار در دفاع از تاویار گفت:

«او فقط الان نگفته، قبلاً مرا در جریان گذاشته است.»

در این فاصله، کاراکو رسید و از اسب پیاده شد و قبل از هر چیز گفت:

«به شکم خود وعده ندهید؛ گوشت صیدی که همراه آورده‌ام آنقدر تلخ است

که با هزار خروار عسل هم نمی‌شود خورد.»

کاراکو با یک حرکت پوشش از لاشه‌ای که بر اسب افکنده بود کشید و همه دیدند

آن که بر زین اسب آویزان است، کسی جز سباک نبود که لباس بیابانگردان به تن

داشت. اولین کسی که واکنش نشان داد، اوژن بود که با حرکتی خشـن سـبـاک را به زیر انداخت و شمشیر از نیام کشید و گفت:

«روباه حیله‌گر! به راستی که از لذت کشتن تو از هر صیدی مطبوع‌تر است!»

رابین مانع کار اوژن شد و به کاراکو گفت:

«کجا پیدایش کردی؟»

کاراکو جواب داد:

«درست لحظه‌ای او را یافتم که از اسب سرنگون می‌شد. خواستم رهایش کنم که از تشنگی بمیرد، ولی فکر کردم شاید شما کیفر بدتری برایش در نظر داشته باشید.»

رابین به آرشان نگاهی کرد و با اشاره‌ی سر به او فهماند که سباک را دریابد. آرشان جلو آمد و کنار سباک زانو زد و گوشش را بر سینه‌ی او نهاد. پلک یک چشـم سباک آهسته گشوده شد و طوری که فقط آرشان بشنود، به او گفت:

«زنده‌ام و خبرهای بسیاری برایتان دارم.»

آرشان سرش را بلند کرد و با خنده گفت:

«زنده است ناجنس!»

ژیوار گفت:

«شاید تشنه باشد.»

و به طرف چاه رفت تا آب بیاورد. تاویار هم بی‌معطلی به کمک او شتافت. سباک به طرز ترحم برانگیزی ناله سر داد. رابین به آرشان گفت:

«درمانی بکن زبانش باز شود؛ بد نیست بدانیم که در غیاب ما چه گذشته است.»

آرشان گفت:

«درمان لازم نیست؛ او هفت جان دارد.»

آرشان شانه‌ی سباک را تکان داد و با خشونتی که از یک طبیب بعید بود، خطاب به او گفت:

«بس است دیگر، بازی را تمام کن!»

لحظه‌ای در انتظار سپری شد و همه منتظر واکنش سباک ماندند. سباک ابتدا یکی از پلک‌ها و بعد پلک دیگر را از هم گشود و همه را از نظر گذراند و چون خیالش راحت شد که ژیوار مشغول کشیدن آب از چاه است، ناله را قطع کرد و گفت:

«خوب شد؛ نمی‌خواهم او بشنود.»

کاراکو نوک پایی به پهلوی او زد و گفت:

«دغل بازی بس است، تو بهتر از همه می‌دانی که او چگونه ما را از دامی که تو پهن کرده بودی نجات داد.»

سباک نیم‌خیز شد و گفت:

«اشتباه می‌کنی؛ او شما را جادو کرده است.»

رابین با لحنی تمسخرآلود از او پرسید:

«آن، چه جادویی‌ست که تو خبر داری و ما از آن بی‌خبریم؟»

سباک جواب داد:

«بروید از اهالی شهر بپرسید؛ همه همین را می‌گویند.»

بعد قیافه‌ای حزن‌آلود به خود گرفت و ادامه داد:

«چه درخواست احمقانه‌ای! فراموش کردم که شماها دیگر هرگز رغبت بازگشت به سرزمین مادری را ندارید. من هم ندارم. یعنی نمی‌توانم داشته باشم، چون کافیست که به چنگ نقابداران خونخوار بازور بیفتم.»

بعد آهی کشید و ادامه داد:

«دلم به حال خودمان می‌سوزد.»

سردار اوژن با اوقات تلخی گفت:

«دلت به حال خودت بسوزد؛ ما هرگز قصد ترک همیشگی میهن‌مان را نداشته‌ایم و نخواهیم داشت.»

سوبار در تکمیل سخن اوژن گفت:

«به نزد ساینا می‌رویم تا با او برگردیم و پاسخ جنایات ارباب پلید تو را بدهیم.»

سباک با تعجبی اغراق‌آمیز گفت:

«ارباب من؟»

و با تأثری نمایشی ادامه داد:

«بیچاره کسی که از دوست رانده شود و از دشمن مانده!»

آرشان با تنفر پرسید:

«اگر دشمن بود، پس چرا قصد داشتی ما را در دامن او بیندازی؟»

سباک آهی کشید و گفت:

«فریبش را خوردم. شما هم فریب او را خوردید. نخوردید؟... مگر با پای خود به نزد او نمی‌آمدید؟ من هم مثل شما؛ چه می‌دانستم که آن پیشنهاد گستاخانه را می‌دهد؟»

رابین با افتخار گفت:

«خوشحالیم که حتی به قیمت آوارگی ما، داغ این آرزو بر دلش ماند.»

سباک فرصت‌طلبانه گفت:

«مرا هم در این افتخار سهیم بدانید، که اگر جز این بود من با این حال زار اینجا نبودم.»

و بعد با اندکی اطمینان از تأثیر سخن خود، با مظلوم‌نمایی بیشتر ادامه داد:

«اکنون شما مختارید که مرا همراهتان ببرید یا رهایم کنید تا طعمه‌ی لاشخورها شوم. مختارید که تصمیم بگیرید، اما این نکته را هم در نظر داشته باشید که ساینا از وجود آدمی که از سیر تا پیاز همه چیز باخبر است، بی‌نیاز نخواهد بود.»

رابین نگاهی به بقیه انداخت و چون آنها سکوت اختیار کرده بودند، نگاهی به سمت چاه آب افکند و با اشاره به ژیوار که از آب دلو بادیه را پر می‌کرد، خطاب به سباک گفت:

«باید ژیوار هم موافقت کند.»

در آن طرف، کنار چاه آب، تاویار با توجه به سباک و افرادی که گرد او جمع

بودند از ژیوار پرسید:

«حدس می‌زنی چه مجازاتی برایش در نظر بگیرند؟»

ژیوار جواب داد:

«احساس من می‌گوید که آنها بار دیگر هم فریب او را می‌خورند.»

تاویار متعجب از سخن ژیوار گفت:

«ولی به خون او تشنه‌اند؛ این چند روز ورد کلامشان همین بوده.»

ژیوار بادیه‌ی پرآب را به دست تاویار داد و گفت:

«برایش آب ببر.»

سباک که اینک با خیال آسوده‌تری زبان بازی می‌کرد، گفت:

«من اوضاع سرزمین‌هایی را که شاید از آنجا بگذریم، مانند کف دست می‌شناسم و خُلق و خوی مردمانشان را می‌دانم.»

و با موذیگری و اشاره‌ی چشم به ژیوار، ادامه داد:

«بعدها خودتان قضاوت خواهید کرد که من راهنمای بهتری بوده‌ام یا او!»

تاویار بادیه‌ی آب را آورد و به طرف سباک درازکرد. سباک با نگاهی پر سوءظن به او، بادیه را از دستش گرفت و آب درون آن را تا قطره‌ی آخر با ولع نوشید. رابین ضمن رفتن به سمت چاه گفت:

«باید با او صحبت کنم.»

رابین به کنار چاه آمد و درکشیدن آب از چاه برای اسبان، به ژیوار کمک کرد و درضمن به او گفت:

«او می‌خواهد با ما بیاید. تو موافقی؟»

ژیوار گفت:

«یعنی می‌خواهد به نزد ساینا بیاید؟»

رابین جواب داد:

«می‌گوید می‌آیم. می‌گوید فریب خورده است و می‌خواهد جبران کند.»

ژیوار پرسید:

«شما به حرفش اعتماد می‌کنید؟»

رابین جواب داد:

«به نظر می‌رسد که از کرده‌اش پشیمان شده است، از طرفی فوت و فن‌هایی بلد است که شاید جایی به دردمان بخورد.»

ژیوار پس از اندکی تأمل گفت:

«اگر بخواهد می‌تواند بیاید. هرکس می‌تواند بیاید؛ تا هرکجا که بتواند.»

•••

آنان پس از مدتی استراحت، راه سفر را ادامه دادند، بی‌خبر از این که از همان ابتدای حرکت، هفت سوار با صورت‌هایی پوشیده آنان را زیر نظر گرفته بودند و تعقیب می‌کردند و این تعقیب پنهانی تا غروب آفتاب ادامه داشت.

آفتاب غروب کرده بود که مردان مسافر به روستایی متروکه وارد شدند و همانجا کنار دیواری مخروبه اطراق کردند و آتشی افروختند و پیرامون آن نشستند. سکوت را تنها صدای سوختن چوب و گاهی ناله‌ی شبگیری می‌شکست. کاراکو پس از نگاهی به اطراف خود گفت:

«عجیب‌ست! این سومین قریه‌ی متروکی‌ست که ظرف یک روز با آن مواجه شده‌ایم. آیا اینجا سرزمین اشباح است؟»

سباک گفت:

«اما پایتختی آباد دارد با شاه و ملکه‌ای که تا دلتان بخواهد مهربانند.»

لحن و کلام مطمئن سباک کنجکاوی بقیه را برانگیخت. رابین از او پرسید:

«آنها را می‌شناسی؟»

سباک با تواضعی ساختگی جواب داد:

«نا آشنا نیستم.»

سوبار گفت:

«کاش می‌توانستیم چند روزی مهمانشان باشیم؛ دلم برای آداب درباری تنگ شده.»

ژیوار که تا این لحظه فقط به سخن آنان گوش می‌داد با لحنی قاطع گفت:

«ما از آنجا نمی‌گذریم!»

و با توجه به کنجکاوی بقیه برای دانستن علت این سخن، توضیح داد:

«پایتخت، منزلگاه کاروان‌های تجار است و ما قصد کار دیگری داریم و کالایمان در آنجا خریدار ندارد.»

لحن قاطع سخنان ژیوار موجب شد که کسی آرزوی سوبار را پی نگیرد و این موضوع، دلخواه سباک نبود. پس از سکوتی دوباره، سردار اوژن با نگاهی پر سوءظن به اطراف، گفت:

«شبِ وهم‌انگیزی‌ست. احساس می‌کنم چشمانی ناظر ما هستند.»

ماهور مستوفی که بنا بر عادت، زبان جز به کلام یأس‌آلود نمی‌گشود گفت:

«شاید راهزنان باشند؛ سرزمین تاجران بی‌راهزن نمی‌ماند.»

ژیوار گفت:

«ما که تاجر نیستیم، از چه می‌ترسیم؟ بخوابید که فردا راه درازی در پیش داریم. من بیدار می‌مانم.»

تاویار فوراً گفت:

«من هم با شما بیدار می‌مانم.»

سردار اوژن شمشیرش را با غلاف گشود و به طرف ژیوار دراز کرد و گفت:

«این را هم همراه داشته باشید.»

کاراکو نیز کمان و تیردانش را از شانه برداشت و گفت:

«و این را هم.»

ژیوار تشکر کرد و گفت:

«آسوده بخوابید.»

• • •

ادامه‌ی سفر برای مردانی که شب گذشته را با جیره‌ی غذای مختصری شکم سیر کرده و آسوده خفته بودند، به سختی روز پیشین نبود، لیکن در همان اوایل حرکت اتفاقی غیرمنتظره، شرایطی تازه را برای‌شان رقم زد. در فاصله‌ای نه چندان دور، مردی سوار بر اسب و با چهره‌ی پوشیده چنان در مقابلشان ظاهر شد که انگار از زمین رویید. رابین اسب را از حرکت باز ایستاند و با تعجب گفت:

«عجیب‌ست، در بیابانی که جنبنده از فرسنگ‌ها دور دیده می‌شود، او یکباره از کجا سر در آورد؟»

بقیه هم که نسبت به حضور ناگهانی آن سوار پوشیده رخ کنجکاو شده بودند، اسبان را متوقف ساختند. سردار اوژن گفت:

«چند لحظه قبل کسی در آنجا نبود، مطمئنم.»

آرشان طبیب گفت:

«شاید سراب است.»

جامین فوراً و با دقت زاویه‌ی جسم و سایه را تخمین زد و گفت:

«مَجاز نیست؛ آن چه می‌بینید واقعیت دارد.»

سباک از موقعیت استفاده کرد و گفت:

«مجاز یا واقع، امیدوارم پیکِ شاه و ملکه باشد.»

سوبار از سخن او استقبال کرد و گفت:

«در این صورت، دور از ادب‌ست که دعوتشان را رد کنیم.»

ماهور مستوفی بر طبل بدبینی کوفت و گفت:

«کسی که صورتش را از دیگران بپوشاند، نیت دوستانه‌ای ندارد.»

رادمان خزانه‌دار با ترس و تردید گفت:

«یعنی ممکن‌ست راهزن باشد؟»

کاراکو گفت:

«راهزن باشد و تنها؟... ممکن نیست.»

ژیوار بحث را کوتاه کرد و گفت:

«هرکه باشد، معلوم می‌شود.»

سوار ناشناس به یکباره اسب را تازاند و تا مقابلشان پیش آمد. لحظاتی در سکوت به همدیگر نظاره کردند و بعد سوار لب به سخن گشود و پرسید:

«قافله‌سالار کیست؟»

ژیوار جواب داد:

«منم.»

مرد ناشناس اندکی در ژیوار دقیق شد و بعد از او پرسید:

«بگو به کجا می‌روید و چه کالایی با خود همراه دارید؟»

ژیوار گفت:

«چرا باید به تو پاسخ بدهیم؟»

مرد ناشناس با خونسردی جواب داد:

«به این خاطر که من راهزنم و در حال حاضر آنچه را که همراه دارید متعلق به خودم می‌دانم.»

کاراکو بی‌اختیار خنده‌اش گرفت و قهقهه سر داد. بجز ژیوار بقیه نیز از او تبعیت کردند و صدای خنده‌شان درهم تنیده شد. کاراکو با لحنی تمسخرآلود خطاب به مرد ناشناس گفت:

«تو به تنهایی بادِ اسبان ما را هم تاب نمی‌آوری!»

مرد راهزن در جواب کاراکو گفت:

«از کجا می‌دانی تنهایم؟»

سخن راهزن که با خونسردی کامل ادا شده بود، سایه‌ای از تردید و ابهام گستراند که برای رهایی از آن، سردار اوژن شمشیر از نیام کشید و گفت:

«اکنون معلوم می‌شود!»

اما هنوز اقدامی به حمله از جانب اوژن صورت نگرفته بودکه تپه‌های شنی اطراف به جنبش درآمدند و شش مرد، با چهره‌های پوشیده، سوار بر اسبان خود از زیر شن سر برآوردند و هنوز حیرت همگی از نحوه‌ی غریب ظاهر شدن سواران باقی بودکه یکی از آنان کمندی افکند و شمشیر از کف اوژن ربود و دیگری کمان کاراکو را به همین شیوه تصاحب کرد و آنها دریافتند که باگروهی راهزن ویژه مواجهند.

سرکرده‌ی راهزنان با لحنی پیروزمندانه و تمسخرآلودگفت:

«اگرکسی سلاح دیگری دارد و می‌خواهدکه بیازماید، می‌تواند.»

در حالی‌که بقیه مبهوت مانده بودند، ژیوار با شجاعت اسبش را تا مقابل سرکرده‌ی راهزنان پیش راند و رو در روی اوگفت:

«پاسخ سؤالت را از من بشنو... نام من ژیوار است و به اتفاق بقیه به دیدار ساینا می‌رویم.»

سرکرده‌ی راهزنان با همان لحن تمسخرآلود گفت:

«مرا هم یوشیتای هولناک می‌نامند و شبیه به شما، دروغگویان بسیاری را دیده‌ام. بگو چه همراه دارید؟»

ژیوار جواب داد:

«تاجر نیستیم و چیزی که باب دندان تو باشد همراه نداریم.»

یوشیتاگفت:

«بهترست ابتدا ببینیم چه دارید، در باب چند و چونش بعد تصمیم می‌گیریم.»

و با لحنی خشن و تحکم‌آمیز آنها را مخاطب قرار داد وگفت:

«همه از اسبان پیاده شوید، زود!»

ژیوار مقاومت کرد وگفت:

«کسی پیاده نمی‌شود!»

و هنوز واکنش او کامل شکل نگرفته بودکه همزمان دوکمند به سویش پرتاب شد و برگرد پیکرش حلقه بست و او را در اسارت گرفت و تا خواست تقلایی برای

رهایی بکند، از روی اسب فروکشیده شد و بر زمین سقوط کرد. ژیوار با کمک زانو از جا بلند شد، اما کمندی که از هر دو سو کشیده می‌شد، مجال هر حرکت دیگری را از او سلب کرد. یوشیتا با لبخندی پیروزمندانه بقیه را مخاطب قرارداد و گفت:

«حالا آنچه راکه گفتم انجام دهید.»

رابین از اسب پیاده شد و با نگاهش از بقیه نیز خواست که به فرمان یوشیتا تن دهند و آنان یکی پس از دیگری از اسبانشان پیاده شدند. یوشیتا خنجرش را از زیر کمربند بیرون کشید و با پرتابی ماهرانه به درون خاک فرو نشاند و گفت:

«می‌خواهم این خنجر تا لحظه‌ای دیگر، زیر انبوهی از آنچه که دارید مدفون شود.»

پیش از همه، تاویار فوراً نیمتنه و پاپوش خود را درآورد و کنار خنجر نهاد و با اشاره به ژیوار، یوشیتا را مخاطب قرارداد و گفت:

«به او آزاری نرسان؛ ما بی او گمشدگانی در بیابان خواهیم شد!»

یوشیتا با نگاه به ژیوار، در پاسخ او گفت:

«مشروط به آن که مانع دست و دلبازی دیگران نشود.»

ژیوار بدون واهمه از موقعیت خود گفت:

«مطمئن باش هر چه را که ببری با دست خود بازخواهی گرداند.»

یوشیتا در جواب او با کنایه گفت:

«اسیر باشی و این چنین بی‌پروا، نوبرست!»

و با لحن خشن خطاب به بقیه گفت:

«بجنبید!... دلم می‌خواهد آنچنان خود را سبک کنید که ادامه‌ی راه را بی‌دغدغه‌ی بود و نبود سفر کنید.»

اولین نفر، رابین بود که کیسه‌ای محتوی سکه‌های زر از خورجین اسبش بیرون آورد و به کنار خنجر افکند و بعد از او بقیه نیز کیسه‌های زر در اندازه‌های متفاوت را به همانجا انداختند. یوشیتا با لبخندی تمسخرآلود خطاب به ژیوار گفت:

«گفتی که چیزی همراه ندارند، اما می‌بینم آنان تاجرانی هستند که انبوه کالای‌شان را نقد کرده‌اند!»

رابین گفت:

«هر چه بود نصیب تو شد؛ بردار و بگذار برویم.»

یوشیتا سری جنباند و گفت:

«می‌خواهم مطمئن شوم چیز دیگری از یادتان نرفته باشد.»

رابین در حالی که سعی می‌کرد خشم خود را فرو خورد، گفت:

«آنچه را که ارزش داشت به تو دادیم؛ بگذار برویم بی‌انصاف!»

و به یکباره سباک واکنشی نشان داد که همه را متحیر ساخت. او به کنار اسب یوشیتا دوید و با صدای بلند گفت:

«دروغ می‌گویند!...گول ظاهرشان را نخورید. اینان هر یک مردان سرشناسی هستند و می‌روند که ساینا را به شاهی دعوت کنند.»

و با تبسمی موذیانه خطاب به یوشیتا ادامه‌ی سخن داد و گفت:

«حال خودت قضاوت کن، آنان که به درگاه ساینا می‌روند، به کیسه‌ای زربسنده می‌کنند؟»

اوژن سرشار از خشم شد و زیر لب گفت:

«نگذاشتید سرش را از تن جدا کنم، اکنون مزد ساده‌لوحی خود را بگیریم!»

یوشیتا با نگاهی پر سوءظن به سباک گفت:

«درستی ادعایت را ثابت کن.»

سباک با احتیاط خود را به پشت اسبان رساند تا ضمن آزادی عمل، از تعرض احتمالی همراهان خود نیز مصون بماند. نخستین یورش او به صندوقی بود که بر پشت اسب رابین استوار بود. او به سرعت تاج شاهی را از درون آن بیرون آورد و در حالی که برق طلا و درخشش جواهرات تاج چشم را خیره می‌کرد، با نشان دادن آن و اشاره به رابین، گفت:

«این تاجی‌ست که او می‌خواهد با دست خود بر سر ساینا بنهد.»

رابین طوری که سباک بشنود، زیر لب و با نفرت گفت:

«خائن!»

سباک بی‌توجه به واکنش رابین، تاج را به سمتی که خنجر در شن فرو رفته بود انداخت و اما تاج در هوا و توسط کمندی که یوشیتا با مهارت افکند، شکار شد و در اختیار او قرار گرفت. یوشیتا اندکی جوانب تاج را بررسی کرد و سپس آن را بر سر نهاد و به کنایه گفت:

«گمان نکنم ساینا آنقدر تنگ نظر باشد که تاج را بر سر بینوایان نپسندد.»

سباک چاپلوسانه قهقهه‌ای زد و به سمت اسب جامین متمایل شد و علیرغم واکنش نومیدانه‌ی جامین، کتاب علم کیمیا را از خورجین اسب او بیرون کشید و با نشان دادن آن و اشاره به جامین، به یوشیتا گفت:

«درین کتاب راز کار کیمیاگری نهفته است و این مرد در جستجوی اکسیر رویین است.»

و با چشمکی موذیانه در ادامه گفت:

«که شاید هم جسته باشد و دیگران بی‌خبرند!»

جامین زیر لب غرید و گفت:

«یاوه‌گو!»

سباک کتاب دیگری را از خورجین اسب آرشان بیرون کشید و گفت:

«مرضی نیست که راز درمان آن درین کتاب نباشد؛ امراضی که توانگران بیمار برای درمانش حاضرند کوهی از طلا بدهند.»

سباک ضمن ادای کلمات و نهادن هر دو کتاب در کنار خنجر، با یورشی ناگهانی و ماهرانه، کلیدی را که رادمان خزانه‌دار با ریسمان به گردن آویخته بود، از یقه‌ی پیراهن او بیرون کشید و به سمت اسب او دوید و با اشاره به صندوقچه‌ی آهنی روی گرده‌ی اسب گفت:

«و اما از راز درون این صندوقچه‌ی فولادین!»

سباک با کلید قفل صندوقچه را گشود و از درون آن کتابچه‌ی کوچک رادمان را بیرون آورد و گفت:

«درین کتاب کوچک، نشانی دفینه‌های بیشماری نهفته است که هر یک گنجی عظیمند.»

و ضمن ادای کلمات، کتاب قطور ماهور را از خورجین بزرگ اسب او برداشت و در مقایسه با کتاب کوچک، نشان یوشیتا داد و گفت:

«و درین کتاب بزرگ، فوت و فن استخراج دسترنج جماعات نگاشته شده؛ گنجی که حاکمان برای دانستن آن سر از پا نمی‌شناسند.»

سباک ضمن سخن و عبور از کنار اسبان، دیوان شعر سوبار را نیز از خورجین اسب او برداشت و با اشاره به آن گفت:

«و این دیوانی‌ست لبریز از واژگان شورانگیز و الفاظی باب طبع قدرت پیشه‌گان.»

چنگ سرگش را هم از خورجین اسب او برداشت و با اشاره به آن جمله‌ی قبل را کامل کرد و گفت:

«و این ساز، هضم واژگان را برایتان آسان می‌کند.»

لحظاتی بعد، سباک که کارش را به پایان رسانده بود، در مقابل کیسه‌های زر بر هم انباشته و کتاب‌های بر هم چیده و تنبور سرگش و نیم‌تنه و کفش تاویار که خنجر را پوشانده بودند، خطاب به یوشیتا گفت:

«ادعایم را ثابت کردم و در عوض خواسته‌ای دارم.»

یوشیتا در جوابش گفت:

«آنچه می‌خواهی چیست که ارزش خیانت به دوستان را داشته باشد؟»

سباک جلو آمد و خودش را به اسب یوشیتا چسباند و با اشاره‌ی مخفیانه به ژیوار، آهسته و طوری که فقط یوشیتا بشنود، گفت:

«آن شیاد کتابی به همراه دارد که از هلاهل برای این ساده‌لوحان مهلک‌تر

است و خودشان نمی‌دانند؛ می‌خواهم آن را پیش چشم همه به آتش بکشی.»

یوشیتا باکنجکاوی پرسید:

«آن چه کتابی است؟»

سباک جواب داد:

«او به دروغ مدعی‌ست که به کمک نقشه‌های آن کتاب، مسیر رفتن به نزد ساینا را بازمی‌شناسد.»

سخن سباک موجب شد که یوشیتا به جانب ژیوار بنگرد. ژیوار که در تمام این مدت ناظر دقیق و فکور ماجرا بود، در چنان آرامشی به سر می‌برد که نه انگار در کمندی تنگ اسیرست. یوشیتا بعد از مشاهده‌ی این وضع، خطاب به سباک گفت:

«از کجا مطمئنی که خواسته‌ات را اجابت می‌کنم؟»

سباک با لبخندی شیطنت‌آمیز، خودش را به یوشیتا نزدیک‌تر کرد و آهسته‌تر از قبل به او جواب داد:

«چون که من امثال تو را خوب می‌شناسم.»

یوشیتا باکنجکاوی پرسید:

«می‌خواهم بدانم درباره‌ی من چه می‌دانی؟»

سباک با شجاعتی که متکی به وعده‌های بازور بود، گستاخانه لب به سخن گشود و گفت:

«تو بوزینه‌ی دست‌آموز کسی هستی که من نیز در پیشگاهش معلق‌ها زده‌ام.»

و چون سباک متوجه خشمی که در وجود آن مرد راهزن انباشته می‌شد نبود، با لبخندی مکارانه همچنان به سخن ادامه داد و گفت:

«من و تو هر دو از کاسه‌ای می‌خوریم که او در آن استخوان می‌اندازد.»

اما یک لحظه نگاهش به چشمان یوشیتا افتاد و برق خشم و نفرت، آهنگ صدای او را دچار لرزش کرد و با ترس و تردید ادامه داد:

«مگر نه این‌ست که سرور هر دوی ما بازور بزرگ‌ست؟»

و هنوزکلامش به آخر نرسیده بود که کف کفش یوشیتا بر تخت سینه‌اش فرود
آمد و بر اثر ضرب شدید آن به عقب پرتاب شد و با پشت بر زمین افتاد. یوشیتا
قصد داشت که اسب را از روی او بگذراند که فریاد هشدار یکی از راهزنان برخاست.

«دارند می‌آیند... سربازان شاه دارند می‌آیند!»

گروهی سوار از دور به تاخت می‌آمدند و سم اسبانشان گرد و غبار شن به پاکرده
بود. یوشیتا که از تصمیم قبلی منصرف شده بود، اسب را به محل تلنبار غنایم پیش
راند و با یک ضربه‌ی ماهرانه، نوک شمشیری را که از نیام کشیده بود، درکتاب‌های
چیده بر هم فرو کرد و همه را که به هم دوخته شده بودند، با خود برد و به تاخت
رفت. دیگر افراد گروه راهزنان نیز، ضمن تاخت، کیسه‌های زر و شمشیر مرصع اوژن و
کمان و تیردان کاراکو و تنبور سرگش را همراه بردند و آنچه که بر جای ماند فقط لباس
و کفش تاویار بود و خنجری که در شن به جا ماند.

با رفتن راهزنان، تاویار فوراً به طرف ژیوار دوید و به او کمک کرد که بند کمند
را از گرد تنه و دستان خود بگشاید. ژیوار نه معطل سربازانی ماند که به تاخت
می‌آمدند و نه توجهی به همراهان خشمگینش کرد که به سراغ سباک می‌رفتند،
بلکه همه‌ی حواس او معطوف به یوشیتا بود که اکنون در حالی که مجموعه‌ی
کتاب‌ها بر نوک شمشیرش در اهتزاز بود، دور و دورتر می‌شد. ژیوار به طرف اسبش
دوید و به تاویار گفت:

«من می‌روم و به زودی بر می‌گردم.»

و در مقابل چشمان نگران تاویار، پا در رکاب نهاد و اسبش را در تعقیب راهزنان،
به تاخت واداشت.

به جز تاویار، سباک هم متوجه مقصود ژیوار شد و در حالی که شاهد آمدن
گروه خشمگین به سمت خود بود، آماده شد تا نقش دیگری را بازی کند. او با
رسیدن سردار اوژن که در سر راه، خنجر یوشیتا را از درون شن بیرون کشیده بود
و در دست داشت، فوراً از جا بلند شد و یقه دراند و سینه لخت کرد و با لحنی

بغض‌آلود گفت:

«بکُش، آماده‌ام... با این وجود خوشحالم که توانستم جان شماها را از مرگ نجات دهم.»

اوژن با کینه و نفرت گفت:

«تو جان ما را نجات دادی، خائن رذل؟»

سباک سینه‌اش را بیشتر نمایاند و گفت:

«می‌دانم که باور نمی‌کنید و به همین خاطر آماده‌ی مرگ شده‌ام.»

رابین گفت:

«چه چیز را باور کنیم؟ خیانت مگر شاخ و دُم دارد؟»

سباک چهره‌ای مظلوم به خود گرفت و گفت:

«میل شماست که باور کنید یا نکنید؛ راهزن‌ها در هر صورت آنچه را که داشتید، می‌بردند ولی پیش از آن که سربازان شاه برسند.»

و با اندوهی ساختگی ادامه داد:

«و در آن صورت معلوم نبود که هیچ یک از ما الان زنده بودیم یا نه.»

گر چه همه با خشم پیرامون سباک را گرفته بودند، اما سخنان او این خاصیت را برایش داشت که کشتنش را به تأخیر بیندازد و مقصود نهایی‌اش را تأمین کند. کاراکو با خشم خطاب به سباک گفت:

«راهزن‌ها که نمی‌دانستند ما چه داریم؛ تو لعنتی همه را لو دادی!»

رادمان در تکمیل سخن کاراکو گفت:

«تو حتی سهم خودت را در قبال این خیانت طلب می‌کردی، خبیث!»

سباک با قیافه‌ای حق به جانب جواب داد:

«آنها از قبل می‌دانستند که شما چه چیزهایی به همراه دارید.»

جامین با خشم پرسید:

«از کجا می‌دانستند؟»

سباک جواب داد:

«او به آنها اطلاع داده بود.»

همه نسبت به پاسخ سباک کنجکاو شدند و رابین پرسید:

«از چه کسی حرف می‌زنی؟ به جز تو خائن چه کسی از هست و نیست ما باخبر بود؟»

سباک با لبخندی مزورانه جواب داد:

«فکر می‌کردم که خودتان حدس می‌زنید.»

و چون آنان را مشتاق به دانستن دید، به سخن ادامه داد و گفت:

«او، کسی‌ست که همین الان دارد به دنبال راهزنان می‌رود که در تقسیم غنایم با آنان شریک شود.»

توجه بقیه بی‌اختیار به سمتی معطوف شد که هنوز می‌شد ژیوار را در تعقیب راهزنان رؤیت کرد. سباک برای آن که بر تأثیر کلامش بیفزاید، در ادامه گفت:

«از همان لحظه‌ای که افسانه‌ی دروغین ساینا را باور کردیم و افسارمان را به دست این آدم سپردیم، باید حدس می‌زدیم که این یک دام است.»

و با مظلوم‌نمایی بیشتر ادامه داد:

«ای کاش زمانی که من به بازی مرگ مشغول بودم و سعی می‌کردم با سرگرم کردن یوشیتای هولناک، مرگ بقیه را به تأخیر بیندازم، و ای کاش در عوض غصه خوردن به خاطر چیزهایی که از دست می‌دادید، ای کاش در آن لحظات نگاهی به قافله‌سالارتان می‌انداختید که در کمال خونسردی به تماشا مشغول بود و دخالتی نمی‌کرد.»

تاویار لب به اعتراض گشود و گفت:

«ولی او...»

اما سباک فوراً با ادامه به سخن، میان حرف او دوید و گفت:

«ما که اختیار خود را به او سپرده بودیم؛ اگر حسن نیت داشت، اگر با آنها هم‌دست نبود، نباید دفاعی، کلکی، دروغی، خواهشی، التماسی به خاطر ما بروز می‌داد؟»

تاویار باز هم لب به اعتراض گشود و گفت:

«اما او به خاطر ما جانش...»

سباک که در طول سفر از میزان ارادت تاویار به ژیوار آگاه بود، این بار مستقیماً و با واکنشی تند، مانع ادامه‌ی سخن تاویار شد و خطاب به او گفت:

«پس چرا او را نکشتند؟... چرا بکشند؟ وقتی که او خود همدست آنان است و در منافع شریکنند، چرا بکشند؟»

و با لحنی که در آن تهدید و توطئه نهفته بود خطاب به تاویار ادامه داد:

«نکند که تو هنوز خود را مرید یک راهزن می‌دانی.»

تاویار جوابی نداد و سرش را پایین انداخت تا نفرتی را که برای اولین بار در زندگیش تجربه می‌کرد، پنهان کند. سباک که همه چیز را به نفع خود می‌دید، آخرین ترفند را نیز تا قبل از آن که سربازان شاه برسند، به کار بست و رو به اوژن که هنوز خنجر به دست داشت، سینه گشود و گفت:

«حالا اگر می‌خواهی مرا بکشی، بکش که یادآوری این خیانت قلبم را به درد می‌آورد و چه بهتر که با نیش خنجر دوستان پاره شود.»

اوژن با یأس و خشم خنجر را به زمین کوبید و گفت:

«لعنت به هر چه خائن است!»

سربازان شاه رسیدند و آنان را محاصره کردند. فرمانده‌ی سواران از آنان پرسید:

«شما کیستید؟»

سباک مجال پاسخگویی به کسی نداد و فوراً در جواب او با لحنی ترحم برانگیز گفت:

«عده‌ای مال برده‌ی بینوا که زخم خیانت بر پیکر داریم.»

فرمانده‌ی سواران از او پرسید:

«چه اتفاقی افتاده مگر؟»

سباک جواب داد:

«راهزنان بی‌رحم به سردستگی یوشیتای هولناک به کاروان ما حمله کردند و باکمک کاروانسالار خائن، همه‌ی اموال ما را غارت کردند و معلوم نبودکه اگر شما ناجیان سرنرسیده بودید چه بلایی بر سر ما بیچارگان می‌آمد.»

فرمانده‌ی سواران که معلوم بود سخن سباک را باورکرده است، پرسید:

«اکنون می‌خواهید چکارکنید؟»

جواب او را بازهم سباک داد و گفت:

«اگر ما را به دربار راهنمایی کنید، صاحب منصبان این جمع سخنان بسیاری برای گفتن دارند.»

●●●

تعقیب راهزنان کاری دشوار بود و به زودی آنها از چشم ژیوار پنهان شدند، ولی رد سم اسبان بر روی شن‌ها، هنوز نشانه‌ی مطمئنی بودکه ژیوار را به مقصد راهزنان هدایت کند. او در تعقیب رد سم اسبان به تپه‌ی شنی بلندی رسید و دریافت که آنان از تپه عبورکرده‌اند. خورشید داغ و سوزنده بود. ژیوار عرق پیشانی خود را با آستین خشک کرد و اسب را از تپه‌ی شنی بالا راند. شن‌ها لغزنده بودند و اسب به زحمت بالا می‌رفت، اما ژیوار به هر زحمتی بود، اسب را به قله‌ی تپه هدایت کرد و از فراز آنجا با دیدن روستایی در دوردست، برای رسیدن به آن محل لحظه‌ای درنگ نکرد.

در مدخل روستا از اسب پیاده شد. روستا شبیه به بقیه‌ی جاهایی بودکه از ابتدای ورود به آن سرزمین مشاهده کرده بودند؛ خانه‌هایی نیمه‌ویران و دیوارهایی مخروبه. ژیوار دهنه‌ی اسب را به دنبال خود کشید و وارد گذرگاه روستا شد. کمی جلوتر به درخت خشکیده‌ای رسیدکه چاه آبی در کنار آن دیده می‌شد. دلو در چاه سرنگون بود و او برای بالاکشیدن آن چرخ چاه را چرخاند. دلو سنگین بود، اما محتوای آن لجن سیاه و متعفنی بودکه دیدن آن ژیوار را مشمئزکرد و چرخ را در چاه رها نمود و به راهش ادامه داد.

درست هنگامی که از جستجو و یافتن نشانه‌ای از حیات در آنجا نومید شده

بود، صدایی شنید و احساس کرد که سایه‌ای از پشت یک دیوار عبور کرد. فوراً به آن سمت رفت و از دروازه‌ی شکسته‌ای عبور کرد و وارد میدانگاهی شد که در میانه‌ی آن بقایای اجاقی دیده می‌شد. به طرف اجاق رفت و با تکه‌ای چوب، خاکستر درون آن را کنار زد و تکه ذغال‌های گداخته او را مطمئن ساخت که افرادی قبلاً در این مکان بیتوته داشته‌اند و هنوز از کشف این معنا فارغ نشده بود که صفیر تیری را شنید و تیر در میان اجاق فرو نشست و خاکستر آن را به هوا پراکند. ژیوار به عقب جست و نگاهش به روبرو افتاد. یوشیتا بر فراز دیواری ایستاده بود و کمان در دست داشت.

ژیوار به پشت سر نگاه کرد و دید که شش راهزن دیگر نیز هر یک بر سر دیواری ایستاده و تیرِ کمان‌های‌شان را به سمت او نشانه رفته‌اند. یوشیتا با چابکی از دیوار پایین جست و به طرف ژیوار آمد و مقابلش ایستاد و پس از آن که لحظه‌ای چشم در چشم او دوخت، پرسید:

«چرا آمدی؟»

ژیوار جواب داد:

«که با تو گفتگو کنم.»

یوشیتا با لحنی سرد پرسید:

«کجا شنیدی که راهزنان با تاجران گفتگو کنند؟»

ژیوار و با خونسردی و آرامش جواب داد:

«به امتحانش می‌ارزد.»

یکی از راهزنان غلاف چرمین محتوی کتاب را آورد و به یوشیتا گفت:

«درون خورجین اسب او پیدایش کردم.»

یوشیتا آن را گرفت و به تمسخر گفت:

«احتمالاً کالایی داشته و از نظر ما پنهان مانده؛ خود با پای خود آورده!»

یاران یوشیتا، قاه قاه خندیدند و صدای خنده‌شان در میدانگاهی پیچید.

یوشیتا رفت و ضمن رفتن به بقیه گفت:

«عجالتاً او را در دخمه‌ای حبس کنید!»

•••

محیط دربار، شکوه و جلالش را به رخ بیننده می‌کشید. مرمرهای زیبای کف و دیوارها در پرتو نور مشعل‌های متعددی که در مشعلدان‌های نقره‌ای تعبیه شده بودند، زیبایی جادویی و خیره‌کننده‌ای داشتند. شاه و ملکه، درکنار هم بر روی تختی از آبنوس جلوس کرده بودند و دو کنیزک رنگین‌پوشِ سیه‌چرده، بادبزن‌هایی از پر سفید را بر فراز سر آن دو حرکت می‌دادند.

رابین و همراهان او که برای دادخواهی تقاضای ملاقات با شاه و ملکه راکرده بودند، به دربار آورده شدند. وزیر دربار در توضیح ماجرایی که برای آنها اتفاق افتاده بود، به شاه گفت:

«سرورم، اینان مسافران کاروانی هستند که به قصد دیدار ساینا، از سرزمین ما می‌گذرند وگویا یوشیتای راهزن و برادرانش اموال آنها را به تاراج برده‌اند که طبق ادعای خودشان اموال گرانبهایی بوده‌اند.»

شاه که بیشتر توجهش به نکته‌ای از سخنان وزیر دربار جلب شده بود، گفت:

«ازمسافران غارت شده بسیار شنیده‌ام، ازیوشیتا و دارو دسته‌ی منحوسش هم زیاد شنیده‌ام، اما این که اینان حامل کالاهای گرانبهایی بوده‌اند، نکته‌ی تازه‌ای‌ست. حکایت آن چیست؟»

سباک مجال پاسخ به وزیر دربار نداد و جلو رفت و مقابل تخت زانو زد و گفت:

«سرورم، آنچه از ما غارت شده فقط کالاهایی گرانبهاکه بتوان خرید و یا فروخت نبوده، بلکه آنچه که اکنون به چنگ راهزنان افتاده، اموالی یگانه‌اندکه اگر دراختیار نااهل باشند، با هرکدام می‌توان سرزمینی را صاحب شد.»

ملکه کنارگوش شاه نجواکرد:

«گویا این مرد مدتی را زیر آفتاب داغ بوده؛ حرف‌های وحشتناک و احمقانه‌ای می‌زند.»

شاه در جواب او آهسته گفت:

«درست است که غارت شده‌ها اغلب در ادعای خود تا می‌توانند غلو می‌کنند، اما حکایت آنان که قصد رفتن به نزد ساینا را دارند چیز دیگری ست.»

طمع ملکه هم برانگیخته شد و گفت:

«در اینصورت دلم می‌خواهد بدانم که آن اشیای یگانه چه بوده‌اند.»

شاه نگاهی به سباک کرد و چون در او خصوصیتی را می‌دید که در بقیه نبود، ترجیح داد که ملاقاتی جداگانه با وی داشته باشد و لذا به وزیر دربارش گفت:

«موجبات آسایش اینان را فراهم کن و بگو در باره‌ی ادعاشان تحقیق شود.»

و در ادامه با اشاره به سباک گفت:

«و اگر لازم بود با سخنگوی‌شان ملاقات می‌کنیم.»

لبخند پیروزمندانه‌ای که برای لحظه‌ای کوتاه در چهره‌ی سباک پدیدار شد، از دید بقیه پنهان نماند.

•••

خیلی دورتر از قصر باشکوه و ساکنان مرفه آن، در جایی از روستای متروکه، ستون باریکی از نور که از سقف می‌تابید، به تاریکی دخمه‌ای که ژیوار در آنجا محبوس بود، روشنایی محدودی می‌بخشید. ژیوار مطمئن بود که سخنانش یوشیتا را ترغیب به گفتگو کرده است و به زودی با او ملاقات خواهد کرد. زمان انتظار زیاد به درازا نکشید و درِ محبس با صدای خشکی گشوده شد و یکی از راهزنان به درون آمد و از او خواست که همراهش برود.

ژیوار در حالی‌که مچ دستانش از پشت با ریسمان بسته شده بود، در پیش و راهزن در پس او، مسافتی را در راهرو خشتی و تنگ و تاریکی پیمودند و به در چوبی کوتاهی رسیدند. راهزن چند ضربه به در زد و سپس آن را گشود و از ژیوار خواست که وارد شود. ژیوار پس از اندکی تأمل سرش را خم کرد و به درون رفت و در پشت سر او بسته شد.

مکانی که ژیوار وارد آنجا شده بود، تالار کوچکی بود که تزییناتی ساده و بدوی داشت و تنها شاخصه‌ی آن وجود شمشیرها و دشنه‌های متعددی بود که به دیوارها آویخته بودند و به محیط ظاهری خشن می‌بخشید و آنجا را شبیه یک انبار سلاح کرده بود.

ژیوار پس از ورود متوجه شد که یوشیتا در انتهای تالار مشغول کوبیدن میخی در دیوار است تا شمشیر غنیمتی سردار اوژن را به آن بیاویزد و چون پشت به او داشت، صبر کرد تا کارش تمام شود، اما یوشیتا در همان وضعیت و ضمن کوبیدن چکش بر میخ، وی را مخاطب قرار داد و گفت:

«گفتی که می‌خواهی با من گفتگو کنی.»

ژیوار کوتاه و مختصر جواب داد:

«همینطور ست.»

یوشیتا بی‌آن‌که رویش را برگرداند، گفت:

«پیش از این‌که بخواهم بدانم چرا دنبال ما آمدی، می‌خواهم به یک سؤال من پاسخ روشن و درست بدهی.»

ژیوار گفت:

«از آدمی که دست‌هایش بسته است و حکم یک زندانی اسیر را دارد، چه توقع پاسخ روشن و درست می‌توان داشت.»

از پاسخ ژیوار، لحظه‌ای چکش میان مشت یوشیتا در هوا ماند و بعد رو به ژیوار چرخید و پس از این‌که لحظه‌ای در او خیره نگریست، چکش را بر زمین رها کرد و گام پیش نهاد و تا مقابل ژیوار آمد و در حالی‌که چشم در چشم او دوخته بود گفت:

«معلوم ست آدم نترس... یا دیوانه‌ای هستی.»

و بعد با حرکتی سریع، شمشیر سردار اوژن را بالا برد و همزمان ژیوار را پشت به خود چرخاند و با یک ضربه‌ی دقیق، ریسمان بسته بر مچ‌های او را پاره کرد و با حرکتی دیگر او را رو به خود چرخاند و گفت:

«حالا به سؤالم جواب بده... چرا به دیدار ساینا می‌روی؟»

ژیوار جواب داد:

«گروهی را به نزد او راهنمایی می‌کنم که تقاضایی دارند.»

یوشیتا پرسید:

«قبل از این او را دیده‌ای؟»

ژیوار جوابی به سؤال او نداد و یوشیتا دریافت که جوابی نخواهد شنید و لذا رفت و غلاف چرمین محتوی کتاب را از درون گنجه‌ای بیرون آورد و با نشان دادن آن به ژیوار گفت:

«در غیر اینصورت راهنمای سفرت نیز در اختیار من‌ست و ممکن‌ست که آن را هرگز پس ندهم.»

ژیوار با خونسردی گفت:

«اگر قصد تملک آن را داشتی، قبلاً به توصیه‌ی آن مرد، این کار را می‌کردی.»

یوشیتا جوابی نداد و به کنار پنجره رفت و چشم به بیرون دوخت. ژیوار چند گام پیش نهاد و گفت:

«اکنون تو هم به یک سؤال من پاسخ بده... اگر قصد تملک آن مجموعه‌ی کتاب‌های دیگر را داشتی، چرا آن‌گونه تحقیرآمیز به نوک شمشیر سوراخ‌شان کردی و اگر نداشتی، چرا همراه بردی؟»

یوشیتا بی‌آن که نگاه از بیرون برگیرد، با لحنی که تنفر در آن موج می‌زد، جواب داد:

«برای آن که نصیب گرگی می‌شد که به هیچ گله‌ای رحم نمی‌کند... رفیقی که اموال همسفران را به آسانی تقدیم راهزنان کرد، آسان‌تر از آن به شاه و ملکه‌اش پیشکش می‌کرد.»

ژیوار گفت:

«آن دغلکار را خوب شناختی، اما تعجب من آنست که تو خود چرا از آن کتب پرهیز می‌کنی؟»

یوشیتا جواب داد:

«بیا و بیرون را بنگر.»

ژیوار جلو رفت و از بالای شانه‌ی یوشیتا به بیرون نگاه کرد. در محوطه‌ی آشنای میدانگاهی، گروهی پیر و جوان و خردسال که فقر از سر و روی‌شان می‌بارید، گرد هم جمع بودند و در کاسه‌های کوچک آش می‌خوردند. ژیوار پرسید:

«اینان کی‌اند؟»

یوشیتا به طعنه گفت:

«آیا ساینای شما میل شاهی بر این بیچارگان دارد؟»

ژیوار جواب داد:

«اگر خود بخواهند.»

یوشیتا پس از لختی سکوت به سؤال پیشین ژیوار پاسخ داد و گفت:

«اینان جماعتی کشتگر بودند که خراج بی‌اندازه به این روزشان انداخته است.»

ژیوار از پاسخ او نتیجه‌ای دیگر گرفت و گفت:

«و تو و یارانت از زمره عیارانی هستید که از کیسه‌ی مالداران به نفع بینوایان مایه می‌گذارند؟»

یوشیتا با لحنی که تند و خشن شده بود جواب داد:

«به نظر تو باید بگذاریم بمیرند؟»

ژیوار سکوت کرد. او از تندی سخن یوشیتا نه تنها آزرده نشد، بلکه احساس خوبی نیز به او دست داد.

●●●

در قصر، پس از اسکان مسافران و اقامت آنان در استراحتگاهی که، بواسطه‌ی نگهبانان متعدد در آنجا، شباهت به یک بازداشتگاه داشت، به سرعت ترتیب ملاقات اختصاصی سباک با شاه و ملکه داده شد.

در محوطه‌ی مصفایی از باغ قصر، جایی که از دل صخره‌های مصنوعی،

چشمه‌ای از آب روان جاری بود و به درون استخری فرو می‌ریخت که پیرامونش از گل و گیاهان رنگارنگ، جلوه‌ای چشم‌نواز یافته بود، شاه و ملکه به صرف غذا مشغول بودند. سباک را که به حضور آن دو آوردند، او با پشتی که حقیرانه کمی خم کرده و گردنی که چاپلوسانه کمی کج کرده بود افتخار شرف حضور یافتن را نمایش داد و در عین حال زیر چشمی غذاهای جور و واجوری را که بر میز آبنوس مقابل آنها انباشته شده بود، می‌دید و مجبور بود که اشتهای تحریک شده‌اش را سرکوب کند. برخلاف او شاه و ملکه عنان شکم رها نموده بودند و خود را از هر چه که می‌شد جوید و نوشید بی‌نصیب نمی‌گذاشتند. آن دو با ولع می‌خوردند و تفاله و ته مانده‌ی آن را به اطراف می‌پراکندند. حجم استخوان‌هایی که زیر میزشان انباشه شده بود، منظره‌ای کریه و در تضاد با زیبایی‌های پیرامون ایجاد کرده بود و این سؤال را برای هرکس به وجود می‌آورد که آیا مگر دو نفر می‌توانند این مقدار خوردنی را یکجا ببلعند و زباله تولید کنند؟

وزیر دربار که همراه سباک آمده بود، رفت و کنار گوش شاه پچ‌پچی کرد و دوباره برگشت و ضمن آن که سباک را به سمت شاه و ملکه همراهی می‌کرد توصیه‌های لازم را هم به نجوا برای او برشمرد و گفت:

«در محضر شاه و ملکه دو چیز را فراموش مکن؛ یک، مبادا عصبانی شوند. دو، مبادا غمگین شوند.»

وزیر دربار ایستاد و سباک پیش رفت و پیشانی بر زمین سایید. شاه ضمن کشیدن کباب بره به دندان، گفت:

«وزیر ما هر چه را تو گفته بودی برایمان تکرار کرد. می‌شود احمقانه همه را باور کرد یا که از تو پرسید اگر حرف‌هایت راست است، چرا این ثروت هنگفت را گروهی از سربازان کارکشته محافظت نمی‌کرده‌اند؟»

سباک سر از زمین بلند کرد و در جواب گفت:

«از حماقت سرورم، حماقت.»

و با اشاره به گوش‌های خود ادامه داد:

«فکر می‌کنم به دلیل سپردن افسارمان به دست مردی شیاد، گوش‌هایمان تا به حال دراز شده باشد.»

نسبتی که سباک مفلوکانه به خود داد، چنان شاه و ملکه را به قاه قاه خنده واداشت که ذرات غذای جویده در دهانشان به سر و صورت او پاشید. شاه در میان خنده گفت:

«ادعایت را ثابت کن، اندازه‌ی گوش‌هایت کوتاه خواهد شد!»

سباک خواست حرفی بزند، اما ملکه و شاه به او مجال سخن نمی‌دادند. ملکه گفت:

«به شرط آن که همه‌ی آنها را به ما نشان بدهی.»

شاه گفت:

«درست است؛ ببینیم و لمسشان کنیم.»

ملکه به شاه گفت:

«من آن اکسیر جادویی را باید شخصاً امتحان کنم.»

شاه با نوازش به او جواب داد:

«می‌دهم زرهی از طلا برایت بسازند محبوبم!»

ملکه با ناز گفت:

«فوق‌العاده است، اما می‌ترسم.»

شاه دست او را گرفت و گفت:

«نترس عزیزم؛ من اینجا هستم.»

ملکه خودش را لوس کرد و به شاه چسباند و گفت:

«می‌ترسم مبادا اکسیر خاصیتش را از دست بدهد!»

شاه کمر راست کرد و گفت:

«پس شمشیر تیز من چه غلطی می‌کند؟»

ملکه با عشوه‌ای که حجم عظیم چربی‌های بدنش را به جنبش می‌انداخت، گفت:

«حالا خیالم راحت شد.»

شاه که در تمام مدت به اتفاق زنش مجال حرف زدن به سباک نداده بودند، طلبکارانه خطاب به او گفت:

«پس چرا لال شده‌ای؟»

سباک دوباره پیشانی بر زمین نهاد و گفت:

«اگر شما دستور فرمایید، چاکر می‌تواند همه‌ی آن اموال یگانه را از راهزنان باز ستاند.»

شاه پرسید:

«مگر می‌دانی آنها در کدام سوراخ پنهانند؟»

سباک فوراً جواب داد:

«با کمک مأمورین شما.»

شاه اندکی در او خیره نگریست و بعد دهانش را به کنار گوش زنش نزدیک کرد و آهسته از او پرسید:

«تو صلاح می‌دانی که نشانی مخفیگاه یوشیتا و دار و دسته‌اش به او داده شود؟ آیا بعداً برای ما دردسر ندارد؟»

ملکه هم آهسته به او جواب داد:

«محول کن به وزیر؛ اگر حیله‌ای در کارش باشد، او می‌فهمد.»

•••

سباک که به اقامتگاه بازگشت، سفره‌ای رنگین از طعام گسترده شده بود و همه به صرف غذا مشغول بودند. او علیرغم اشتهای مفرط و نیاز مبرم به رفع گرسنگی، کنار در ایستاد و نگاه اندوهگینش را به زمین دوخت. سردار اوژن با توجه به احوال او، آهسته از رابین پرسید:

«چرا مثل مادر مُرده‌ها عزا گرفته است؟»

رابین جواب داد:

«شاید اتفاقی بدی برایش افتاده است.»

سباک که توجه همه را به خود معطوف می‌دید، به یکباره و مانند کسی که از پا بیفتد، زانویش تا شد و نشست و سر را در میان دستان گرفت و با صدای بلند شروع به گریستن کرد. همه با تعجب و کنجکاوی به یکدیگر نگاه کردند. سرگش که بیشتر از همه دلش برای او سوخته بود، به طرفش رفت و از او پرسید:

«چرا گریه می‌کنی؟»

سباک ضمن گریه جواب داد:

«بگذار با غصه‌هایم تنها بمانم و آخرین شب زندگیم را با یاد خاطرات گذشته سپری کنم.»

همه نسبت به سباک کنجکاو شده بودند. سوبار از او پرسید:

«مگر قرارست چه بلایی بر سرت بیاید؟»

سباک که موقعیت را برای تحریک عواطف جمع مناسب می‌دید، اشکش را پاک کرد و گفت:

«دوستان مرا ببخشید. ای کاش می‌توانستم در این ضیافت شکم با شما شریک باشم، اما دریغ که فرصت تنگ است و مجال اندک.»

کاراکو با بیحوصلگی گفت:

«لفاظی بس است و بگو چه شده که ما هم بدانیم.»

سباک گفت:

«گرچه دلم نمی‌خواهد که درین دغدغه با من شریک باشید، اما اگر ماوقع را با شما یاران با وفا در میان نگذارم، پس از چه کسی قوت قلب بگیرم؟»

و از جا بلند شد و در ادامه‌ی سخن گفت:

«دوستان... شاه باور نکرده که درباره‌ی آنچه که از ما غارت شده، راست گفته

باشیم.»

صدای آه و افسوس و جمله‌های یأس‌آلود از هر سو برخاست. سباک دست را به نشانه‌ی دعوت به سکوت بلند کرد و گفت:

«اما نومید نباید شد.»

همه ساکت شدند و چشم به دهان سباک دوختند و او در حالی که سعی می‌کرد به کلامش لحنی حماسی ببخشد، چنین ادامه داد:

«من تصمیم گرفته‌ام به سراغ راهزنان بروم و هر طور هست آنچه راکه برده‌اند از آنها پس بگیرم.»

در واکنش به سخن او جملات پراکنده‌ای گفته شد؛ «ممکن نیست!... خطرناک‌ست... با جانت بازی می‌کنی...» سباک با اشاره‌ی دست آنان را به سکوت واداشت و گفت:

«درست می‌گویید دوستان؛ ممکن‌ست ازین سفر پرخطر هرگز برنگردم، اما با نثار جان خود، حداقل ثابت می‌کنم که هرچه کرده‌ام به خاطر دوستی با شما بوده.»

و جمله‌ی آخرش را به بغضی ساختگی آمیخت و گفت:

«دوستتان دارم!»

همه کم و بیش تحت تأثیر بازی او قرار گرفتند. تاویار هم که در این لحظه رفتار او را با ژیوار از یاد برده بود، گفت:

«ای کاش من هم مالی داشتم و راهزنان می‌بردند که از خیر آن می‌گذشتم و می‌گفتم که به این سفر نروی!»

سرگش گفت:

«من از سازم می‌گذرم.»

سوبار گفت:

«من هم اگر لازمست از دیوان شعرم می‌گذرم.»

سباک لبخندی محیلانه زد و گفت:

«متشکرم عزیزان! می‌دانم و مطمئنم که اگر لازم شود همگی به خاطر دوستی، از آنچه که داشته‌اید صرف نظر می‌کنید، اما... اجازه بدهید من به استقبال این خطر بروم. اگر با دست پُر برگشتم چه بهتر و اگر...»

باز هم به کلام خود رنگ و لعاب اندوه بخشید و ادامه داد:

«... و اگر درین راه فنا شدم، فدای سرتان!»

سباک این را گفت و چون گرسنگی امانش را بریده بود، کنار سفره‌ی طعام نشست و مظلومانه گفت:

«اجازه می‌خواهم شام آخر را در کنار دوستان صرف کنم.»

و با ولع شروع به خوردن کرد.

●●●

چهار سوار، با صورت‌های پوشیده، صحرا را تا کنار تپه‌ی شنی پشت روستای متروکه در نوردیدند و در آنجا یکی از آنها که صدای زنانه‌اش شبیه به وزیر دربار بود، نفر کناری خود را مخاطب قرار داد و گفت:

«بقیه‌ی راه را مجبوری پیاده بروی.»

مخاطب مرد از اسب پیاده شد و پوشش صورتش را برداشت. او کسی جز سباک نبود. وزیر دربار به دو نفر دیگر اشاره‌ای کرد و آنها از اسب پیاده شدند و سباک را زیر مشت و لگد گرفتند و تا جایی که می‌خورد زدند. سباک از درد می‌نالید و گیج شده بود که چرا او را می‌زنند تا بالاخره بانگ از وزیر دربار برخاست و گفت:

«بس کنید دیگر؛ او را کشتید.»

آن دو نفر سباک را روی زمین رها کردند و سوار اسبانشان شدند. سباک به زحمت سرش را بلند کرد و به آنها نگریست. از گوشه‌ی لبش خون جاری بود و زیر چشمانش ورم کرده بود. وزیر دربار به او گفت:

«با این قیافه، حرف‌هایت را بهتر باور می‌کنند.»

و بعد با اشاره به تپه‌ی شنی ادامه داد:

«پشت این تپه مخفیگاه یوشیتا را پیدا می‌کنی. کار سختی نیست؛ تو پیدا نکنی، آنها خودشان به سراغت می‌آیند. من فردا همین وقت با سپاه بازمی‌گردم. امیدوارم تا آن‌وقت محل نگهداری گنجینه را کشف کرده باشی.»

وزیر دربار این را گفت و به اتفاق دو سوار دیگر، اسبانشان را به حرکت واداشتند و به تاخت دور شدند. سباک به سختی از جا برخاست و در حالی‌که با پشت دست خون گوشه‌ی لبش را پاک می‌کرد، در پی آنان نگریست و با نفرت زیر لب نجوا کرد:

«بروید به جهنم! مطمئن باشید روزی این کار احمقانه‌تان را تلافی می‌کنم!»

سپس افتان و خیزان از تپه‌ی شنی بالا رفت و امیدوار بود که به زودی یوشیتا را ملاقات کند، غافل از این‌که یکی از یاران یوشیتا در تمام این مدت، بر قله‌ی تپه‌ی شنی دراز کشیده و ناظر ماجرا بوده است.

●●●

سباک را زودتر از آنچه که انتظار داشت دستگیر کردند و به نزد یوشیتا بردند. یوشیتا، روی پوستینی نشسته بود و همه‌ی آن چیزهایی را که از کاروان تصرف کرده بود، در مقابل داشت و به بررسی تاج مشغول بود. چشمان سباک از دیدن آن اشیاء آشنا برق زد و یوشیتا بی آن که به او نگاه کند، پرسید:

«ها؟ برای گرفتن سهمت آمده‌ای؟»

سباک با گام‌های تند خود را به مقابل یوشیتا رساند و دو زانو مقابل او نشست و به مظلوم نمایی پرداخت و گفت:

«سهم مرا اگر دوستان ندادند، دشمنان که دادند. نگاه کنی آثار آن را در صورتم می‌بینی.»

یوشیتا سر بلند کرد و بعد از نگاه به چهره‌ی زخمی سباک، پوزخندی زد و گفت:

«انگار زبان چرب و نرم، کمکی به تو نکرده!»

سباک گفت:

«قصد کشتن مرا داشتند. با هزار نیرنگ از چنگ‌شان فرار کردم و با خودم سوگند

خوردم که اگر یوشیتا بخواهد شاه را از تاج و تخت سرنگون کند، راه و چاه ورود مخفیانه به کاخ را به او نشان دهم.»

یوشیتا تاج را روی زمین نهاد و گوشه‌ی چشم تنگ نمود و گفت:

«راهزن و جنگ با شاه؟ ما را می‌خواهی به دام مرگ بکشانی پدر آمرزیده؟»

سباک چاپلوسانه گفت:

«ولی تو الان با غنایمی که داری، شاه دیگری هستی که تنها رعایاکم داری و آن هم با دفع شاه و ملکه‌اش ممکن می‌شود.»

لحن یوشیتا خشن شد و گفت:

«سعی نکن با این سخنان فریبم دهی؛ بگو برای چه به اینجا آمده‌ای؟»

سباک با لبخندی مکارانه پاسخ داد:

«پس بگذار حقیقت دیگری را بگویم.»

و پس از نگاهی به پشت سر، روی زانو جلوتر آمد و طوری که فقط یوشیتا بشنود، گفت:

«آنطور که من بو برده‌ام، شخص شاه مایل است که به این جنگ فرسایشی با تو خاتمه بدهد. من لحظه‌ی مستی از زبان او شنیدم که حتی بی‌میل نیست تو را به واسطه‌ی جنگاوری و شجاعتی که بر دوست و دشمن آشکارست، به سپهسالاری بگمارد. حتی بر زبان آورد که ذره‌ای شهامت به خرواری تجربه و تدبیر می‌ارزد و معنای سخنش این است که تو را به وزیر خود نیز ترجیح می‌دهد. او اعتراف کرد که تو شجاع‌ترین کسی هستی که می‌شناسد و من جرأت یافتم که به او بگویم، می‌توانم میانجی مطمئنی برای یک پیوند مبارک باشم و او شادیش را از این بابت نتوانست پنهان کند.»

یوشیتا به کنایه گفت:

«به همین خاطر قیافه‌ات را از شکل انداخته‌اند؟»

سباک از پاسخ در نماند و گفت:

«کار آن وزیر خبیث بود؛ نمی‌دانم از کجا به مذاکره‌ی من و شاه پی برده بود که برایم پاپوش دوخت و راهی سیاه‌چال کرد. حال با چه ترفندی از آنجا گریختم بماند، اگرچه می‌دانم به این سادگی‌ها دست از سرم برنمی‌دارد، مگر این‌که بخت یارم باشد و تو به دعوت شاه پاسخ مثبت بدهی. در آن صورت قسم می‌خورم که جگر وزیر را با دست خودم از شکمش بیرون بکشم.»

یوشیتا ضمن آن که کتاب ژیوار را از درون غلاف چرمی‌اش بیرون می‌آورد، گفت:

«ازین معامله چه نصیب تو می‌شود؟»

سباک با لبخندی مکارانه جواب داد:

«افتخار دوستی با دو مرد بزرگ؛ چه نصیبی ازین نیکوتر؟»

یوشیتا کتاب ژیوار را به طرف سباک دراز کرد و گفت:

«ولی من قصد دارم عجالتاً کتابی را قبلاً خواسته بودی آتش بزنم، به خودت تحویل بدهم که هر تصمیمی خواستی درباره‌اش بگیری.»

برقی در چشمان سباک درخشید و بی‌درنگ دستش را برای گرفتن کتاب پیش آورد، اما یوشیتا دستش را عقب کشید و با پوزخندی که پاسخ به تمام حیله و دو رنگی‌های سباک را در خود نهفته داشت، به او گفت:

«دیروز دوستانت را به خاطر این کتاب به من فروختی، از کجا معلوم که امروز مرا نفروخته باشی، ها؟»

لب سباک دوخته شد و حرفی برای پاسخ نداشت. یوشیتا، کتاب ژیوار و دیگر اشیای مسروقه را با دقت و وسواس درون صندوق چوبی چید و سپس یک سر طنابی را که از سقف آویزان بود، به دستگیره‌ی آن بست و سر دیگر طناب را کشید. صندوق با محتویات گران‌بهایش در فضای تالار بالا رفت و میان حفره‌ای درون سقف فرو رفت. یوشیتا بعد از فراغت از این کار، نگاهی به سباک که هنوز چشم به سقف داشت کرد و بعد خطاب به بیرون تالار، با صدای بلند گفت:

«یکی بیاید این مردک مزدور را به سیاه‌چال ببرد!»

فوراً دو نفر آمدند و سباک را با خود بردند و با خشونت تمام به درون همان دخمه‌ای افکندند که ژیوار در آنجا محبوس بود. پس از بسته شدن در، سباک سرش را بلند کرد و از دیدن ژیوار که به دیوار زنجیر شده بود، جا خورد. لحظه‌ای در او خیره ماند و بعد در حالی که تظاهر می‌کرد از دیدن او خوشحال است، گفت:

«انگار عاقبت به یک سرنوشت دچار شده‌ایم.»

ژیوار در جواب او با لحنی تحقیرآلود گفت:

«با یک تفاوت که من داغ ننگ خیانت به دوستانم را بر پیشانی ندارم.»

سباک سری به نشانه‌ی تأسف تکان داد و گفت:

«دلم نمی‌خواهد بگویم کسانی که دوست می‌پنداری‌شان، در مورد تو قضاوت دیگری دارند. آنها یقین کرده‌اند که تو با راهزنان همدست بوده‌ای... بر خلاف من که سعی می‌کردم قانع‌شان کنم که تو برای پس گرفتن اموال‌شان این خطر را کرده‌ای، خطری که امروز من هم آن را آزمودم... و اگر چه در آزمون شکست خوردم، اما وجدانم آسوده است که در مورد تو اشتباه فکر نکرده بودم.»

ژیوار با لحنی تمسخرآلود گفت:

«این هم نقش تازه‌ایست!»

سباک از جا بلند شد و لباسش را تکاند و گفت:

«تقدیر این بوده که من به خاطر دوستان، هر دم نقشی تازه بازی کنم... شاه آنان را گروگان گرفته تا من ثابت کنم که آنچه از کاروان به غارت رفته، حقیقت داشته و برایش داستان نبافته‌ایم. اینطور شد که من هم خطر را به جان خریدم، البته اگر تو باور کنی به خاطر دوستی بوده.»

ژیوار گفت:

«و همان اشتباهی را مرتکب شدی که من کردم؛ با دست خالی به جنگ گروهی راهزن بی‌رحم کی می‌توان رفت؟»

سباک با لبخندی موذیانه جواب داد:

«غصه نخور؛ فرداکار تمامست.»

ژیوار با کنجکاوی پرسید:

«فردا؟»

سباک با اطمینان خاطر سرش را به نشانه‌ی تأیید تکان داد.

•••

فردایی راکه سباک وعده داده بود، با اتفاقاتی تازه آغاز شد. این بار درِ دخمه باز شد و ژیوار به درون افکنده شد. پس از بسته شدن در، سباک بی‌اختیار خندید و گفت:

«عجب سرزمین مضحکی است، یا باید آویزان باشی یا کتک بخوری! این راهزنان بی‌سر و پا عجب برنامه‌ی منظمی دارند!»

ژیوار که گریبانش پاره بود و سر و مویی آشفته پیدا کرده بود، نالید و گفت:

«چوب اشتباهات تو را می‌خوریم.»

سباک وعده‌ی پیشین را تکرار کرد و گفت:

«اگر می‌دانستی که امروز قرارست چه اتفاقاتی بیفتد، اینقدر نمی‌نالیدی.»

ژیوار نومیدانه گفت:

«چه اتفاقی قرارست مگر بیفتد؟ دلت را به چه خوش کرده‌ای؟»

هنوز سخنان یأس‌آلود ژیوار به آخر نرسیده بود که صدای چکاچاک برخورد تیغه‌های شمشیر و آه و ناله زخمی‌ها هر لحظه واضح‌تر شد. سباک که گوش‌هایش تیز شده بود، به وجد آمد و هیجان‌زده گفت:

«می‌شنوی؟ این‌ست آن اتفاق! سپاهیان شاه سر رسیدند!»

با قطع هیاهوی بیرون، لبخند از لبان سباک محو شد. ژیوار چشم به در دوخت و دیری نپایید که قفل درگشوده شد و سربازی به درون آمد. دیدن کسی که لباس سپاهیان شاه را بر تن داشت، لبخند را بر لبان سباک برگرداند. سرباز با عجله به طرف سباک آمد و ضمن گشودن زنجیر از گرد پیکر او، گفت:

«باید هر چه زودتر از اینجا فرار کنید؛ جنگ مغلوبه شده و به من دستور

داده‌اند که شما را از اینجا فرار دهم.»

سباک به او گفت:

«قبل از فرار کار کوچکی هست که باید حتماً انجام دهم.»

سرباز مخالفتی نکرد و گفت:

«پس هر چه زودتر؛ عجله کنید.»

سباک و ژیوار تحت حمایت سرباز از دخمه بیرون آمدند.

مقصد سباک، مکانی بود که قبلاً در آنجا با یوشیتا ملاقات کرده بود و برای یافتنش وقت چندانی صرف نشد، چند راهرو پیچ در پیچ و بعد ورود به تالاری که هم برای سباک آشنا بود و هم ژیوار. در تمام مسیر کسی سر راهشان سبز نشد، اما صدای چکاچاک شمشیرها و ناله مجروحین از دور به گوش می‌رسید. پس از ورود به تالار، سباک از سرباز خواست که بیرون در منتظرشان بماند و مراقب باشد که کسی در آن اطراف نباشد. سرباز اطاعت کرد، اما در لحظه‌ی خروج، نگاهی بین او و ژیوار رد و بدل شد که معانی نهفته‌ای را در بطن داشت. بعد از رفتن سرباز، سباک خود را به ریسمان که در حلقه‌ی فلزی مهار شده بود رساند و با رها کردن آن، صندوق چوبی از حفره‌ی سقف بیرون آمد. سباک که از خوشحالی در پوست خود نمی‌گنجید، سر طناب را شل کرد تا صندوق به کف تالار برسد و در این فاصله ژیوار، خنجری را که در تاقچه‌ی کنار خود دیده بود، آهسته برداشت و در آستین مخفی کرد. هنگامی که صندوق در آغوش سباک جای گرفت و او با هیجان زیاد خواست که در صندوق را باز کند، پنجه‌ی ژیوار از پشت مچ دست او را چسبید و مانع کارش شد. سباک سرش را برگرداند و از دیدن خنجری که ژیوار در دست داشت و به حالت تهدیدآمیزی بالا برده بود، جا خورد و وحشت کرد. ژیوار گفت:

«من و تو جان‌مان را به خطر انداختیم که این اموال را به صاحبان‌شان برگردانیم، اینطور نیست؟»

سباک با بیانی الکن جواب داد:

«همین‌طورست... همین‌طورست!»

ژیوار با یک ضربه‌ی سریع دشنه، ریسمان را برید و صندوق را از میان دستان سباک بیرون کشید و با تبسمی که در نزد سباک از دشنام هم بدتر بود، خطاب به او گفت:

«پس عجله کن، فرصت کم است.»

• • •

سرباز، ژیوار و سباک را از کوچه پس کوچه‌های روستای ویران عبور داد. در مسیر، همچنان از پشت دیوارها صدای نبرد تن به تن و پراکنده به گوش می‌رسید. سرباز آنان را به جایی برد که دو اسب زین شده و آماده وجود داشت و به آنان گفت:

«معطل نکنید و فوراً از اینجا بروید! وزیر دربار خود به استقبال‌تان می‌آید.»

ژیوار و سباک بر اسبان سوار شدند. سوار به ژیوار کمک کرد و صندوق چوبی را بر ترک او استوار نمود و بعد از آن که از رفتن آن دو مطمئن شد، انگشت زیر لب نهاد و سوت بلندی کشید. صدای برخورد تیغه‌های شمشیر قطع شد و لحظه‌ای بعد، یوشیتا و دیگر یارانش از پس دیوارها بیرون آمدند. سرباز چشمکی به یوشیتا زد و گفت:

«آنچه که پیش‌بینی کرده بودی، همه به درستی انجام شد.»

یوشیتا، شمشیر را غلاف کرد و خطاب به همه گفت:

«اکنون همه برای نبردی سخت آماده شوید!»

• • •

سپاهیان شاه که طبق وعده‌ی وزیر دربار، به سمت مخفیگاه راهزنان می‌آمدند، در راه با سباک و ژیوار مواجه شدند. سباک موفقیتش را به وزیر دربار اطلاع داد و گفت:

«عاقبت آنچه را که وعده داده بودم، با خود آوردم.»

اشتیاق حضور پیروزمندانه در نزد شاه و ملکه، مانع آن شد که در راه بازگشت سباک به چگونگی رهایی خود و ژیوار اشاره‌ای بکند و وزیر دربار هم در این مورد پرسشی نکرد.

پس از ورود به شهر، وزیر دربار بی‌درنگ آن دو را با محموله‌ای که به همراه آورده بودند، به نزد شاه و ملکه برد. وزیر دربار، انجام موفقیت‌آمیز مأموریت را ناشی از کفایت خود قلمداد کرد و گفت:

«سرورم، آنچه را که فرمان داده بودید، انجام شد.»

سباک که میلی به شریک کردن وزیر دربار در موفقیت خود نداشت، مجال سخن بیشتر به او نداد و به چابکی صندوق چوبی را از بغل ژیوار بیرون کشید و ضمن بردن و نهادن مقابل تخت شاه و ملکه گفت:

«فدایتان شوم، کاری کردم کارستان! گنجی را از کام شیر بیرون کشیدم که در افسانه‌ها نشنیده‌اید!»

ملکه بی‌تابانه گفت:

«زودباش، به ما نشان بده!»

شاه هم در این اشتیاق با ملکه هم نوا گردید و خواستار دیدن محتویات صندوقچه شد و در همین زمان ژیوار متوجه حضور همسفران خود شد که تحت حفاظت نگهبانان به تالار آورده می‌شدند و بی‌اندک درنگی شاه و ملکه را مخاطب قرار داد و گفت:

«مشتی وسایل پیش افتاده‌ی سفر چه ارزشی دارد که شاه و ملکه برای دیدن آن بی‌تابی می‌کنند؟»

شاه با اشاره به افراد کاروان گفت:

«اما اینان خود به داشتن چنین اموالی اعتراف کرده‌اند.»

ژیوار با اعتماد به نفسی که همسفرانش را هم شگفت‌زده کرده بود گفت:

«اینان گفتند و شما باور کردید؟ سخنان گروهی وحشت‌زده که هجوم راهزنان بی‌رحم عقل‌شان را مختل کرده، چه اعتباری دارد؟»

شاه و ملکه هر دو به سباک نگاه کردند و او که منظور نگاه‌شان را درک کرده بود، فریاد بلند کرد:

«دروغ می‌گوید! به شما ثابت می‌کنم که دروغ می‌گوید.»

سباک در مقابل چشمان حریص شاه و ملکه درِ صندوق راگشود و از دیدن لباس‌ها و اشیاء معمولی سفر که درون آن انباشته شده بود یکه خورد. او با دستپاچگی و به امید یافتن چیزهایی که به‌گمانش در زیر لباس‌ها پنهان شده بود، همه‌ی محتویات صندوق را بیرون ریخت. لباس‌های رنگ و وارنگ و ظروف مختلف به هر طرف پراکنده می‌شدند و در آن میان کوزه‌ای در پیش پای ملکه افتاد و شکست و تکه‌هایش جیغ ملکه را درآورد و لنگه‌کفشی در دامن شاه افتاد که بوی آن مشامش را آزرد و فریاد او را درآورد:

«یکی این لاشه‌ی گندیده را بردارد!»

وزیر دربار که برای اجرای دستور شاه پیش دویده بود، پایش بر روی قالب صابونی که سباک از صندوق بیرون انداخته بود، لیز خورد و در همان حالت به سمت تخت شاه و ملکه سُرید و بعد از برخورد شکم گنده‌اش با آنها، هر دو را با تخت‌های‌شان واژگون کرد. فضاحتی بار آمده بود که حتی نگهبانان هم از خنده ریسه می‌رفتند و ماجرا تمامی نداشت. ملکه ضمن افتادن، چنگ در پرده‌ی بلند تالار افکند و آن را فروکشید. پرده همچون توری بزرگ شاه و ملکه و وزیر دربار را در خود پوشاند و هر سه برای رهایی در زیر آن تقلا می‌کردند. ریش شاه در چنگ وزیر دربار بود و بند تنبان وزیر دربار در دست ملکه. داد و فریاد شاه در جیغ‌های ملکه گُم بود و وزیر دربار در تلاش بود که مانع یک آبروریزی تمام و کمال بشود و در این هیاهو، هر سه یکدیگر را لگدمال می‌کردند. سرانجام شاه اولین نفری بود که خود را از معرکه بیرون کشید و بی‌اندک درنگی، انگشت اشاره‌اش را به سمت سباک و بقیه نشانه رفت و نعره کشید:

«همه را بسوزانید تا دیگر کسی جرأت مسخره کردن ما را نداشته باشد!»

•••

طبق فرمان شاه همان روز بر سکوی میدان شهر، هیزم فراوانی انباشته شد و محکومین به مرگ، در میان تل هیزم‌ها به تیرهای چوبی بسته شدند. در اطراف

سکوی مجازات، جمعیت انبوهی گرد آمده بودند که در جشن «دشمن سوزان»، اصطلاحی که در مورد کشتن بدخواهان شاه باب شده بود، شرکت کنند. این جشن اکنون چنان جا افتاده بود که مردم با خود جل و پلاس می‌آوردند و به خوردن و آشامیدن مشغول می‌شدند و ضمن تماشای سوختن محکومین بینوا به تفریح و خوشگذرانی هم می‌پرداختند. سوبار شاعر با تماشای جمعیتی که در انتظار آمدن شاه و ملکه و شروع مراسم لحظه شماری می‌کردند، طبع شعرش گل کرده بود و زیر لب اشعاری در شرح لحظات دردناک انتظار مرگ زمزمه می‌کرد. سوز سروده‌های سوبار، اشک از چشمان سرگش آوازه خوان جاری کرد و با گریه گفت:

«ای کاش فرصتی بود که فقط یکبار برای مردم سرزمینم آواز بخوانم، فقط یکبار!»

معلوم نبود که در اندیشه تاویار چه می‌گذرد که ژیوار را در کنار خود مخاطب قرار داد و از او پرسید:

«ترا به حقیقت سوگند می‌دهم که آیا نشانه‌ای از ترس مرگ در چهره‌ام می‌بینی؟»

ژیوار که قبلاً در احوال او و بقیه نگریسته بود، بی‌درنگ پاسخ داد:

«نه، نشانی از ترس در چهره‌ی تو نمی‌بینم.»

تاویار نفسی به آسودگی کشید و گفت:

«خوشحالم!»

رادمان خزانه‌دار که گفتگوی آن دو را شنیده بود، غرولندکنان گفت:

«دیوانه خوشحال‌ست که می‌خواهند او را بسوزانند!»

سخن رادمان باعث شد که تاویار اندیشه‌ی درونش را برملا سازد. او گفت:

«خوشحالم که مانند یک غلام نمی‌میرم.»

لبخندی که بر لبان ژیوار شکفت، نشانه‌ی تحسینی بود که نثار اندیشه‌ی تاویار می‌کرد. برخلاف تاویار که به مرگی دلخواه می‌اندیشید، کاراکو در اندیشه‌ی دیگری بود. او آهسته جامین کیمیاگر را در کنار خود مخاطب قرار داد و گفت:

«به این فکر می‌کردم که اگر اکسیر تو را داشتیم...»

و چون می‌دانست که در این لحظات آرزوی محالی را بر زبان آورده است، به سخن ادامه نداد و فقط به آهی حسرت‌بار بسنده کرد.

جامین که در تمام این مدت حتی سرش را بلند نکرده بود که ببیند در اطرافش چه می‌گذرد در واکنش به آرزوی کاراکو پوزخندی زد و گفت:

«آرزوی داشتن آنچه وجود ندارد، حتی در دمِ مرگ هم احمقانه است.»

آرشان طبیب با آه و افسوس گفت:

«کجایند هزاران نجیب‌زاده‌ای که از درد امراض آسوده‌شان کردم؟ تف به این روزگار!»

شکوه‌ی آرشان، بقیه را نیز واداشت که هر یک چیزی بگویند. ماهور مستوفی گفت:

«کجایند آنان که از کیسه‌ی رعایا سفره‌شان را رنگین ساخته بودم؟»

سردار اوژن گفت:

«من سرداری آزموده هستم؛ شاهی که سرداران را بکشد، خود را بی‌دفاع کرده است.»

رابین وزیر هم نتوانست وقار خود را حفظ کند و با صدای بلندی که همه شنیدند گفت:

«بیچاره‌ها مرا بکشید تا دیگر تاجداری بر روی زمین آسوده نخوابد!»

و سباک حرفی برای گفتن نداشت، مگر آن که پی‌درپی التماس کند:

«به من فرصت بدهید!... به من فرصت بدهید!»

ژیوار به سباک نگاه کرد و به حال و روز او تأسف خورد، زیرا مطمئن بود که اگر چنین فرصتی به بقیه داده می‌شد، این سعادت هرگز شامل سباک نمی‌شد. او تمام پل‌های پشت سر خود را ویران ساخته بود.

با حضور شاه و ملکه در جایگاه سلطنتی، غریو از جمعیت برخاست و جشن «دشمن سوزان» آغاز گشت. مشعلِ مرگ، به دست شاه افروخته شد و جلاد آن را

به سمت محکومین آورد. نفس‌ها در سینه حبس شده و سکوت چنان مستولی بود که صدای گام‌های جلاد شنیده می‌شد. به جز ژیوار و تاویار، بقیه که از تصور سوختن در میان شعله‌های آتش رعشه بر اندام‌شان افتاده بود، ناخودآگاه چشمان‌شان را بسته بودند. جلاد به یک قدمی سکو رسید، و اما هنوز مشعل را به هیزم‌ها نزدیک نکرده بود که تیری زوزه‌کشان هوا را شکافت و در پشت او فرو رفت. همزمان با این اتفاق غافلگیرکننده، صف تماشاچیان شکافته شد و یوشیتا و شش یار او، سوار بر اسبان خود و در حالی‌که اسبان دیگری را همه یدک می‌کشیدند، به سمت سکو پیش تاختند. ژیوار با دیدن یوشیتا لبخندی بر لبانش نشست و زیر لب گفت:

«مطمئن بودم که می‌آید.»

هیاهویی که برخاسته بود همه را متوجه ماجرا کرد. ملکه از ترس خود را به شاه چسباند و گفت:

«وای، یوشیتای راهزن آمد!»

شاه آنانی را که در اطرافش بودند مخاطب قرار داد و بر سرشان داد کشید:

«آنان را بکشید بی‌عرضه‌ها!»

و به زودی سربازان زیادی به سمت سکو سرازیر شدند. یوشیتا و یارانش که به کنار سکو رسیده بودند، فوراً از اسب‌ها پیاده شدند. یوشیتا با جست بلندی خود را به بالای سکو رساند تا اسیران را از بند برهاند و یارانش شمشیرها را از نیام کشیدند و آماده‌ی مقابله با سربازانی شدند که مثل مور و ملخ به طرف آنها می‌آمدند. قبل از آن که سربازان برسند، یوشیتا با دشنه‌ی تیزش بند از گِرد پیکر همه به جز سباک گسست و خطاب به آنان گفت:

«فوراً سوار شوید، باید از اینجا بگریزیم.»

یاران یوشیتا که با سربازان درگیر شده بودند، این فرصت را فراهم کردند تا همه‌ی آنها سوار بر اسبان شوند و از مهلکه بگریزند، در حالی‌که فریاد ملتمسانه‌ی سباک پشت سر آنان به گوش می‌رسید:

«مرا تنها نگذارید، التماس می‌کنم! التماس می‌کنم!»

و لحظه‌ای بعد، در مقابل چشمان وحشت‌زده‌ی سباک، آتش مشعلی که از دست جلاد افتاده بود آهسته آهسته هیزم‌ها را شعله‌ور می‌کرد تا به زودی آتشی که از نیرنگ‌های او بر افروخته شده بود، دامن خودش را بگیرد و زمین را از آلودگی وجودش پاک کند.

•••

ساعاتی بعد همه‌ی نجات یافتگان در ساحل دریا بودند.

ژیوار بر روی شن‌های ساحل نشسته و چشم به غروب خورشید دوخته بود. کتاب راهنمای سفر در آغوش او گشوده مانده بود و حالت نگاهش نشان از مکاشفه در مظاهر هستی داشت.

تاویار از جمع بقیه که آنسوترگرد هم نشسته بودند، جدا شد و به سمت ژیوار آمد و نزدیک به او دو زانو نشست. لحظه‌ای در سکوت گذشت و بعد ژیوار لب به سخن گشود و از تاویار پرسید:

«تصمیم‌شان را گرفتند؟»

تاویار جواب داد:

«می‌گویند به سفر ادامه می‌دهیم.»

ژیوار پرسید:

«حتی اگر یوشیتا به قولش وفا نکند؟»

تاویار با غصه گفت:

«می‌گویند او دروغ گفته است.»

ژیوار در چشمان او نگاه کرد و پرسید:

«تو چه حدس می‌زنی؟»

تاویار بدون اندکی مکث و تردید جواب داد:

«می‌آید... او بر می‌گردد.»

ماجرا از این قرار بود که بعد از نجات از مهلکه، یوشیتا آنان را به ساحل دریا هدایت کرد و با قول به این که به زودی برمی‌گردد، ترکشان کرد. و اکنون که نیمی از روز سپری شده و خورشید در حال غروب بود، بجز ژیوار و تاویار، بقیه به این گمان رسیده بودند که او به هر دلیل ممکن به قولش وفا نکرده است، اما سرانجام فریاد بلند تاویار، آنان را به اشتباه‌شان واقف ساخت.

«او برگشت . . . او برگشت!»

یوشیتا، در حالی‌که اسب دیگری را نیز با خود می‌تازاند، از دور پیدایش شد.

به کنار آنها که رسید، از اسب پیاده شد و گفت:

«همه‌ی راه نگران بودم که مبادا رفته باشید.»

و با اشاره به صندوق چوبی برگرده‌ی اسب دیگر ادامه داد:

«همه‌ی اموال شما اینجاست، ببینید که کم نباشد.»

همه، بجز ژیوار و تاویار به سراغ اسب رفتند و صندوق را از گرده‌اش پایین آوردند و به وارسی آن مشغول شدند. ژیوار، یوشیتا را مخاطب قرار داد و گفت:

«من و بقیه نجات جان‌مان را مدیون تو و دوستانت هستیم.»

یوشیتا با تواضع لبخند زد و گفت:

«باید هر چه زودتر اینجا را ترک کنید؛ شاه برای یافتن شما گروه زیادی را به هر طرف روانه کرده است.»

ژیوار که در این مدت کم آشنایی، شیفته‌ی منش یوشیتا شده بود، از او پرسید:

«تو و یارانت چه می‌خواهید بکنید؟ شاه اکنون بیشتر از هر زمان دیگری به خون شماها تشنه است.»

یوشیتا که از مصاحبت چند روزه با ژیوار به درک درستی از حقایق دست یافته بود، جواب داد:

«او به وجود امثال ما احتیاج دارد تا برایش نقش لولویی را بازی کنیم که با آن مردم را بترساند.»

ژیوار گرچه به حقیقت دریافت او واقف بود، اما دلش نیامد که با تأیید آن، نقش دلاوری‌های وی و یارانش را کمرنگ جلوه دهد و لذا به سکوت قناعت کرد. بقیه که از کار وارسی صندوق فارغ شده و به سلامت اموال خود مطمئن شده بودند، خرسند از این موضوع به نزد آن سه بازگشتند و نخستین نفر، رابین وزیر، کیسه‌ای زر پیش پای یوشیتا نهاد و در پی او بقیه نیز به فراخور کیسه‌های محتوی سکه‌های زر دیگری را در کنار اولی انباشته کردند. رابین با لحنی کمتر قدرشناسانه و بیشتر کاسبکارانه به یوشیتا گفت:

«مزد نجات جان ما است، آنها را بردار.»

کاراکو منظور رابین را کامل کرد و گفت:

«این بار آن را به اختیار و میل خود می‌دهیم.»

یوشیتا که منظور از کنایه‌ی کاراکو را دریافته بود، با کلامی قاطع تکلیفش را با همه مشخص کرد.

«من به آنها احتیاجی ندارم.»

ژیوار به قصد اقناع او گفت:

«بردار؛ گروه بینوایانی که من در آن روستای ویران دیدم، نیاز به توشه و غذا دارند.»

یوشیتا با لحنی یأس‌آلود گفت:

«نشانی حتی از یک نفرشان نیافتم، به گمانم یا از ترس گریخته‌اند و یا تار و مار شده‌اند.»

رابین گفت:

«می‌توانی آن را با دوستانت تقسیم کنی.»

یوشیتا با لحنی غم‌آلود جواب داد:

«افسوس، کشته شدند!... هر شش برادرم، امروز در میدان شهر کشته شدند.»

آه از نهاد تاویار برخاست.

«آه!... برادرانش بودند!»

یوشیتا به ژیوار چشم دوخت و با صدایی که برای اولین بار می‌لرزید خطاب به او گفت:

«اگر ساینا را یافتی، از او بپرس که آیا شاه بیچارگان می‌شود.»

ژیوار که غم و تنهایی یوشیتا را درک می‌کرد، در جوابش گفت:

«چرا خودت نمی‌پرسی؟ تا آنچه را که پاسخ می‌شنوی برای مردمت مژدگانی آوری؟»

سکوت یوشیتا این اجازه را به ژیوار داد تا درخواست دیگری را بیان کند.

«ما برای ادامه‌ی سفر به حضور تو نیاز داریم، آیا با ما همراه می‌شوی؟»

یوشیتا ابتدا سکوت کرد و برای لحظاتی نظر به زمین دوخت، سپس از جمع جدا شد و گام به سمت دریا برداشت و در حالی‌که تا ساق پا به درون آب رفته بود، ایستاد و چشم به آخرین انوار سرخ خورشید دوخت. تاویار آهسته از ژیوار پرسید:

«او به چه می‌اندیشد؟»

ژیوار پاسخ داد:

«با آنچه که سال‌ها به خاطرش جنگیده است، کلنجار می‌رود.»

و سرانجام یوشیتا به سمت جمع برگشت. او برای اولین بار روبند خود را برداشت و همگان صورت او دیدند. اثر زخمی کهنه برگونه‌ی او، حالتی خشن به چهره‌اش بخشیده بود. وی که تصمیم خود را گرفته بود گفت:

«من با شما می‌آیم.»

ژیوار با خوشحالی گفت:

«ما به یک کشتی نیاز داریم.»

و یوشیتا با همان اطمینان جواب داد:

«من این کشتی را فراهم می‌کنم.»

چهارم • جزیره‌ی مرموز •

یوشیتا خیلی زودتر از آنچه که همه فکر می‌کردند، کشتی مناسبی فراهم کرد و
خود هدایت آن را به عهده گرفت. مسیر سفر را ژیوار با استفاده از کتاب راهنمای
سفرش تعیین می‌کرد و سه شبانه روز آنها در اطراف خود جز آب چیزی را مشاهده
نکردند. هوا گرم بود و عطش غالب و ذخیره‌ی آب آشامیدنی اندک و امید همگان
به چشمان تیزبین یوشیتا بود که نوید رسیدن به خشکی را از زبان او بشنوند. با
محاسبات ژیوار، جزیره‌ی گلها، نزدیک‌ترین مکانی بود که می‌توانست آب آشامیدنی
آنها را برای ادامه‌ی سفر تأمین کند.

آرشان طبیب که ارزش حیاتی آب آشامیدنی موجود را می‌شناخت، هم وظیفه‌ی
تقسیم آن را به عهده گرفته بود و هم نوع غذایی را که باید خورده می‌شد زیر نظر
داشت تا مانع عطش بیشتر شود، ولی با این وجود، تحمل تشنگی نزد جماعتی که

بیشترشان تاکنون با این تجربه‌ی بیگانه بودند، دشوار و طاقت‌فرسا بود و در این شرایط نوید دیدن خشکی بزرگترین مژده‌ای بود که آنها منتظر شنیدنش بودند.

یوشیتا، با دستی سکان را در اختیار داشت و پنجه‌ی دست دیگر را سایبان چشم‌ها کرده و چشم به افق دور دوخته بود. آرشان در حال حمل مشک آبی که بندش را بر شانه افکنده بود، به طرف یوشیتا آمد و پیاله‌ی کوچکی از آب مشک پر کرد و گفت:

«بگیر، رفع تشنگی کن.»

یوشیتا بی‌آن‌که چشم از روبه‌رو برگیرد، دست دراز کرد و آرشان پیاله را بر کف دست او نهاد. یوشیتا جرعه‌ای از آب را نوشید و باقی را برگرداند. آرشان گفت:

«همه را بنوش؛ تشنگی، آب چشمان را خشک می‌کند و از نور آن می‌کاهد. ما همه اکنون به تیزی چشمانت نیاز داریم.»

و با همین استدلال یوشیتا را قانع کرد که باقیمانده‌ی آب پیاله را نیز بنوشد.

در گوشه‌ای از کشتی، تاویار فرصتی یافته بود که مهم‌ترین پرسش زندگیش را با ژیوار در میان نهد. او از ژیوار پرسید:

«ساینا کیست؟»

ژیوار در پاسخ او گفت:

«کسی شبیه ما.»

این پاسخ اندیشه‌ی از بند رسته‌ی تاویار را ارضا نمی‌کرد و او می‌خواست بیشتر بداند و لذا پرسید:

«او چه برتری به ما دارد؟»

ژیوار جواب داد:

«او گوهری است که هر زمان بیابیش بیش از پیش می‌ارزد.»

تاویار پرسید:

«در اندیشه چه برتری به ما دارد؟»

ژیوار پاسخ داد:

«در اندیشه، او برآیند بهترین اندیشه‌هاست و هر زمان بهتر از زمان پیش است.»

همین پاسخ‌های کوتاه کافی بود که تاویار را از اشتیاق دیدار ساینا لبریز کند و بپرسد:

«او اکنون کجاست؟»

ژیوار چشم به دور دست‌ها دوخت و جواب داد:

«شاید در همین نزدیکی.»

تاویار آه بلندی کشید و گفت:

«می‌ترسم بمیرم و این آرزو را به گور ببرم.»

ژیوار به چهره‌ی معصوم او نگاه کرد و با لحنی سرشار از گرمی و مهر گفت:

«این آرزو با مرگ به گور نمی‌رود.»

فریاد بلند یوشیتا، تاویار را از کنجکاوی بیشتر منصرف کرد.

«خشکی... خشکی می‌بینم!»

فریاد امیدبخش یوشیتا همه را در عرشه جمع کرد تا با شعف ناظر نزدیک شدن به ساحل یک جزیره باشند. ژیوار درباره‌ی مکانی که به آنجا وارد می‌شدند توضیح داد و گفت:

«این سرزمین، محل رویش انواع گل‌های معطر است و کار اصلی اهالی، تولید گلاب و عطر از گل‌های فراوانی است که سرتاسر این جزیره را پوشانده‌اند. قلب و روح این مردم به لطافت برگ‌های گلی است که با آن سر و کار دارند. ما قصد توقف طولانی در این جزیره را نداریم و به استراحتی مفید و برداشت ذخیره‌ی آب اکتفا می‌کنیم.»

رابین وزیر گفت:

«امیدوارم که لااقل در اینجا شاهد مصایب پیشین نباشیم.»

و ژیوار برای آن که بار دیگر منظور سفر را یادآوری کرده باشد، گفت:

«قرار ما این‌ست که آماده‌ی هر پیشامدی باشیم.»

کشتی که در ساحل پهلو گرفت، همه از آن پیاده شدند و پا در خاک جزیره نهادند.

اولین چیزی که در آنجا توجه‌شان را جلب کرد، وجود صدف بزرگی بود که درون آن مردی کوتاه قامت با لباس آبی و موهایی سرخ، بی‌حرکت نشسته بود. همه از دیدن مرد در آن موقعیت متعجب شدند. ژیوار جلو رفت و سلام داد. مرد موسرخ، هیچ واکنشی نشان نداد. ژیوار برای آن که او را به سخن گفتن ترغیب کند، پرسید:

«ما به جزیره‌ی گل‌ها پا نهاده‌ایم، درست است؟»

او باز هم پاسخی نداد و سردار اوژن با پهنای شمشیرش چند ضربه به کاسه‌ی صدف زد، طوری که صدای آن در درون صدف پژواک افکند، اما سرخ‌مو حتی پلک هم نزد.

کاراکو با تردید گفت:

«آیا زنده است؟»

آرشان جواب داد:

«می‌بینی که نفس می‌کشد.»

رادمان خزانه‌دار گفت:

«شاید کر و لال است.»

ماهور مستوفی با همان سوءظن همیشگی گفت:

«شاید هم ما را دست انداخته است.»

ژیوار مانع تعبیر و تفسیرهای دیگر شد و گفت:

«می‌توانیم به جای این قضاوت‌های عجولانه، علت را از دیگر مردمان اینجا جویا شویم. این مرد ظاهراً میلی به صحبت با ما ندارد و کسی را نمی‌شود با زور وادار به گفتگو کرد. برویم دوستان؛ ما برای تأمین آب آشامیدنی وارد اینجا شده‌ایم.»

وقتی که آنها مرد صدف‌نشین را ترک کردند و به اندازه‌ی کافی دور شدند. برای نخستین بار جنبشی در اندام سرخ‌مو پدیدار گشت و کله‌اش به پهلو چرخید و گروه تازه وارد را با نگاه تعقیب کرد.

•••

گروه پس از دور شدن از ساحل تا رسیدن به کنار نزدیک‌ترین چشمه‌ی آب که مسافت کمی هم نبود، دو مسئله تعجب‌شان را برانگیخت؛ نخست این‌که در طول مسیر حتی یک نفر را ندیدند و دیگر این‌که بر خلاف آنچه که از زبان ژیوار شنیده بودند هیچ گل و گلزاری را هم مشاهده نکردند. مورد دوم بیشتر از همه تاویار را افسرده کرده بود و احساس می‌کرد که بقیه نسبت به سخنان ژیوار به تمسخر می‌اندیشند و چون تاب نگاه‌های معنی‌دار آنان به یکدیگر را نیاورد، با خود گفت:

«من تا گلستانی در اینجا پیدا نکنم، دست و دلم به کاری نمی‌رود.»

او بر خلاف بقیه که مشغول پرکردن ظرف‌ها از آب چشمه بودند، بی‌سر و صدا از جمع جدا شد و خود را به آنسوی تپه‌ی مشرف به چشمه رساند. در آنسوی تپه نیزاری گسترده بود و وی با ورود در آن شامه‌ی خود را برای تشخیص بوی خوش گل تیز کرد. عبور نسیم در میان نیزار، ولوله‌ی خفیف وهم‌انگیزی پدید آورده بود که رفته رفته ترسی مبهم را در وجود او می‌انباشت. به محوطه‌ای بازکه رسید، دیدن دسته‌ای کوچک از گل زرد وحشی در آنجا، ترس پیشین را از یادش برد و با ولعی کودکانه به سمت آن دوید و بینی‌اش را برای بوییدن به گل نزدیک کرد که هم‌زمان صدایی شبیه به عبور دسته‌ی بزرگی از زنبورها توجه او را به پشت سر معطوف کرد و شنیدن همان صدا در جهت دیگر، جهت نگاه او را تغییر داد و این اتفاق پی‌درپی و در جهات مختلف رخ داد طوری که او را گیج و سردرگم کرد و به تلاشی بیهوده برای یافتن منشأ صدا واداشت که یکباره و ناگهان گوشه‌ای از نیزار شعله‌ور شد و گسترش سریع آتش در میان نی‌ها، مجال هرگریزی را از او سلب کرد و به زودی از هر طرف در محاصره‌ی شعله‌های سرکش قرار گرفت.

«کمک!... کمک!...»

فریاد بلند و یاری‌طلبانه‌ی تاویار، بقیه را در کنار چشمه متوجه غیبت او کرد و وجود دودی که از پشت تپه به هوا برخاسته بود، عاملی شد که آنها به سرعت خود را به محل حادثه برسانند و از مخمصه‌ای که وی در آن گرفتار شده بود، آگاه شوند.

درایت و هوشمندی ژیوار که قبلاً مشک آب خود را همراه آورده و از بقیه هم خواسته بود که از او تبعیت کنند، باعث شد که به سرعت روش نجات تاویار چاره‌اندیشی شود. ژیوار، آب درون مشک را در شیاری که به درون نیزار کشیده می‌شد فرو ریخت و بقیه هم کار او را تکرار کردند و با پرکردن مشک‌ها و کوزه‌ها از آب چشمه و ریختن آن در شیار، جویی از آب به درون نیزار سرازیر شد و در مسیر خود بخشی از آتش را فرونشاند و امکان ورود به نیزار را فراهم کرد. ژیوار با صدای بلند فریاد زد:

«تو کجایی تاویار؟ با صدای بلند جواب بده.»

صدای تاویار از میان خرمن آتش به گوش رسید:

«من اینجا هستم، درون آتش!»

جهت صدا علامتی بود که یوشیتا را برانگیزاند تا در اقدامی شجاعانه وارد محیطی شود که دو طرفش را ستونی از آتش و دود فراگرفته بود. لحظات به کندی سپری می‌شد و همه با نگرانی منتظر بازگشت یوشیتا بودند. کسی نمی‌دانست که درون دود و آتش چه اتفاقی در حال وقوع است و گذشت زمان بر اضطراب آنها می‌افزود و تنها کسی که خودداری نشان می‌داد، ژیوار بود که در پاسخ به سخنان نومیدانه‌ی بقیه، مرتب جمله‌ای را تکرار می‌کرد:

«به اقدام شجاعانه‌ی یوشیتا اعتماد کنیم.»

و سرانجام لحظه‌های کند و دلهره‌آفرین انتظار به آخر رسید و یوشیتا در حالی‌که تاویار را بر کول افکنده بود از میان دود و آتش بیرون آمد و با خوشحالی مژده داد:

«دود و گرما بی‌حالش کرده، اما زنده است»

آرشان با یک معاینه سریع گفته‌ی تاویار را تأیید کرد و به طنز گفت:

«اما باید خودش را حسابی بشوید که مطمئن شویم کس دیگری نباشد.»

در میان خنده‌ی جمع، تاویار کم کم به حال آمد و به او کمک شد که به کنار چشمه برود و سر و رو را از دوده و سیاهی تمیز کند. او ماجرایی را که بر او گذشته بود برای بقیه تعریف کرد. رابین وزیر زودتر از همه واکنش نشان داد و با کنایه گفت:

«این هم از مردم مهربان سرزمین گل!»

ژیوار در پاسخ به کنایه‌ی رابین گفت:

«ما که کسی را در این اطراف ندیدیم و بهترست به خاطر یک حادثه، فوراً پیش‌داوری نکنیم.»

سوبار که بیشتر از بقیه ترسیده بود، گفت:

«من حاضر نیستم لحظه‌ای کوتاه هم در اینجا باشم.»

بقیه هم تمایلی به ماندن نداشتند. رابین گفت:

«از ابتدا قصد ماندن هم نداشتیم، مخزن‌های ذخیره‌ی آب را پر می‌کنیم و بر می‌گردیم.»

همه ظرف‌ها را از آب چشمه پرکردند و به ساحل برگشتند. در ساحل چشمان تیزبین یوشیتا زودتر از بقیه متوجه وضعیت غیرعادی کشتی شد که انگار به گِل نشسته بود و موضوع را به اطلاع همه رساند. ژیوار از او پرسید:

«آیا کشتی به گل نشسته است؟»

یوشیتا که از عمق آب در لنگرگاه مطمئن بود، شانه را از زیر بار خمره‌ی آبی که بر دوش داشت، خلاص کرد و جواب داد:

«نباید اینطور باشد.»

و بی‌درنگ وارد آب شد و خود را به عرشه کشتی رساند و از آنچه که دید آه از نهادش برخاست. کف کشتی در چند جا سوراخ شده بود و آبی که از سوراخ‌ها بیرون می‌زد، عرشه‌ی کشتی را فراگرفته و موجب فرونشستن آن شده بود.

یوشیتا فوراً به ساحل برگشت و آنچه را که دیده بود شرح داد. غیبت مرد موسرخ داخل صدف، انگشت اتهام را متوجه او می‌کرد. رابین، ژیوار را مخاطب قرار داد و گفت:

«آیا سوراخ شدن کشتی هم یک حادثه است؟»

ژیوار بی‌هیچ تردیدی جواب داد:

«نه، به هیچ‌وجه.»

سردار اوژن دست بر قبضه‌ی شمشیرش نهاد و گفت:

«باید مسبب را پیدا کنیم.»

ژیوار از یوشیتا پرسید:

«تعمیر کشتی چه مدت طول می‌کشد؟»

یوشیتا جواب داد:

«شاید چند روز.»

ژیوار رو به اوژن کرد و گفت:

«پس بهتر است ابتدا جایی مناسب برای سکونت پیدا کنیم؛ فرصت کافی برای تحقیق داریم.»

•••

مناسب‌ترین مکان برای سکونت، کلبه‌ی نیمه مخروبه‌ای بود که قبل از تاریک شدن هوا موفق به یافتن آن شدند و همانجا را برای اقامت انتخاب کردند.

به هنگام صرف شام بحث اصلی آنان سکوت مرموزی بود که جزیره را شبیه سرزمین اموات کرده بود. ماهور مستوفی حتی شک داشت که مرد درون صدف یک موجود انسانی بوده است و آرشان طبیب از احتمال شیوع یک بیماری واگیر و نابودی سکنه جزیره سخن می‌راند و سوبار که ترس وجودش را فراگرفته بود، ناخودآگاه و فی البداهه، اشعاری را سرود که مضمون آن درباره‌ی ارواح خبیثی بود که آن‌ها را در محاصره‌ی خود داشتند. در مجموع آن شب هر کس نظری ابراز می‌کرد که شاید در شرایط عادی از بیان آن اکراه داشت، اما اکنون نه کسی بخاطر ابراز آن سرزنش می‌شد و نه کسی از شنیدن آن متعجب. در میان جمع تنها کسی که حرفی نمی‌زد، ژیوار بود که از ابتدا فقط در رفتار و گفتار بقیه دقیق شده بود. یوشیتا با توجه به این امر، از او پرسید:

«تو چرا حرفی نمی‌زنی؟»

ژیوار با تبسم جواب داد:

«فعلاً که به ناچار ماندگار شده‌ایم، به عقل و چشم فرصت بیشتری بدهیم.»

کلام نافذ ژیوار همه را به سکوت واداشت و از ادامه‌ی نظر منصرف کرد. ژیوار با توجه به این مسئله سخنش را ادامه داد و گفت:

«تا روشنی فردا، به نوبت هر دو نفر بیدار می‌مانیم و بقیه می‌خوابند؛ شبی این چنین، به خوابی آسوده نیاز دارد.»

•••

نوبت نگهبانی که به رادمان خزانه‌دار و ماهور مستوفی رسید، خستگی سفر و پرخوری شامگاه و فربهی اندام به علاوه‌ی گرمای مطبوع آتش موجب شد که نتوانند به ندای دلفریب خواب جواب رد بدهند و یکی بعد از دیگری سرهایشان روی گردن کج شد و آواز خرناس‌شان آغاز عملیات افراد ناشناسی شد که ساعت‌ها در سیاهی شب مترصد همین فرصت بودند. چند تن از آنان به آرامی و بدون سر و صدای وارد کلبه شدند و لحظاتی بعد کیسه بزرگی که معلوم بود کسی در آن چپانده شده است را با خود بیرون آوردند و در سیاهی شب ناپدید شدند.

•••

نسیم صبحگاهی، ابتدا رادمان را بیدار کرد. او شانه‌ی ماهور را که هنوز صدای خرناسش بلند بود، تکان داد و گفت:

«هی، پاشو! چقدر می‌خوابی چاق تنبل؟»

ماهور که از خواب پریده بود، ابتدا گیج بود، ولی خیلی زود از چشمان پف‌آلود رادمان فهمید که او هم اوضاع بهتری از او نداشته است و به همین دلیل گفت:

«اوضاع تو هم گواه می‌دهد که هشیارتر از من نبوده‌ای»

رادمان موذیانه خندید و گفت:

«واقعاً که شب بیدارانی مثل من و تو کمیابند! امیدوار باشیم که اتفاقی نیفتاده باشد.»

ماهور از جا بلند شد و کش و قوسی به خود داد و گفت:

«حیف! خواب خوشی می‌دیدم و تو اکبیری مانع ادامه‌ی آن شدی.»

رادمان با طعنه گفت:

«از خرناست پیدا بود که با خرس هماغوش بودی و همان بهتر که بیدارت کردم!»

و بعد با خنده ادامه داد:

«از شوخی که بگذریم، ما به وظیفه عمل کرده‌ایم؛ چُرت کوتاه مزه‌ی نگهبانی است. حالا برویم کرنای بیدارباش را بیخ گوش خفتگان به صدا در آوریم.»

آن دو سلانه سلانه وارد کلبه شدند. همه خواب بودند مگر تاویار که اثری از او در کلبه نبود.

• • •

تاویار، وقتی به هوش آمد، خود را در جای تاریک و ناآشنایی دید و از تلخی دهان و سردردی که داشت فهمید اتفاقی برایش افتاده است، اما علت آن را نمی‌دانست. سرانجام در به روی او گشوده شد و مردی جوان همراه دختری فانوس به دست وارد شدند. تاویار مرد را شناخت. او همان کسی بود که در بدو ورودشان به جزیره، درون صدف نشسته بود و بعد هم به طرز عجیبی غیبش زده بود. مرد موسرخ حس تاویار را از نگاهش درک کرد و گفت:

«درست شناختی، من همانم که در ساحل دیده بودی و اسمم گلزاد است. مجبور شدیم تو را بیهوش کنیم و به اینجا بیاوریم. می‌دانیم استقبال دلچسبی نبوده، ولی باور کن خواهرم سرگُل همه‌ی این مدت را به تیمار تو مشغول بود که مبادا به هوش نیایی.»

تاویار پشت سرش را مالید و گفت:

«یک‌بار هم می‌خواستید مرا در آتش جزغاله کنید؛ مگر ما چه هیزم تری به شما فروخته‌ایم؟»

سرگل لب به سخن گشود و با لحنی مهربان گفت:

«برادرم خبر آورد که چه بلایی داشت به سرت می‌آمد و پدرما تشخیص داد که اگر تو را پنهان نکنیم، در امان نیستی و جانت در خطر است.»

تاویار گرچه در گفته‌ی آن دختر زیباروی ریزاندام جز صداقت نمی‌دید، اما چون موضوع برایش گنگ و نامفهوم بود، پرسید:

«چرا باید جانم در خطر باشد؟»

سرگل جواب داد:

«موضوع مفصل است و باید پدر برایت توضیح دهد.»

تاویار که مشتاق دانستن بود، گفت:

«مرا پیش او می‌برید؟»

گلزاد گفت:

«به خاطر همین آمده‌ایم.»

•••

گذرگاه‌های باریکی که گلزاد و خواهرش، تاویار را از میان آنها عبور می‌دادند با خانه‌های کوچک پیرامون آن، گرچه متناسب با قامت‌های کوچک ساکنان آنجا بود، اما با ویژگی‌هایی که داشت و ستون‌های نازک نوری که از سقف می‌تابید و آسمان ناپیدا، همه نشان از شهری در زیرِ زمین داشت. در جاهای مختلف از مسیر عبور آنها و در میادین کوچک شهر، مجسمه‌های زیادی از انواع گل‌ها برپا بود که گلزاد و سرگل با احترام از کنار آنها عبور می‌کردند و این مسئله تعجب تاویار را بر می‌انگیخت.

سرانجام آنها به کنار عمارتی شکیل‌تر از بقیه‌ی اماکن رسیدند که در دو طرف دروازه‌ی آن دو نگهبان نیزه به دست ایستاده بودند. گلزاد در آنجا تاویار را مخاطب قرار داد و گفت:

«اینجا مقر پدرم گلنیا است، امیدوارم از دیدار با او لذت ببری.»

نگهبانان نیزه‌های‌شان را کنار کشیدند تا آن سه وارد شوند.

مقر، تالار یکپارچه‌ای بود که از ستون‌های باریک نوری که از سقف می‌تابید،

روشن شده بود. درکف تالار فرش بزرگ و زیبایی با نقش و نگارگل گسترده شده بودکه نگاه هرتازه واردی را به خود جلب می‌کرد. درصدرتالار، مردی با موها و ریش بلند و سپید نشسته بودکه با دقت و سرعت مشغول ساخت تندیس گُل از خاک رُس بود. تاویار حدس که او باید گلنیا باشد. گلنیا با لبخندی محبت‌آمیز از آنها استقبال کرد. هر سه جلو رفتند. تاویار وگلزاد دوزانو جلوی او نشستند و سرگل آب بر دست پدرش ریخت تا او دست‌های گلی‌اش را بشوید و سپس با حوله دست‌های وی را خشک کرد. تاویار تحت تأثیر ادب و منش سرگل، حس غریبی نسبت به او در وجودش به جوش درآمدکه تا آن روز برایش ناآشنا بود.

«قصد شما ازآمدن به سرزمین ما چه بوده؟»

این پرسش گلنیا، تاویار را به خود آورد و جواب داد:

«ما به قصد دیدار ساینا عازم سفر بودیم و آب آشامیدنی ما به آخر رسید و ناچار شدیم که در ساحل سرزمین شما پهلو بگیریم.»

گلنیا سری با تأسف تکان داد وگفت:

«و لابد فکر می‌کنیدکه ما چه میزبان‌های نامهربانی بودیم.»

تاویارگفت:

«راهنمای ما ژیوار قبلاً از مهربانی مردم شما سخن گفته بود، اما...»

گلنیا معنای سکوت تاویار را درک کرد وگفت:

«اما نه تنها شاهد این مهربانی نبودید، بلکه از همان ابتدا دچار دردسرهای پی‌درپی شدید. حق داریدگله‌مند باشید، ولی اگرعلت را می‌دانستید، باورمی‌کردید که ژیوار به شما دروغ نگفته است.»

گلزاد لب به سخن گشود وگفت:

«پدرعلت را بگویید؛ او مشتاق است که بداند.»

تاویار خود نیز اشتیاقش را بروز داد وگفت:

«درست می‌گوید، می‌خواهم بدانم.»

گلنیا آهی کشید و گفت:

«از کجا شروع کنم... حتماً از راهنمای سفرتان شنیده‌اید که سرزمین ما به داشتن گلزارهای پهناور معروف است... یعنی معروف بود.»

و با حسرتی آشکار ادامه داد:

«ما مردم خوشبختی بودیم و انواع گل‌های خوشبو به ما امکان تولید عطر و گلاب فراوانی را می‌داد و از راه فروش آن به بازرگانانی که از گوشه و کنار دنیا به اینجا می‌آمدند، درآمد خوبی نصیب ما می‌شد. بندر سوت و کوری که کشتی شما در آنجا پهلو گرفت، روزگاری از کثرت کشتی‌هایی که در آمد و شد بودند آرامش نداشت. اما امروز...»

گلنیا آهی کشید و لحظه‌ای ساکت شد. تاویار که به شدت مشتاق شنیدن ادامه‌ی سخنان او شده بود، بی‌صبرانه پرسید:

«مگر چه اتفاقی افتاده؟»

گلنیا دستی به ریش بلندش کشید و جواب داد:

«شاید تعجب می‌کنی مردمی که سراسر عمر را با گل دمخور بوده‌اند، حالا چرا در زیرزمین‌های نمور زندگی می‌کنند.»

تاویار سخن او را تأیید کرد و گفت:

«همینطور است. از خودم می‌پرسم چرا زیرِ زمین؟ مگر روی زمین چه خطری شما را تهدید می‌کند؟»

«بلا بر ما نازل شد.»

گلنیا این جمله را با نفرت ادا کرد و بعد به شرح ماجرا پرداخت.

«ابتدا با خشکیدن گل‌ها شروع شد. شیره‌ی گل‌ها مکیده می‌شد و گل‌ها پژمرده می‌شدند. در آغاز توجه چندانی به این موضوع نداشتیم، اما بعد با نابودی گسترده‌ی گلزارها فهمیدیم که چه فاجعه‌ی بزرگی دارد رخ می‌دهد.»

تاویار که بی‌تاب شنیدن علت آن ماجرا بود، پرسید:

«چرا؟ علت آن چه بود؟»

گلنیا در پاسخ او گفت:

«حضور موجود نفرت‌انگیزی که از مکیدن شیره‌ی گل‌ها سیر نمی‌شود.»

تاویار با کنجکاوی پرسید:

«او چه موجودی است؟»

«موجودی ناشناخته و مرموز که تا بحال موفق به دیدن او نشده‌ایم. ناشناسی که هم هست و هم نیست. فقط کافیست که هوس نزدیک شدن به گلی را داشته باشی تا او به شگردهای مختلف کمر به نابودیت بندد. او وحشی و ویرانگرست.»

تاویار که شگفت‌زده شده بود، پرسید:

«واقعاً تا به حال او را نشناخته‌اید؟»

سرگل با نومیدی جواب داد:

«سعی زیادی کردیم ولی فایده نداشت.»

تاویار پرسید:

«اما چرا در زیرِ زمین زندگی می‌کنید؟»

گلزاد جواب داد:

«زندگی در بالا دیگر لطفی ندارد؛ بیشتر گل‌ها از بین رفته است، به آنچه هم که مانده جرأت نزدیک شدن نداریم.»

گلنیا در تکمیل سخنان آن دو اضافه کرد:

«و امیدواریم که گلی برای او باقی نماند و شرش را از اینجا کوتاه کند. تا آن زمان در اینجا لااقل از شرارت‌های او در امانیم.»

تاویار که نکات زیادی برایش روشن شده بود پرسید:

«پس کشتی ما را هم شاید او سوراخ کرده است.»

گلزاد گفت:

«شاید ندارد؛ مطمئن باش کار او بوده.»

سرگل خطاب به تاویار گفت:

«همو بود که قصد سوزاندن تو در نیزار را داشت، زیرا تو جسارت کرده و به گلی نزدیک شده بودی.»

تاویار با یادآوری آن لحظات گفت:

«صدایش مثل گروه بزرگی از زنبورها بود.»

گلزاد در تأیید سخن او گفت:

«درست شبیه صدایی که هنگام سوراخ شدن کشتی شما من می‌شنیدم. ما او را فقط با این صدا می‌شناسیم.»

حیرت تاویار هر لحظه بیشتر می‌شد. گلنیا به او گفت:

«تو ناخواسته کاری کرده‌ای که آن موجود شریر تا انتقام نگیرد، آرام نمی‌شود و به همین دلیل مانع ادامه‌ی سفر شماها شده است و ما که این را می‌دانستیم، شبانه تو را ربودیم و به اینجا آوردیم که لااقل بقیه در امان باشند.»

تاویار با لبخندی تشکرآمیز گفت:

«از لطف شما ممنونم، ولی باید پیش دوستانم برگردم، شاید آنها دلواپس من باشند یا این‌که فکر کنند قصد همراهی با آنان را ندارم.»

گلنیا با تعجب پرسید:

«یعنی می‌خواهی به استقبال مرگ بروی؟»

تاویار با اطمینان پاسخ داد:

«چاره‌ای جز این ندارم؛ ما با یکدیگر هم پیمان شده‌ایم.»

سرگل نگاهی سرشار از ستایش به تاویار افکند که از دید او پنهان نماند. گلنیا در مقابل اراده‌ی استوار تاویار به رفتن، تسلیم شد و ضمن ادامه به کار ساختن تندیس، خطاب به فرزندانش گفت:

«به تصمیمش احترام می‌گذاریم. هوا که تاریک شد، او را به نزد دوستانش برگردانید. تا آن وقت مهمان ماست.»

تاویار ترجیح داد که تا وقت رفتن به گشت و گذار در شهر زیرزمینی بپردازد و چون گلزاد باید برای کمک به پدرش می‌ماند، سرگل برای همراهی با تاویار اعلام آمادگی کرد.

هنگامی که آن دو وارد گذرگاه شهر زیرزمینی شدند، تاویار با تعجب گروه زیادی از مردم را دید که با چشمان بسته در حال حرکت بودند و تنها صدایی که شنیده می‌شد، آهنگ یکنواخت برخورد کفش‌های چوبی آن‌ها با سنگفرش گذرگاه بود. تاویار که در امواج این راهپیمایی رازآلود گرفتار آمده و به ناچار با جمعیت همراه شده بود، آستین سرگل را گرفت که از او جدا نیفتد. سرگل کنار گوشش نجوا کرد:

«تعجب نکن، این یک مراسم هر روزه است.»

تاویار با کنجکاوی پرسید:

«با چشمان بسته؟»

سرگل با اشاره‌ی انگشت او را از سخن با صدای بلند منع کرد و آهسته گفت:

«آن‌ها تمرکز کرده‌اند و می‌اندیشند.»

تاویار آهسته پرسید:

«به چه چیز؟»

«به گل»

پاسخ حزن‌آلود سرگل، قلب تاویار را به درد آورد و لب فرو بست و اجازه داد که موج جمعیت رونده، او را همراه بقیه به سمت میدان شهر هدایت کند. در آنجا آن‌ها به کسانی پیوستند که از سه سوی دیگر می‌آمدند و همه رو به تندیس‌هایی از گل که در میانه‌ی میدان نهاده شده بود، زانو می‌زدند و عاشقانه به آن‌ها چشم می‌دوختند. تاویار مات و متحیر به هر طرف نگاه می‌کرد.

«نمی‌خواهی همراه با مردم ما در این مراسم شرکت کنی؟»

سرگل این را به تاویار گفت و خود همانند بقیه زانو زد و نگاه به تندیس‌ها دوخت. تاویار کنار او زانو زد و آهسته از او پرسید:

«آیا تندیس‌ها ساخته‌ی پدرت است؟»

سرگل جوابی نداد و تاویار فهمید که در این لحظات پاسخی از او نخواهد شنید، پس همانند بقیه نظر به تندیس‌های زیبای گل دوخت.

این مراسم تا پیوستن گلنیا و گلزاد به اجتماع مردم ادامه یافت. آنها با خود تندیس‌های تازه‌ای آورده بودند که در میان شور و اشتیاق مردم در میدان نهاده شد. تاویار با خود اندیشید که این پیرمرد و فرزندانش همه گونه تلاشی می‌کنند که وابستگی اجدادی مردم به گل، فراموش‌شان نشود و همانجا از ته دل آرزو کرد که مردم جزیره هرچه زودتر به روی زمین بازگردند و فارغ از خطری که تهدیدشان می‌کرد شاهد رویش گل‌ها در خاک سرزمین‌شان باشند.

بعد از اتمام مراسم، سرگل از او پرسید:

«آیا هیاهوی کودکان را می‌توانی تحمل کنی؟»

تاویار بی‌آن‌که منظور او را بپرسد، جواب داد:

«من عاشق کودکانم.»

و با سرگل همراه شد. آن دو مسافتی را در کوچه پس کوچه‌های تنگ شهر پیمودند تا به خانه‌ای رسیدند که درِ چوبی آن با نقوشی از گل و گیاه کنده‌کاری شده بود. سرگل حلقه‌ی در را به صدا در آورد و کمی بعد پیرزنی ریز اندام که چهره‌ای نمکین داشت، در را گشود و با خوش‌رویی از آنان استقبال کرد. سرگل از پیرزن پرسید:

«گلدایه، فرشتگان ما بیدارند؟»

«بیدارند و بی‌صبرانه انتظار می‌کشند.»

گلدایه این را گفت و زنگوله‌ی کوچکی را از جیب پیراهنش بیرون آورد و تکان داد. با صدای زنگوله، گروهی کودک خردسال از خانه بیرون آمدند و کوچه را با سر و صدای‌شان روی سر گذاشتند. آنها دور و بر سرگل را گرفته بودند و دست و دامن او را می‌کشیدند و پی‌درپی واژه‌ی «گل» را تکرار می‌کردند و سرگل هم در جوابشان می‌گفت:

«صبر کنید بچه‌ها؛ برای همه‌تان گل دارم.»

و بعد از درون سبدی که با خود همراه آورده بود، شاخه شاخه گل‌های متنوع کاغذی را بیرون آورد و به هر یک شاخه‌گلی داد. گلدایه دوباره زنگوله را به صدا در آورد و خطاب به کودکان گفت:

«زودباشید بچه‌ها؛ وقت خواندن سرود است.»

و خود شروع به زمزمه‌ی سرودی کرد که اشعارش همه در ستایش گل بود. بچه‌ها هم در حالی‌که با او همنوا شده بودند با نظم و ترتیب به کودکستان برگشتند. گلدایه قبل از خداحافظی از سرگل خواست که بازهم برای بچه‌ها گل بیاورد و سرگل قول داد که هر روز این کار را خواهد کرد. تاویارکه تحت تأثیر قرارگرفته بود، ناخودآگاه سرودی را که بچه‌ها می‌خواندند زیر لب زمزمه کرد. سرگل گفت:

«هر روز برای‌شان گل ساختگی می‌آورم که شکل گل‌ها را از یاد نبرند. این را از پدرم آموخته‌ام.»

تاویار پرسید:

«عطر و بوی گل را چه می‌کنید؟ آن را چگونه به یادشان می‌آورید؟»

اندوهی عمیق بر چهره‌ی زیبای سرگل سایه افکند وگفت:

«بوی گل را خود ما هم از یاد برده‌ایم.»

تاویار آهی کشید وگفت:

«چه داستان غم‌انگیزی!»

•••

تا غروب آن روز، سرگل همه‌ی گوشه وکنار آن شهر زیرزمینی را به تاویار نشان داد و او از آن همه سخت‌کوشی مردم در ایجاد پناهگاهی امن، هر لحظه بیشتر از پیش شگفت‌زده می‌شد و در عین حال به خاطر رنجی که آنان در دوری از سرزمین اصلی خود می‌بردند، اندوهگین بود و به همین دلیل وقتی که پس از تاریک شدن هوا، گلزاد و سرگل او را برای خروج از شهر زیرزمینی همراهی می‌کردند، از آن دو پرسید:

«آیا سرزمین تازه‌ای یافت نمی‌شود که به آنجا مهاجرت کنید.»

گلزاد جواب داد:

«ما در این زیر، این همه رنج و سختی را با این دلخوشی تحمل می‌کنیم که هوای سرزمین‌مان را نفس می‌کشیم و احساس غربت نمی‌کنیم.»

تاویار پرسید:

«آیا همه همین فکر را می‌کنند؟»

سرگل جواب داد:

«پدرم می‌گوید باید بمانیم و صبر کنیم و همه به حرف او اعتماد دارند.»

در انتهای گذرگاه به دروازه‌ای بسته رسیدند که عده‌ای نگهبان در آنجا مراقبت می‌کردند. گلزاد به تاویار گفت:

«ما را ببخشید، راه خروج را باید با چشمان بسته بروید.»

تاویار تعجب کرد و پرسید:

«یعنی هنوز به من اعتماد ندارید؟»

گلزاد جواد داد:

«ما را ببخشید؛ دستور پدر است.»

تاویار تسلیم شد و گفت:

«بله می‌دانم، هر چه او بگوید.»

تاویار سرش را خم کرد تا سرگل پارچه را بر چشمان او ببندد. سرگل ضمن بستن چشم‌بند، آهسته کنار گوش او نجوا کرد.

«ببخش اگر ترس از دشمن ما را به همه چیز بدبین کرده است.»

تاویار بیشتر از آن که به سخن سرگل بیندیشد، مست رایحه‌ی دل‌انگیز نفس او بود که جانش را نوازش می‌داد و از خود بی‌خودش می‌کرد.

●●●

در تمام مدتی که تاویار در شهر زیرزمینی به سر برده بود، همسفران او در بالا اوضاع دیگری را تجربه می‌کردند. آنان وقتی که از برگشتن تاویار نومید شدند، اکثریت‌شان

به این نتیجه رسیدند که اتفاق دیروز او را ترسانده و از ادامه‌ی سفر منصرف کرده است و معتقد بودند که اگر تا زمان تعمیر کشتی باز نگردد، دیگر نباید اصراری بر یافتن او داشته باشند. اما ژیوار که از حالات رادمان و ماهور و پچ‌پچ‌های آنان حدس می‌زد اتفاقی در هنگام نگهبانی آنان روی داده است که بی‌ربط به غیبت تاویار نمی‌باشد، بی‌آن که مخالفتی با نظر بقیه داشته باشد، امیدوار بود که در زمان باقیمانده نشانه‌ای از تاویار یا علت غیبت او پیدا شود. او فرصتی هم یافت تا سرو گوشی در اطراف به آب دهد و بقایای یک شهر متروکه را پیدا کند که آثاری از زندگی در آنجا یافت نمی‌شد. خانه‌ها اکثراً مخروبه بود، انگار دچار زمین‌لرزه‌ای ویرانگر شده باشند و فقط آثار باقیمانده از تجهیزات گلاب‌گیری گواه این بود که در شناسایی جزیره اشتباه نکرده است.

شب که با دنیای پر رمز و رازش از راه رسید، حس امیدوارنه‌ی ژیوار بر یأس بقیه غلبه کرد و سر و کله‌ی تاویار پیدا شد. بازگشت غیرمترقبه‌ی تاویار، تعجب و کنجکاوی همه را برانگیخته بود و می‌خواستند بدانند که در مدت غیبت بر او چه گذشته است. تاویار از سیر تا پیاز آنچه را مشاهده کرده بود برای‌شان تعریف کرد. عواطف همه از شرح رنجی که مردمان جزیره تحمل می‌کردند، آزرده شد و در آنجا که او گفت:

«آنها این رنج و حرمان را به این امید تحمل می‌کنند که روزی شر این موجود ناشناس از سرشان کنده شود تا بتوانند دوباره خانه‌هاشان را آباد کنند و جزیره‌شان را پرگل ببینند.»

حس سلحشوری سردار اوژن به غلیان درآمد و گفت:

«این خبیث ناشناس مرا عصبانی کرده است؛ آخ که تنم می‌خارد برای یک مبارزه‌ی جانانه!»

کاراکو هم که به هیجان آمده بود گفت:

«من هم بعد مدت‌ها، هوس یک شکار هیجان‌انگیز کرده‌ام.»

جامین کیمیاگر مخالف نظر آنها بود و گفت:

«به گمان شما در افتادن با موجود وحشتناکی که همه از برخورد با او واهمه دارند، عاقلانه است؟»

رابین وزیر که فکر و ذکرش ترک جزیره بود گفت:

«چرا درباره‌ی موضوعی که به ما ربط ندارد، بحث می‌کنیم؟»

یوشیتا که شنیدن داستان زندگی مردم جزیره، او را به یاد بینوایان سرزمین خودش انداخته بود گفت:

«چرا ربط ندارد؟ کشتی را سوراخ کرده و بدتر از آن قصد داشت دوست ما را در آتش بسوزاند.»

ژیوار که در تمام این مدت ساکت مانده بود، لب به سخن گشود و گفت:

«ما باید قبل از هر کاری با گلنیا مشورت کنیم.»

و از تاویار پرسید:

«می‌توانی محدوده‌ی راه ورود به شهر زیرزمینی را شناسایی کنی؟»

تاویار جواب داد:

«کار سختی‌ست، ولی سعی خود را می‌کنم.»

ژیوار خطاب به همه گفت:

«امشب را حسابی استراحت می‌کنیم؛ فردا کار زیادی در پیش داریم.»

•••

صبح روز بعد، حدسیاتی که تاویار از لمس اشیاء و اماکن در مسیر عبور شبانه با چشمان بسته دریافته بود، گروه را به شهر متروکه‌ای هدایت کرد که ژیوار روز گذشته آنجا را شناسایی کرده بود. مشکل پیداکردن راه ورود بود که هرکدام گوشه‌ای را برای یافتن آن جستجو می‌کردند. جامین با چوب بلندی، سوراخ سنبه‌ها را بررسی می‌کرد. آرشان طبیب، به درون چاه خشک شده‌ای سرک کشید. سرگش خواننده، دست‌ها را قلاب کرد تا سوبار شاعر از دیواری بالا رود و آنسوی آن را نظاره کند. کاراکو با کلنگ تیغه‌ای را خراب می‌کرد که به پشت آن راه پیدا کند. رادمان خزانه‌دار و ماهور

مستوفی در زیرزمین یک خانه، خمره‌ها و کوزه‌ها را بررسی می‌کردند. سردار اوژن با نوک شمشیر درون یک کاهدانی را زیر و رو می‌کرد و رابین وزیر نردبانی را به کول می‌کشید که با آن بالا می‌رفت و بام‌ها را جستجو می‌کرد. خلاصه آن‌ها اکنون کارهایی را انجام می‌دادند که شاید تا آن روز از زندگی هرگز به فکر انجام آن‌ها نیز نبودند.

حدسیات تاویار، ژیوار و یوشیتا را به محوطه‌ی بزرگی هدایت کرد که خمره‌های بزرگ پراکنده در آنجا، احتمال این که قبلاً مکان اصلی و مهم گلاب‌گیری شهر بوده باشد را افزایش می‌داد. ژیوار با نگاه به محوطه گلاب‌گیری، از تاویار و یوشیتا پرسید:

«به نظر شما، در روزهایی که اینجا دریایی از گلاب تولید می‌شده، باید با آن چکار می‌کردند که عطر و بویش را از دست ندهد؟»

تاویار جواب داد:

«آشپزها در کاخ، گلاب را در جایی انبار می‌کردند که نور نبیند.»

یوشیتا گفته‌ی تاویار را تأیید کرد:

«درست است، در یک انبار زیرزمینی.»

و ژیوار نتیجه گرفت:

«پس با حجم عظیم گلاب در اینجا، انبار زیرزمینی بسیار بزرگی نیاز بوده‌است.»

یوشیتا و تاویار منظور ژیوار را درک کردند و هر دو با هم گفتند:

«یعنی آن شهر زیرزمینی...؟»

ژیوار درک آن دو را کامل کرد و گفت:

«باید اینجا، زیر پای ما باشد... یعنی عاقلانه این بوده که انبار از مرکز گلاب‌گیری دور نباشد پس به احتمال بسیار زیاد باید شهر زیرزمینی زیر پای ما باشد.»

تاویار که به هیجان آمده بود، گفت:

«پس باید آن روزنه‌های نور همینجا باشند.»

نگاه ژیوار لحظه‌ای بر وجود خمره‌های متعدد که در جای جای محوطه پراکنده بودند متمرکز ماند و سپس برقی در چشمانش درخشید و گفت:

«خمره‌ها... خمره‌ها!»

یوشیتا با تیزهوشی منظور او را درک کرد و گفت:

«یک لحظه به من فرصت دهید!»

و با چالاکی از خمره‌ی بزرگی که در همان نزدیکی بود بالا رفت و سرش را درون خمره فرو برد و چون جز تاریکی ندید از ژیوار خواست که قلوه سنگی را برای او بالا بندازد. ژیوار فوراً این کار را انجام داد. یوشیتا سنگ را درون خمره رها کرد. سنگ به مانعی برنخورد طوری که انگار درون گودالی عمیق رها شده باشد.

«تهِ خمره خالی‌ست!»

جمله‌ای که یوشیتا با شادمانی بیان کرد، به زودی همه را به آن نقطه کشاند. ژیوار با خوشحالی خطاب به آنان گفت:

«دوستان، ما شهر زیرزمینی را پیدا کردیم؛ شهر زیر پای ماست!»

و هنوز سخن او به آخر نرسیده بود که خمره‌ی زیر پای یوشیتا به شکلی انفجاری از هم پاشید و فرو ریخت و هنوز همه در بهت این حادثه بودند که خمره‌های دیگر نیز یکی پس از دیگری متلاشی شدند. در میان سر و صدای ناشی از انفجار خمره‌ها، ژیوار با فریادی بلند به دوستانش هشدار داد که کسی به خمره‌ها نزدیک نشود و در مکان امنی پناه بگیرند. غبار سرخی فضا را پر کرده بود و ورای آن به خوبی دیده نمی‌شد، با این وجود آنها توانستند به زحمت همدیگر را پیدا کنند و در مکان امنی گرد هم جمع شوند. تاویار با دغدغه‌ی خاطر گفت:

«راه هوا و نور بر مردم آنجا مسدود شد؛ آنها هرگز مرا نمی‌بخشند.»

ژیوار گفت:

«بی‌تردید باید به آنها کمک کنیم.»

در همین هنگام درکوتاهی در میان دیوار پشت سرشان گشوده شد و سربازان کوتاه قامت و نیزه به دست همچون مور و ملخ بیرون آمدند و به سرعت آنها را محاصره کردند. تاویار فرمانده سربازان را که گلزاد بود شناخت و اما قبل از آن که واکنشی نشان

دهد، فرمان او خطاب به سربازانش صادر شده بود.

«همه را دستگیر کنید و هر کس مقاومت کرد به او رحم نکنید!»

سردار اوژن قصد بیرون کشیدن شمشیر از نیام را داشت و کاراکو قصد برداشتن کمان از شانه‌اش را که ژیوار با اشاره‌ی دست مانع آنها شد و آهسته گفت:

«ما هیچ مقاومتی نمی‌کنیم.»

موجود ناشناس انفجار و تخریب را شروع کرد، اما پیش از آن که بتواند به کسی صدمه‌ای بزند، آنها توسط سربازان، با دستان و چشم‌های بسته به شهر زیرزمینی منتقل شدند و وقتی که چشمان‌شان گشوده شد در اقامتگاه گلنیا بودند.

باریکه‌های نوری که از سقف می‌تابید، آنقدر ضعیف و بی‌رمق بودند که به جبران مشعل‌های متعددی افروخته شده بود. گلنیا که چهره‌اش از خشم گلگون شده بود، در مقابل آنان قدم می‌زد و فقط گهگاه نگاه خشم‌آلودی نثارشان می‌کرد. تاویار به سرگل که در آنجا حضور داشت نگاه کرد و سعی کرد با نگاهش به او بفهماند که گناهی مرتکب نشده‌اند، اما سرگل سرش را پایین انداخت و با تأسف سر تکان داد. لحظاتی در انتظار سپری شد و سرانجام گلنیا مقابل جمع ایستاد و با لحنی تند و سرزنش بار آنها را مخاطب قرار داد و گفت:

«شماها کاری کردید که آن هیولای ویرانگر راه تنفس را بر ما تنگ کند. شما همدستان او بودید و ما ساده‌لوحان تصور دیگری داشتیم.»

ژیوار گفت:

«تصورتان غلط نبوده است و ما قصد کمک به شما را داشتیم.»

گلنیا داد کشید:

«دروغ می‌گویید!»

سرگل میانجی شد و گفت:

«پدر بگذارید از خودشان دفاع کنند.»

گلنیا در جواب او گفت:

«چه دفاعی؟ آنها کاری راکه نباید بکنند، کرده‌اند. ماکه قبلاً به این جوان هشدار داده بودیم.»

اشاره‌ی گلنیا به تاویار بود. ژیوار گفت:

«این عادلانه نیست نسبت به کسانی که مثل شما از یک دشمن مشترک ضربه خورده‌اند، سوءظن داشته باشید.»

گلنیا با پوزخند گفت:

«دشمن؟... شما از دشمن چه می‌دانید؟»

ژیوار با خونسردی جواب داد:

«در حال حاضر همانقدر که شما می‌دانید، یعنی هیچ چیز.»

گلنیا گفت:

«ما وجود زهرآگین او را با گوشت و پوست لمس کرده‌ایم.»

یوشیتا گفت:

«ما هم به سهم خود صدمه دیده‌ایم.»

گلنیا رو به او گفت:

«ولی شما می‌توانستید اینجا را ترک کنید.»

سردار اوژن که دوباره حس سلحشوریش گل کرده بود، گفت:

«ما تا حساب این خبیث را نرسیم، از اینجا نمی‌رویم.»

گلنیا با پوزخندی تمسخرآلود گفت:

«شما؟... شما شاخه‌ی نازکی هستید در مقابل طوفان.»

ژیوار چند گام به جلو برداشت و گفت:

«یعنی در این سرزمین هیچ اراده‌ای برای مبارزه...»

گلنیا که انگار کلمه‌ی ممنوعه‌ای را شنیده باشد، با صدای بلند مانع ادامه‌ی سخن ژیوار شد و گفت:

«نه، هیچکس!... ما برای جنگ آفریده نشده‌ایم؛ کار ما گلاب‌گیری ست!»

ژیوار برای نخستین بار لحنش تند شد و گفت:

«پس لطفاً برای ما تعیین تکلیف نکنید و بگذارید خود تصمیم بگیریم.»

و سپس رو به همراهان خود کرد و گفت:

«دوستان آماده‌ی مبارزه هستید؟»

یوشیتا و تاویار بی‌درنگ اعلام آمادگی کردند و در آن موقعیت که شور مقاومت و مبارزه بر همه چیز فایق بود بقیه هم مخالفتی نشان ندادند. گلنیا با وجود این که بروز نمی‌داد، اما در اعماق ضمیر خود انتخاب آنها را تحسین می‌کرد و به همین دلیل در مقابل درخواست سرگل و گلزاد پافشاری نکرد و اجازه داد که آنها تا روز مبارزه در شهر زیرزمینی اقامت داشته باشند.

•••

مردانی که خواسته و یا ناخواسته به درخواست ژیوار پاسخ مثبت داده بودند، اکنون با شور و ولوله‌ای که در میان اهالی شهر زیرزمینی به پا شده بود، خود نیز به شوق آمده و تن به انجام تجربه‌ای نو داده بودند. آنها سعی می‌کردند که در ابراز اشتیاق به این مبارزه از ژیوار و یوشیتا و بخصوص تاویار عقب نیفتند و توانایی‌های خود را اثبات کنند.

در این میان مردمان جزیره به جز مراسم پیشین، شاهد انجام تلاش‌هایی بودند که مردان تازه وارد جهت آمادگی برای مبارزه انجام می‌دادند و ژیوار عمداً ترتیبی داده بود که آنها با دیدن این تلاش‌ها، انگیزه‌ی مقاومت در وجودشان شکوفا شود. نخستین واکنش را گلزاد نشان داد. او هنگام تماشای تمرین شمشیربازی یوشیتا و سردار اوژن، از پدرش پرسید:

«پدر شما فکر می‌کنید آنها بر این هیولا چیره می‌شوند.»

گلنیا جواب داد:

«نمی‌دانم. عزم‌شان که چنین است و امیدوارم که دردسر بیشتری برایمان درست نشود.»

سرگل امیدوارتر از آن دو گفت:

«وجود آنها در اینجا به مردم آرامش بخشیده است.»

گلزاد همان دم ابراز تمایل کرد که فنون کمانگیری را از کاراکو بیاموزد. کاراکو کمان را به دست گلزاد داد و با اشاره به آدمکی که به عنوان هدف قرار داده بودند، گفت:

«بگیر، حالا نوبت تست. اگر بر هدف بنشانی، می‌شود روی تو حساب کرد.»

گلزاد تیری در چله‌ی کمان نهاد و آدمک را هدف قرار داد. تیر به هدف نخورد، اما این شکست موجب یأس گلزاد نشد و با اطمینان خاطر گفت:

«عاقبت بر هدف می‌نشانم؛ مطمئن باش.»

•••

آرشان طبیب که دریافته بود در یورش موجود مرموز به روزنه‌های هوا و نور، عده‌ای زخمی شده‌اند، پیشنهاد ایجاد مرکزی برای نگهداری و مداوای زخمی‌ها را داد. سرگل که خود اولین داوطلب همکاری با آرشان شده بود، قول داد که عده‌ی دیگری را هم به این کار تشویق کند. گلنیا که به ارزش این کار واقف بود، مقر خود را در اختیار آرشان قرار داد. او هنگامی که همراه با ژیوار به دلجویی مجروحین بستری در آنجا مشغول بودند، از رفتار قبلی خود عذرخواهی کرد و گفت:

«شما و دوستانتان کمک زیادی به مردم ماکرده‌اید و به آنها انگیزه‌ی بیشتری برای زندگی داده‌اید. امیدوارم که رفتار خشن مرا بخشیده باشید.»

ژیوار با فروتنی پاسخ داد:

«در موقعیت شما، هرکس دیگری هم ممکن بود همین رفتار را داشته باشد.»

گلنیا با تردید پرسید:

«هنوز به انجام این مبارزه مصمم هستید؟»

ژیوار با اطمینان جواب داد:

«مطمئن باش جزیره‌ی شما را ترک نخواهیم کرد، مگر بر آن هیولا چیره شده باشیم.»

گلنیا که هنوز به انجام این کار به دیده‌ی تردید می‌نگریست، گفت:

«کارِ دشواری در پیش دارید.»

ژیوار سری در تأیید سخن او جنباند و گفت:

«ولی سعی خود را می‌کنیم.»

آرشان مشغول مداوای یک زخمی بود و سرگل به او کمک می‌کرد. گلنیا قدرشناسانه به آرشان گفت:

«خسته نباشید دوست عزیز، با چه زبانی از شما تشکر کنم؟»

آرشان عرق پیشانیش را پاک کرد و گفت:

«هرگز فکر نمی‌کردم این هیولای لعنتی تا این حد مخرب باشد.»

ژیوار به آرشان گفت:

«خیلی خسته به نظر می‌رسی؛ بهتر است کمی استراحت کنی.»

آرشان با لبخندی رضایت‌آمیز جواب داد:

«خسته نیستم و اولین بار است که احساس می‌کنم اندوخته‌هایم خرج کاری شریف می‌شود.»

•••

در مکانی دیگر نیز، جامین بساط کیمیاگری را پهن کرده بود. هم او و هم بقیه می‌دانستند که دستیابی به اکسیر رویین که جامین از دیرباز در پی دستیابی به آن بوده است، در شرایط فعلی چه ارزشی دارد و برای محافظت در مقابل آن موجود شریر تا چه اندازه مفید است و به همان اندازه طمع برانگیز. بی‌دلیل نبود که رادمان خزانه‌دار و ماهور مستوفی دایماً در اطراف جامین می‌پلکیدند و سعی می‌کردند که به او نزدیک شوند و با خُلق تند او کنار آیند. روزی، رادمان از جامین پرسید:

«آیا امیدوار هستی که به این زودی به اکسیر رویین دست پیدا کنی؟»

جامین با بی‌تفاوتی جواب داد:

«نمی‌دانم.»

ماهور با شیفتگی گفت:

«من گمان نمی‌کنم چیزی جز همین اکسیر مانع هجوم آن هیولا شود.»

رادمان با نگاه به روزن سقف گفت:

«اگر اکنون او می‌دانست که در این زیر چه بلایی برای جانش تدارک دیده می‌شود،

شاید همین الان سقف را بر سرمان خراب می‌کرد.»

جامین هیچ علاقه‌ای به صحبت نشان نمی‌داد و سرش به کار خودگرم بود.

رادمان آهسته کنار گوش ماهور گفت:

«موضوع را به او بگو.»

و ماهور کنار گوش او جواب داد:

«تو بگو؛ بیم دارم که حرف مرا نپذیرد.»

رادمان با تردید جامین را مخاطب قرار داد و از او پرسید:

«فکر نمی‌کنی این بار هم کارَت ناتمام بماند؟»

جامین بی‌تفاوت‌تر از قبل جواب داد:

«هر چیزی امکان دارد.»

ماهور جلو آمد و گفت:

«ولی ما می‌توانیم ادامه‌ی کارت را برای همیشه تضمین کنیم.»

جامین با سوءظن نگاهشان کرد. رادمان سخن ماهور را کامل کرد و گفت:

«حتی بهتر از شاه مرده.»

جامین با همان نگاه پرسوءظن پرسید:

«چگونه؟»

رادمان و ماهور به همدیگر نگاه کردند و به جای جواب، با حرکتی هماهنگ

کلاهشان را از سر برداشتند و هر کدام از درون آن جواهری بزرگ و درخشان در

آوردند. ستون باریک نور، بازتابی رنگین و خیره کننده در سطح جواهرها پدید

آورده بود که نشان از ارزش بالای آنها داشت.

رادمان گفت:

«بر این دو جواهر هنوز کسی نتوانسته قیمت بگذارد.»

جامین بی‌هیچ مراعاتی پرسید:

«از خزانه‌ی شاه ربوده‌اید؟»

و ماهور بی‌هیچ پرده‌پوشی جواب داد:

«برای روز مبادا برداشتیم.»

رادمان هم سخن او را کامل کرد و گفت:

«روزی مانند امروز که با آنها کار تو را تضمین کنیم.»

جامین بدش نیامد که منظور آنها از این معامله را بفهمد و لذا پرسید:

«در عوض چه می‌خواهید؟»

رادمان با لبخندی رضایت‌آمیز به ماهور نگاه کرد و بعد به جامین گفت:

«ببین دوست عزیز، ما به کمک هم می‌توانیم قدرتمندترین مردان جهان شویم.»

جامین لحظه‌ای اندیشید و بعد گفت:

«اگر روزی به جواهرات شما نیاز بود، خبرتان می‌کنم. حالا بروید و بگذارید به کارم برسم.»

وقتی که ماهور و رادمان از آن محل بیرون آمدند، هر دو به پاسخ جامین می‌اندیشیدند و به این دلخوش بودند که سرانجام او را نرم خواهند کرد.

●●●

همزمان با این اتفاقات در میدان شهر حال و هوای دیگری در جریان بود. مردم شهر مشغول اجرای مراسم هر روزه‌شان بودند و سرگش در حالی که تنبورش را زیر بغل داشت، لابلای جمعیت در جستجوی سوبار شاعر بود و در کمال تعجب او را در میان تندیس‌های گل وسط میدان مشاهده کرد که نشسته بود و قلم و دفتر در پیش رو داشت. خودش را به او رساند و کنارش نشست و پرسید:

«همه جا را در جست و جویت زیر پا گذاشتم؛ اینجا چه می‌کنی دوست من؟»

سوبار جواب داد:

«شعر می‌سرایم.»

«درباره‌ی چه چیز؟»

«هر آنچه می‌بینم.»

سرگش آهی کشید و گفت:

«اگر عاشقی را بشناسی که محبوب دیوانه‌اش کرده، حاضری برای او هم شعر
بسرایی؟»

سوبار نگاهی به او کرد و با کنجکاوی پرسید:

«آن عاشق کیست؟»

سرگش با حسرت جواب داد:

«آن عاشق منم.»

سوبار با کنجکاوی پرسید:

«محبوب کیست؟»

اشک از چشم سرگش سرازیر شد و گفت:

«از نام او نپرس، فقط بدان از روزی که دیدمش لحظه‌ای آرام ندارم... و از تو
می‌خواهم به پاس دوستی، عاشقانه‌ترین غزل را بسرایی تا به همراه آوای سازم نثار
محبوب کنم.»

سوبار آنقدر کارکشته بود که از میان انبوه اشعار دیوانش، غزلی سوزناک برگزیند
و در اختیار سرگش بگذارد.

سرگش که از بدو ورود به شهر زیرزمینی و دیدن سرگل یک دل نه صد دل عاشق
و شیدای او شده بود، همان روز به حوالی خانه‌ی کودکان رفت و صبر کرد تا سرگل
بیاید. او چند روز قبل را به بهانه‌ی همراهی سرود کودکان با نوای تنبورش به آنجا
می‌رفت و امروز قصد داشت که در فرصتی مناسب غزل عاشقانه را به گوش محبوب
برساند.

هنگامی که سرگش سرود کودکان را با نوای تنبورش همراهی می‌کرد، گلدایه درباره‌ی او به سرگل گفت:

«نگاه کن چگونه بر تارهای ساز پنجه می‌کشد؛ انگار همه‌ی تار و پودش در ارتعاش است.»

سرگل گفت:

«مردمان مهربانی هستند.»

گلدایه با چشمکی معنادار گفت:

«شرط می‌بندم این یکی عاشق‌ست و معلوم نیست کی دلش را برده.»

آمدن تاویار فرصت مناسبی بود که سرگل از ادامه‌ی این گفتگو بگریزد و به استقبال او بشتابد. تاویار با اشاره به سبدی که در دست داشت، گفت:

«با خود فکر کردم که شاید به واسطه‌ی مراقبت از مجروحین، فرصت ساختن گل نداشته باشی. امروز من برای بچه‌ها گل آورده‌ام.»

سرگل با شادمانی سبد مملو از گل‌های کاغذی را از دست تاویار گرفت و خطاب به کودکان که هنوز مشغول خواندن سرود بودند گفت:

«بچه‌ها ببینید مهمان ما چه برایتان آورده است.»

کودکان با دیدن گل‌های رنگارنگی که سرگل نشان‌شان می‌داد، به خواندن سرود پایان دادند و هلهله کشان دویدند و آمدند و پیرامون سرگل حلقه زدند و طلب گل کردند. سرگش که از غوغای کودکان به خود آمده بود، از نواختن دست کشید و متوجه حضور تاویار شد و از رفتار محبت‌آمیز سرگل با او خوشش نیامد و از آنجا رفت.

سرگل گل‌ها را بین کودکان تقسیم کرد و خواست سبد را به تاویار برگرداند که دید او دارد دور می‌شود. به دنبالش دوید و صدایش زد. تاویار ایستاد. سرگل خودش به کنار او رساند و گفت:

«سبد را فراموش کردید ببرید، مگر خیال ندارید بازهم برایمان از این گل‌های زیبا درست کنید؟»

لبخند بر لبان تاویار شکفت و گفت:

«اگر شما پسندیده باشید، این کار برایم افتخارست.»

سرگل از کلام دلنشین تاویار دلش لرزید و گونه‌اش سرخ شد و گفت:

«بچه‌ها خوشحال می‌شوند و من بیشتر.»

سرگل این راگفت و در حرکتی غافلگیرکننده، گل زیبایی راکه بر یقه‌ی پیراهن داشت جداکرد و درون سبد انداخت و سبد را به دست تاویار داد و به سرعت برگشت تا به دنبال گلدایه و بچه‌ها وارد خانه شود. تاویارکه نگاهش به دنبال سرگل حیران مانده بود، بی‌اختیارگل درون سبد را برداشت و بویید و مشامش آگنده از عطری جانفزا شدکه مطمئناً متعلق به آن گل مصنوعی نبود.

«گویا در ساختن گل‌های کاغذی، رقیب دخترگلنیا شده‌ای!»

صدای سرگش و لحن طعنه‌آمیزش تاویار را متوجه اوکرد و دستپاچه شد و گفت:

«شما اینجا بودید؟»

سرگش که در همان حوالی پنهان شده بود باکنایه گفت:

«خدمت به دیگران، فرصت به دیدار آشنا نمی‌دهد گویا!»

تاویار سرخ شد و گفت:

«گل‌های من هرگز رنگ و روی گل‌های او را ندارد. فکرکردم شاید کمکی به اوکرده باشم.»

لحن سرگش عوض شد و گفت:

«خبر داری که جامین دوباره دست به کارکیمیا شده است.»

تاویار جواب داد:

«خبر دارم.»

سرگش گفت:

«کمکی اگر لازم است، جامین واجب‌تر است و پرسه در این اطراف به نفعت نیست.»

تاویار در کلام سرگش تحکمی را می‌دید که قبلاً بارها در زندگی شنیده بود و گرچه اکنون روزگار دیگری بود، با این وجود فروتنانه سر به زیر افکند و گفت:

«هم اکنون به کمکش می‌روم.»

•••

تاویار در راهِ رفتن به نزد جامین، علت رفتار تحکم‌آمیز سرگش را با خود تجزیه و تحلیل کرد و به این نتیجه رسید که نباید عشق خود را به سرگل آشکار کند. او هنگامی که به خدمت جامین رسید و به خواست او مشغول ساییدن ماده‌ای در هاون سنگی شد، ناخودآگاه گفت:

«خوش به حال غلامان!»

جامین با کنجکاوی از او پرسید:

«چرا این را گفتی؟»

تاویار جواب داد:

«چون هرگز نباید عاشق شوند.»

جامین از سخن تاویار تعجب نکرد، زیرا می‌دانست که غلامان دربار حق عاشق شدن نداشتند، اما ابراز این سخنان، آنهم در این موقعیت، کنجکاوی جامین را برانگیخت و از او پرسید:

«چرا نباید عاشق شوند.»

تاویار که متوجه شد ناخواسته خود را لو داده است، رنگ چهره‌اش سرخ شد و دستپاچگی در رفتارش پدیدار گشت. جامین حال او را درک کرد و برای این که اذیت نشود، سخن را معطوف به گلی کرد که سرگل به تاویار داده و او اکنون به یقه‌اش وصل کرده بود. پرسید:

«این گل طبیعی است؟»

تاویار جواب داد:

«نه، از چرم و ابریشم است، ولی برای من از هرگلی عزیزتر است.»

جامین گلبرگ‌های لطیف گل را با انگشت لمس کرد و بیشتر از آن که به سخن آمیخته با حسرت تاویار بیندیشد، توجهش معطوف به موضوعی دیگری شد که او را واداشت به نزد ژیوار بشتابد.

•••

ژیوار در گوشه‌ای دنج، غرق مطالعه‌ی کتابش بود. جامین صبر کرد که او متوجهش شود و سپس گفت:

«فکری به نظرم رسیده.»

ژیوار گفت:

«فکرِ خوبیست.»

جامین با تعجب پرسید:

«از کجا می‌دانی؟»

ژیوار با لبخند جواب داد:

«از حالت پیشانیت که برخلاف همیشه چین در آن نمی‌بینم.»

جامین خندید و گفت:

«پس می‌توانم بگویم.»

«بگو.»

جامین کنار ژیوار نشست و گفت:

«ما می‌توانیم آن موجود شریر را فریب دهیم.»

ژیوار پرسید:

«چگونه؟»

جامین توضیح داد:

«گلستانی کاذب می‌سازیم و گل‌های دروغینش را به شهدی مسموم آغشته می‌کنیم تا اندرونش را بسوزاند و هزارپاره کند.»

ژیوار گفت:

«فکر خوبی‌ست.»

•••

خیلی زود مقدمات نقشه‌ای که جامین به ذهنش رسیده و باگلنیا هم در میان گذاشته شده بود، فراهم شد و داوطلبان این کار در میدان شهر اجتماع کردند. گروه زنان را سرگل آموزش می‌داد و گروه مردان را تاویار. در این میان سرگش هم خود را قاطی ماجرا کرده بود، اما برخلاف جریان معمول، پشتش به تاویار بود و شیوه‌ی گل‌سازی را از سرگل تقلید می‌کرد.

به زودی انبوهی از گل‌های رنگارنگ مصنوعی تولید شد که بیشتر آنها برای اجرای نقشه مناسب بودند. جامین هم دست به کار شده بود و با ترکیب سم و عسلی که در انبار ذخیره‌ی مواد غذایی موجود بود، شهدی زهرآلود درست کرد و گل‌ها به آن آغشته شدند. اکنون اجرای نقشه به نفرات زیادی نیازمند بود که تأمین آن به راضی نمودن گلنیا بستگی داشت. ژیوار و همراهانش به نزد گلنیا رفتند. گلزاد و سرگل هم بودند. ژیوار به گلنیا گفت:

«اگر مردان گوش به فرمانت را ترغیب کنی، کمتر از ساعتی می‌توانیم گلستانی از گل‌های کاذب بر پا کنیم و آن شریر را در دام بیندازیم.»

گلنیا با پیشنهاد او مخالفت کرد و گفت:

«با کمال تأسف باید به شما جواب رد بدهم؛ ما تا آنجا که مقدور بود کمک کردیم و آنچه که اکنون می‌خواهید فرستادن مردم به قتلگاه است و من از انجام آن معذورم.»

یوشیتا گفت:

«این کار را شبانه انجام می‌دهیم.»

گلنیا گفت:

«چه تضمینی است که او امشب بیدار نباشد؟»

گلزاد قصد ابراز عقیده داشت، ولی تا خواست حرفی بزند، گلنیا به تندی کلامش را قطع کرد.

«ساکت!»

گلزاد علیرغم میل درون سکوت کرد و سرش را پایین انداخت. ژیوار به همراهان خود روکرد و گفت:

«چاره‌ای نیست، خود ما باید این کار را انجام دهیم. کاری طاقت فرساست، اما غیرممکن نیست. برخیزید دوستان، برویم و آماده‌ی شویم.»

آنها که بیرون رفتند، گلزاد که هنوز سرش پایین بود، به یکباره اشکش سرازیر شد و با هق‌هق بلند آنجا را ترک کرد. گلنیا بر عواطفش مسلط بود و توجهی به واکنش پسرش نشان نداد، اما سرگل ازگریه‌ی برادر منقلب شد و طاقت ازکف داد و به پدرش گفت:

«همه چیز به ما آموختی پدر. ای کاش شجاعت هم می‌آموختی.»

گلنیا جوابی به سخن سرگل نداد، اما بعد از رفتن او در اندیشه‌ای عمیق فرو رفت.

•••

تا طلوع خورشید، گلستانی کاذب ازگل‌های ساختگی برپا شد. ژیوار، یوشیتا و تاویار بیشتر از همه تلاش کردند و بقیه هم به فراخور توان، آن سه را همراهی کردند و نشان دادند که گذشت زمان بر خلق و خوی اشرافی آنها تأثیرگذاشته است. با روشن شدن هوا، همه در جوار صخره‌ای پناه گرفتند و چشم به گلستان کاذب دوختند. مدتی طولانی سپری شد و اتفاقی نیفتاد. جامین که به موفقیت نقشه‌اش امیدوار بود، گفت:

«عجیب ست! قاعدتاً باید با طلوع خورشید کارش را شروع می‌کرد.»

رابین با غرولند گفت:

«خورشید دارد به طاق آسمان می‌رسد؛ بیشتر ازین نباید وقت خود را تلف کنیم.»

یوشیتا گفت:

«من می‌روم و سر و گوشی آب می‌دهم.»

ژیوار مانع او شد و گفت:

«صبر کن! تا مطمئن نشده‌ایم که او کجاست، صلاح نیست پناهگاه را ترک کنیم.»

سوبار شاعر گفت:

«شاید هم گورش را گم کرده از اینجا رفته باشد.»

آرشان طبیب از سخن سوبار نتیجه گرفت و گفت:

«احتمالاً همینطورست؛ سرزمینی خالی از گل به چه درد او می‌خورد؟»

گرچه ژیوار باز هم آنان را به صبر دعوت کرد، اما رابین ساز خود را زد و گفت:

«من به کشتی برمی‌گردم؛ کار اصلی ما ترمیم سوراخ‌های کشتی است.»

او این را گفت و از پناهگاه خارج شد. رادمان و ماهور هم از رابین پیروی کردند و به او پیوستند، اما هنوز چند گامی بیشتر دور نشده بودند که ابتدا صدای جیغ عجیب و بلندی برخاست و در پی آن صدایی مهیب به گوش رسید و تکه‌ی بزرگی از صخره جدا شد و به پایین غلتید. ژیوار قبل از همه واکنش نشان داد و با خیزی بلند خود را به آن سه تن رساند و با توانی فوق‌العاده آنها را که در جا میخکوب شده بودند، از جا کند و به همراه خود بر زمین غلتاند. گرد و غبار ناشی از ریزش سنگ و خاک که فرونشست، بقیه فوراً به کمک آنها شتافتند و به پناهگاه انتقال‌شان دادند. ژیوار که توانسته بود با از خودگذشتگی جان آن سه نفر را نجات دهد، خود در اثر اصابت سنگ مجروح شده و از هوش رفته بود. آرشان طبیب فوراً دست به کار مداوای او شد اما ژیوار تا شب که آنها به شهر زیرزمینی بازگشتند، به هوش نیامد. همه نگران بودند و تا او چشمانش را نگشود خیال‌شان راحت نشد. ژیوار که به هوش آمد، اول جویای حال رابین و رادمان و ماهور شد. جامین که تحت تأثیر شخصیت والای او قرار گرفته بود گفت:

«آنها سالمند، ولی تو فکر نکردی که اگر بلایی سرت می‌آمد، مشتی آواره باید چه گلی به سر می‌گرفتند؟»

ژیوار با لبخند جواب داد:

«تو که قصد داری در اولین مکان امن ساکن شوی، چه فرقی برایت دارد؟»

جامین خندید و گفت:

«فکر می‌کردم با سنگی که بر سرت خورد حافظه‌ات را از دست داده باشی!»

همه از حرف جامین خنده‌شان گرفت و اوژن به طنز گفت:

«می‌ترسم که با وجود آن هیولا در بالا، همه به این نتیجه برسیم که امن‌ترین جای دنیا همینجا در زیرِ زمین باشد.»

جامین گفت:

«افسوس که حیله‌مان کارساز نبود!»

ژیوار گفت:

«کارساز است، صبر کنید.»

کاراکو با بی‌حوصلگی پرسید:

«چگونه؟... چگونه؟»

«با این!»

همه با شنیدن صدای گلنیا برگشتند و او را پشت سر خود دیدند که تنگ بلورین کوچکی را که مایع سبزرنگی درونش بود نشان‌شان می‌داد. همراه با اوگلزاد و سرگل هم آمده بودند. گلنیا در پاسخ به نگاه‌های کنجکاوی که به تنگ بلورین دوخته شده بود، توضیح داد:

«عطر لاله‌ی سبز است.»

آرشان طبیب با تعجب گفت:

«لاله‌ی سبز، گلی نادرست!»

گلنیا با لبخند گفت:

«گلستانی که شما برپا کردید، فاقد یک ویژگی مهم بود که نقشه‌تان را با شکست مواجه کرد و آن این بود که گل‌هایش هیچ بویی نداشتند، ولی مطمئن باشید که این عطر، گلستان کاذب شما را به چنان بویی آغشته می‌کند که هیچ

گلخواری را یارای مقاومت در برابرش نیست.»

جامین با شعف گفت:

«این کار را همین امشب انجام می‌دهیم.»

گلنیا سر تکان داد و گفت:

«در شب بی‌فایده است؛ رایحه‌ی این عطر به همان اندازه که نافذست، پایدار نیست.»

سکوت مستولی شد. همه به خوبی می‌دانستند که انجام این کار در روز، استقبال از مرگ‌ست. تاویار یک لحظه احساس کرد که ژیوار قصد واکنش دارد و لذا پیش‌دستی کرد و با یکدست مانع بالا بردن دست او شد و دست دیگر را بلند کرد و گفت:

«این کار با من!»

گلنیا فوراً واکنش نشان داد و گفت:

«هرگز!»

همه منتظر ماندند که علت این واکنش تند را بدانند. گلنیا گفت:

«این امانت اجداد من‌ست و باید نزد من باشد. این کار را باید خود من انجام بدهم.»

گلزاد خواست داوطلب همکاری با پدرش شود، اما گلنیا کلام او را قطع کرد و گفت:

«فقط خودم به تنهایی!»

نگاه تحسین‌آمیز همه به گلنیا دوخته شده بود و ژیوار اولین کسی بود که او را در آغوش فشرد و به بزرگی ستود.

•••

گلنیا اداره‌ی شهر زیرزمینی و مردمانش را به گلزاد سپرد و با بدرقه‌ی او و اهالی شهر و در میان اشک و آه و افسوس آنها در تاریکی اواخر شب، همراه با سرگل که حاضر نشد پدرش را تنها بگذارد و همچنین ژیوار و تاویار از شهر زیرزمینی خارج شدند تا خود را به

پناه صخره‌های مشرف به گلستان کاذب برسانند. سرگش هم بی‌آن‌که کسی بفهمد به دنبال آنان رفت تا مبادا تاویار در رقابت عشقی از او سبقت بگیرد.

با برآمدن آفتاب، گلنیا از جمع همراهان خداحافظی کرد و در حالی‌که آنها از صمیم قلب برایش آرزوی تندرستی و پیروزی می‌کردند، از پناه صخره‌ها بیرون آمد و با گام‌هایی استوار، به سمت گلستان ساختگی روانه شد. همه چشم به گام‌های او دوخته بودند و قلب‌شان در سینه می‌تپید. لحظات پر تشویش به کندی سپری می‌شد و هر چه او به گلستان نزدیک‌تر می‌شد بر اضطراب بقیه افزوده می‌گشت.

گلنیا، اما همچنان مصمم و استوار خود را به گلستان نزدیک می‌کرد، که در یک لحظه صدایی شبیه به عبور گله‌ای بزرگ از زنبور را در کنار خود حس کرد و ناخودآگاه ایستاد و توده‌ی مه مانندی را دید که از کنار پاهایش عبور کرد و پس از لحظه‌ای کوتاه ناپدید شد.

توقف ناگهانی گلنیا، آنهم در فاصله‌ی نزدیک به گلستان، موجب نگرانی آنهایی شد که در پناه صخره، ناظر او بودند. سرگل نگران‌تر از همه پرسید:

«پدر چرا ایستاد؟»

و خود با تشویش جواب داد:

«شاید او را دیده است.»

سپس طاقت از کف داد و گفت:

«من نگران پدر هستم؛ بگوییم بازگردد.»

ژیوار گفت:

«او باز نمی‌گردد، صبر کنیم و امیدوار باشیم.»

سرگش فرصتی یافت که خودی به سرگل نشان دهد و خطاب به او گفت:

«نگران نباش، نمی‌گذاریم به او آسیبی برسد.»

تاویار که منظور سخن سرگش را به خوبی درک می‌کرد، در دل آرزو کرد که سرگل از احساس درونی او خبر نداشته باشد. او سرگش را بیشتر از خود لایق عشق او

می‌دید، اما در این لحظات سرگل فقط به پدر خود فکر می‌کرد.

گلنیا پس از مکثی که در حرکت داشت، به خود نهیب زد که بی‌واهمه از اتفاق مرموزی که رخ داده بود به حرکتش ادامه دهد، اما هنوز گام بعدی را بر نداشته بود که ابتدا جیغی تیز و گوشخراش طنین افکند و در پی آن زمین مقابل پای او به طرزی عجیب منفجر شد و خاک و سنگش به اطراف پاشید. گلنیا از شدت انفجار زانو زد، اما فوراً بلند شد و به راهش ادامه داد و لیکن چند انفجار پی‌درپی دیگر او را در نزدیکی گلستان از پای درآورد. سرگل بی‌اختیار جیغ زد و گفت:

«پدرم را کشت !»

و قبل از این که کسی بتواند مانعش شود، از پناهگاه بیرون دوید و خود را به روی سر پدر رساند و با چشمان اشک ریز کنارش زانو زد و سر او را بلند کرد و در آغوش گرفت. گلنیا به زحمت دست خود را به همراه تنگ بلورین بالا آورد و گفت:

«معطل نکن؛ این را ببر.»

سرگل سعی کرد پدرش را بلند کند. گلنیا با آخرین رمق بر سر او فریاد زد:

«زود باش , این را ببر!»

و سرش در آغوش سرگل به یکسو کج شد و تنگ بلورین از میان پنجه‌اش رها شد. سرگل تنگ را برداشت. نگاهی به پدر و نگاهی به گل‌ها افکند و در حالی که خشمی شریف وجودش را مالامال کرده بود، تنگ بلور را در مشت فشرد و از جا برخاست و شجاعانه به سمت گلستان کاغذی دوید.

تاویار که طاقت ماندن نداشت، علیرغم ممانعت ژیوار از چنگ او گریخت و در پی سرگل بیرون دوید، و اما سرگش به گریه و زاری و توی سر زدن کفایت کرد و جرأت بیرون آمدن نداشت.

سرگل صدای تاویار را از پشت سر شنید که فریاد می‌زد:

«صبر کن سرگل !»

اما صدای تاویار نه تنها مانع حرکت او نشد، بلکه ناخودآگاه به او قوتی دو

چندان بخشید.

سرگل، تنگ بلور را بر سر دست گرفته بود و نعره‌کشان وارد گلستان شد که صدای جیغ گوش‌خراش و در پی آن انفجاری مهیب زمین را لرزاند و او را به هوا پرتاب کرد. تاویار بی‌اختیار فریادی زد و به طرف او دوید و اما انفجاری دیگر او را نیز سرنگون کرد و بر زمین غلتاند. تاویار با پیکر خونین، سینه‌خیز خود را به درون گلستان کشاند و در میان غباری که هوا را آکنده بود، خود را جلو کشید و پی‌درپی سرگل را صدا زد. صدای ضعیف سرگل به گوشش رسید که او را فرامی‌خواند. صدای سرگل نیرویی دوچندان به جسم ناتوان او بخشید و با کمک آرنج و زانوان مجروح آنقدر خزید و رفت تا سرانجام سرگل را پیدا کرد و آه از نهادش برخاست. سرگل بر خاک افتاده و یکی از دست‌هایش قطع شده بود. او با دیدن تاویار تنگ بلور را که هنوز در دست دیگر محکم گرفته بود، به طرف او دراز کرد و با صدایی که به زحمت از گلویش خارج می‌شد، گفت:

«درِ تنگ را باز کن.»

تاویار می‌دانست که دیگر فرصتی برای او و محبوبش باقی نمانده است. سر به نشانه‌ی اطاعت خم کرد و سپس با یکدست، مچ دست او را گرفت و با دست دیگر در تنگ بلور را گشود. مِه رقیق سبزرنگی از دهانه تنگ متصاعد شد و رایحه‌ی دل‌انگیزی در هوا پراکنده شد.

••••

وقتی که ژیوار بر سر جسد آن دو رسید، دید که دستان‌شان در دست همدیگر است و لبخندی زیبا به چهره‌شان شکوهی ابدی بخشیده است. کمی آنسوتر مرغ مگس‌خوار کوچکی افتاده بود که شهد مسموم آغشته به گل‌ها او را به درک واصل کرده بود. ژیوار از دیدن پرنده‌ای به آن کوچکی تعجب نکرد زیرا به خوبی می‌دانست که موجودات هر چند که کوچک و ناچیز باشند، اگر فرصت بیابند که بر منابع زندگی چنگ بیندازند و یکه تازی کنند، آمادگی تبدیل به جانورانی سبع، شیطانی و ویرانگر را دارند. و اکنون این موجود وحشت‌آفرین به مدد از خودگذشتگی و ایثار جان تنی

چند از بهترین انسان‌ها، نابود شده بود تا دوباره صلح و آرامش بر سر مردمان جزیره سایه افکند.

• • •

طی مراسمی باشکوه، جان باختگان بر سرِ تپه‌ای سبز به خاک سپرده شدند. گلزاد که اکنون ردای پدرش را به تن داشت، با چشمانی اشک‌بار از سر گورها برخاست و ژیوار و یارانش را مخاطب قرار داد و گفت:

«می‌بینید؟ اکنون من دیگر کسی را ندارم.»

ژیوار دست بر شانه‌ی او نهاد و گفت:

«غم از دست دادن پدر و خواهر، دردی گران است اما مردمی که اکنون پشت سرت ایستاده‌اند، همه مشتاق فرمانبری از تو هستند.»

و سپس چند گام تا مقابل او جلو رفت و گفت:

«هدیه‌ای برای تو و مردم سرزمینت دارم.»

ژیوار لابلای اوراق کتابش را نشان گلزاد داد تا او تخم گیاهان لای اوراق را ببیند و بعد گفت:

«تخم گل‌هایی است که در گوشه و کنار اینجا پراکنده و رها شده‌اند. گل‌های خودروی فراوان، شما را از وجود این دانه‌ها غافل کرده بود. اکنون می‌توانید که بکارید و بپرورید و هر کجا را که می‌خواهید گلستان کنید.»

تبسمی چهره‌ی حزین گلزاد را زینت بخشید و گفت:

«مردم ما هرگز مهربانی‌های شما را فراموش نمی‌کنند و تاویار عزیز را که در خاک ما به یادگار نهادید، همچون پدر و خواهرم همواره زیارت می‌کنیم.»

گلزاد و مردم جزیره که رفتند. وجود سرگش که با موهای آشفته و حالی پریشان بر گور سرگل سر نهاده بود و برنمی‌خاست، سوبار را به اظهار نظر درباره‌ی دوست خود وا داشت. او گفت:

«سرگش را چه کنیم؟ رفتار دیوانگان را دارد و به هیچ سؤالی پاسخ نمی‌دهد.»

آرشان که مثل بقیه از ماجرای عشق سرگش به سرگل مطلع شده بود، گفت:

«در فراقِ سرگل مجنون شده و به این زودی‌ها مشاعرش را باز نمی‌یابد.»

کاراکو گفت:

«یعنی باید به حال خود رهایش کنیم؟»

همگان داشتند به این فکر می‌کردند که دومین نفر از همراهان خود را نیز از دست داده‌اند که ژیوار حرف عجیبی زد. او گفت:

«شاید واقعه‌ای دور از انتظار او را به حقیقتی پنهان واقف کند.»

و این واقعه عجیب خیلی زود اتفاق افتاد. شکافی در گور تاویار از یک سو و شکافی دیگر در گور سرگل از سوی دیگر پدید آمد و از هر دو گور گیاهی رویید و رشد کرد و سر به جانب یکدیگر آوردند و به هم پیوستند و در میانشان غنچه‌هایی می‌شکفت که پی‌درپی به لاله‌های سبز تبدیل می‌شدند. سرگش که از ابتدا با شگفتی ناظر این رخداد بود، از جا برخاست. او در مقابل عظمت آن چه که بر فراز سرش تبدیل به طاق نصرتی از گل‌های لاله‌ی سبز شده بود، احساس کوچکی می‌کرد و بی‌اختیار اشک از چشمانش سرازیر شد و باور کرد که عشقش به سرگل، یکسویه بوده و دلدادگان واقعی آنان بودند که دست در دست هم به استقبال مرگ رفتند.

پنجم • آبراه وحشت •

سفر دریایی تا رسیدن به ساحل بعدی روزها طول کشید، روزهایی که به مسافران این فرصت را داد که گذشته‌ی خود را بارها و بارها مرور کنند و آن را با اتفاقاتی که از آغاز این سفر تجربه کرده بودند، در دو کفه‌ی ترازو قرار دهند. آنها گرچه هنوز از نتیجه‌گیری قاطع پرهیز داشتند، اما بی‌تردید موضوعی را نمی‌توانستند کتمان کنند که انگار حوادث بوته‌های آزمایشی بودند که در سر راه آنها قرار می‌گرفتند و به همین دلیل وقتی که به ساحل بعدی رسیدند، بیش از هر چیز آماده‌ی مواجهه با ماجرای دیگری بودند، ماجرایی که خیلی زود به آنان رخ نشان داد.

کشتی آنها هنوز کاملاً به ساحل نرسیده بود که قایقی مستقیماً به سمت آنها آمد. همه در عرشه جمع شدند تا منظور قایقران‌ها را دریابند. قایق آمد و کنار کشتی ایستاد. شش مرد درون قایق پارو می‌زدند و مرد هفتم که یکدست نداشت

و جلو قایق ایستاده بود، با صدای بلند مسافران کشتی را مخاطب قرار داد و گفت:

«سلام. خوش آمدید. ماهیگیرید، تاجرید، جنگجویید یا برای سیاحت آمده‌اید؟»

ژیوار جواب داد:

«مسافریم و به نزد ساینا می‌رویم.»

مرد یکدست ابتدا یک یک آنان را از نظر گذراند و سپس به وسط قایق رفت و آنجا روی زانو نشست. شش مرد دیگر هم پاروها را رها کردند و دور او حلقه زدند و همگی سرهای‌شان را به هم چسباندند و به مشورت مشغول شدند و چون زمان مشورت‌شان به طول انجامید، رابین وزیر با سوءظن گفت:

«مراقب باشیم حیله‌ای در کارشان نباشد.»

سردار اوژن گفت:

«به فرض این که باشد؛ هفت نفر آدم نحیف چه کاری از دستشان ساخته‌است.»

رابین گفت:

«ممکن‌ست عده‌ای دیگر هم در همین اطراف کمین کرده باشند؛ تا به حال چند بار فریب خورده‌ایم.»

یوشیتا نظر دیگری داشت و گفت:

«مردم زحمتکش و شریفی به نظر می‌آیند.»

چاره‌ای نبود جز این که صبر کنند تا مشورت آن‌ها پایان پذیرد.

سرانجام حلقه‌ی مشورتی آنان گشوده شد. شش نفر پاروزن به سر جای اول‌شان رفتند و مرد یکدست برخاست و به جلوی قایق آمد و این بار ژیوار را مخاطب قرار داد و گفت:

«برای عبور از این سرزمین گذرگاه‌ها مختلفند. کدام یک را انتخاب می‌کنید؟»

ژیوار جواب داد:

«شاید بتوانیم روی کمک شماها حساب کنیم.»

مرد یکدست گفت:

«سفر در رودخانه راه شما را بسیار نزدیک می‌کند، به شرط این که راهنما و بلد داشته باشید.»

یوشیتا خواست بگوید که با وجود ژیوار نیازی به راهنما ندارند که ژیوار پیش‌دستی کرد و به مرد یکدست گفت:

«بلد کیست، او را به ما معرفی می‌کنید؟»

مرد یکدست جواب داد:

«آنها در ازای این کار خواسته‌ای دارند.»

سردار اوژن پرسید:

«چه می‌خواهند؟»

مرد یکدست گفت:

«می‌خواهند کشتی شما تا وقتی که بر می‌گردید، در اختیار آنها باشد.»

صدای اعتراض رابین بلند شد و گفت:

«هرگز!... حتماً اگر بر نگردیم کشتی ما مفت و مجانی مال شما بشود.»

مرد یکدست با خونسردی گفت:

«اگر بر نگردید، کشتی به چه درد شما می‌خورد.»

رابین که جوابی برای گفتن نداشت، از سر ناخشنودی دستش را به نشانه‌ی نفی پاسخی که شنیده بود تکان داد. ژیوار بر خلاف انتظار بقیه پرسید:

«تضمین این پیشنهاد چیست؟»

مرد یکدست پاسخ داد:

«جان کسانی که شما را همراهی می‌کنند.»

ژیوار شکی در پاسخ صادقانه‌ی مرد یکدست نکرد و به همین لحاظ خطاب به بقیه گفت:

«آنان که موافقند اعلام کنند.»

و چون خود دستش را به نشانه‌ی موافقت بالا برد، ابتدا یوشیتا و سپس بقیه

یکی بعد از دیگری از او پیروی کردند و آخرین نفر رابین بود که این کار را با اکراه انجام داد. ژیوار لبخندی زد و بعد خطاب به مرد یکدست پرسید:

«آنان که ما را همراهی می‌کنند، کیانند؟»

مرد یکدست، دست سالمش را بلند کرد و جواب داد:

«من دیانوش و این شش تن که همراه منند.»

•••

و با این قرار سرنشینان کشتی به قایقی نقل مکان کردند که توسط قایق حامل دیانوش و شش پاروزن خستگی‌ناپذیر همراه او کشیده می‌شد و به زودی وارد آبراهی شدند که از میان جنگلی با پوشش گیاهی انبوه عبور می‌کرد.

دیانوش همچون قبل در دماغه‌ی قایق ایستاده بود و مسیر را شناسایی می‌کرد و شش مرد همراه او با قدرت بازو پارو می‌زدند. رابین فرصتی پیدا کرد که دوباره نارضایتی خود را ابراز کند و گفت:

«معامله‌ی عاقلانه‌ای نکردیم؛ می‌توانستیم کشتی را در جای امنی پنهان کنیم. این‌طور معلوم نیست که تا بازگشت ما چه بلایی سر کشتی بیاید.»

ژیوار در پاسخ به این سخنان تردید برانگیز گفت:

«اگر ما به سلامت به دیار ساینا برسیم، راه بازگشت کوتاه‌ست.»

سوبار گفت:

«من اکنون مشتاقانه آرزومند دیدار با ساینا هستم.»

و همان دم غزلی سرود که سرگش آن را با صدایی خوش به آواز خواند. آواز سرگش همه را به سر شوق آورده بود، طوری که جامین کم‌حرف نیز به سخن در آمد و گفت:

«ای کاش زودتر برسیم!»

ژیوار به گونه‌ای رازآلود گفت:

«می‌رسیم، به شرط آن‌که غصه‌ی چیزهایی را که من بعد از دست می‌دهیم، نخوریم.»

زمان چندانی نگذشت که مردان قایقران با اشاره‌ی دیانوش دست از پاروزدن کشیدند و قایق‌ها از حرکت باز ایستادند. آنها به نقطه‌ای از آبراه رسیده بودند که درختان دو سو سر به هم آورده و دالانی تاریک ایجاد کرده بودند. قبل از ورود به این دالان عجیب، دیانوش سرنشینان قایق دوم را مخاطب قرار داد و گفت:

«از اینجا به بعد کوچک‌ترین صدا یعنی استقبال از مرگ... و چون برای عبور از این دالان دوستان من نباید پارویی بزنند که مبادا صدایی ایجاد شود، به ناچار قایق‌ها باید نهایت ممکن سبک شوند. آنچه اضافه است باید در آب بریزیم.»

صدای اعتراض رابین برخاست و گفت:

«آنچه همراه داریم همه لازم‌ست و گویا تنها چیز اضافی کشتی بود که شما گرفتید. بهترست قایق خود را سبک کنید.»

دیانوش با متانت جواب داد:

«ما چیزی جز همین لباس نداریم.»

همه به ژیوار نگاه کردند و منتظر واکنش او ماندند. ژیوار با آرامش کامل سری به نشانه‌ی تمکین جنباند و کتابش را از درون غلاف چرمی‌اش بیرون آورد و غلاف را در آب رودخانه افکند و پس از لحظه‌ای اندیشه، قصد افکندن خود کتاب را نیز داشت که فریاد رابین برخاست:

«چه می‌کنی؟... بی‌آن کتاب سفر را چگونه ادامه دهیم؟»

ژیوار لحظه‌ای چشم در چشم رابین دوخت و بعد بی‌آن‌که پاسخی دهد کتاب را به دست جریان رود سپرد تا نرم و سبک برکوهان امواج دور شود. با این کار ژیوار بقیه هم تکلیف خود را فهمیدند. یوشیتا خنجر و شمشیرش را، سردار اوژن کمربند و شمشیر مرصعش را، کاراکو کمان و تیردان پر از تیرش را در آب افکندند و عجیب این بود که اشیای فلزی نیز برخلاف فطرتشان بر سطح آب روان شدند. جامین کتاب کیمیاگری و آرشان کتاب طبابتش را بر آب نهادند. وقتی که سوبار قصد انداختن دیوان شعرش را کرد، سرگش مانع شد و ملتمسانه گفت:

«نه، آن را نه!... بگذارید منظومه‌ی عشق تاویار و سرگل را با خود نزد ساینا ببریم.»

سوبار گفت:

«اما دیوان شعر هم به اندازه‌ی خود وزن دارد.»

سرگش با تضرع گفت:

«بجایش یکدست مرا ببُرید!»

برای لحظاتی سکوتی اندوهبار مستولی شد و بعد ژیوار گفت:

«در سبک کردن خود تردید نکنیم و امیدوار باشیم که رودخانه هر آنچه را پاک و مفید است به دست اهلش برساند.»

سوبار با نگاه از سرگش اجازه گرفت و دیوان شعر را به دست آب سپرد. سرگش هم با چشمان گریان تنبورش را بر سطح آب نهاد. ماهور دفتر بزرگ و قطور و رادمان جعبه و کتابچه‌ی کوچک درون آن را به درون آب افکندند و سپس نگاهی به هم کردند و هر دو نفر کلاه‌شان را از سر برداشتند و به آب افکندند. به جز خودشان، جامین هم فهمید که هر یک از آن دو، جواهرگرانبهای نهفته در کلاه خود را نیز به دست آب سپردند و لذا به احترامشان کلاه از سر برداشت و در آب افکند. آخرین نفر رابین بود که در زیر نگاه سنگین بقیه، با اکراه تاج را از کف قایق برداشت و با حرص تمام به رودخانه پرت کرد و با خشم خطاب به دیانوش گفت:

«حالا دیگر می‌توانیم برویم؟»

دیانوش با خونسردی جواب داد:

«البته که می‌توانیم برویم.»

و رو به دالان آبی ایستاد و دستش را بالا برد. قایقرانان آماده‌ی پارو زدن شدند. دیانوش با حرکتی سریع دستش را پایین آورد و هر شش قایقران با حرکتی هماهنگ و پرقدرت پاروها را به کار انداختند. قایق‌ها از جا کنده شدند و با سرعتی زیاد بر سینه‌ی آب لغزیدند و پیش رفتند. در آستانه‌ی ورود به دالان، دیانوش با بالا بردن

دست، فرمان به قطع پارو زدن داد و آن شش نفر با هم پاروها را از آب بیرون کشیدند و روی زانو نهادند. هر دو قایق با همان سرعت اولیه وارد دالان آبی شدند. مدتی گذشت تا چشمان همه به نور کم محیط عادت کرد و آنها متوجه شدند که وارد چه محیط رعب آوری شده‌اند. مارهای عظیم الجثه‌ای از لابلای شاخ و برگ درختان آویزان بودند و در فضای بین درخت و آب پیچ و تاب می‌خوردند. آنها به شکلی غیرمتعارف، فاقد چشم بودند، اما دو گوش بزرگ و عجیب‌شان پی‌درپی در جهات مختلف تیز می‌شد. نفس در سینه‌ها حبس شده بود و همه سعی می‌کردند که کم‌ترین صدایی ازشان شنیده نشود. سر یکی از مارها تا نزدیکی قایق‌ها پایین آمد و زبان دراز و باریکش بر صورت دیانوش ساییده شد. دیانوش هیچ واکنشی نشان نداد و در همین لحظه میوه‌ی جنگلی بزرگی از شاخه‌ی درخت به درون آب افتاد و همزمان با صدای افتادن آن در آب، مار عظیم الجثه به سمت صدا هجوم برد و میوه را به دهان گرفت و هنوز آن را نبلعیده بود که مار دیگری به او حمله کرد و نیمی از میوه را کند و از دهان او ربود. حرکت مارها آن چنان سریع و رعب‌آلود بود که همه آرزو می‌کردند هر چه زودتر از آن دالان نفرین شده عبور کنند.

روشنایی انتهای دالان امید را در دل آنها قوت می‌بخشید و در حالی که چشم به روبه‌رو دوخته بودند، در انتظار طی مسافت، دندان‌هایشان بر هم فشرده می‌شد، اما آنچه که فکرش را نمی‌کردند اتفاق افتاد. قایق‌ها که در طی زمان از سرعت‌شان کاسته شده بود در مسافتی اندک مانده به انتهای دالان از حرکت بازماندند. همه بی‌حرکت بودند و فقط چشم‌هایشان در کاسه چشم حرکت می‌کرد و ناظر پیچ و تاب ترسناک مارها بودند. دیانوش آهسته سرش را برگرداند و سرنشینان قایق پشت سر نگاه کرد. او به خوبی درک می‌کرد که آنها فقط منتظر اقدام اویند. جریان آرام آب، قایق‌ها را در جهت مخالف به عقب می‌راند. فرصت برای تصمیم‌گیری اندک بود. دیانوش به یارانش نگاه کرد. آنها هر شش نفر با هم و به آرامی دست‌هایشان را به نشانه‌ی آمادگی برای انجام کاری، بالا بردند. دیانوش سرش را به نشانه‌ی تشکر از آنها

تکان داد و بعد در حالی که اندوهی عمیق چهره‌اش را فراگرفته بود، پلک چشمانش را برهم نهاد تا ناظر انتخاب خود نباشد. ژیوار فهمید که چه اتفاقی قرار است بیفتد و او نیز ناخودآگاه چشمان خود را بست. دست دیانوش یکبار به راست و یکبار به چپ حرکت کرد و دو نفر گزینش شدند. آن دو با خشنودی آماده‌ی فرمان فرمانده‌شان شدند و با اشاره‌ی دست او، با هم پاروهای شان را به کار انداختند و با تمام توان شروع به پاروزدن کردند. قایق ها از جاکنده شدند، اما صدای برخورد پاروها با آب، مارها را به سمت صدا جلب کرد و در مقابل چشمان وحشتزده‌ی بقیه، پاروها و پاروزن‌ها را در کام گشاد خود گرفتار کردند و در اندک زمان به لابلای شاخ و برگ درختان کشاندند و بردند.

قایق‌ها که از دالان مرگ بیرون آمدند، ژیوار چشمانش را گشود و نگاهش به دیانوش افتاد که جوی باریکی از اشک برگونه‌اش جاری بود. دیانوش نگاهش را از ژیوار دزدید و در حالی‌که سعی می‌کرد صدایش نلرزد چهار یار باقیمانده‌اش را مخاطب قرار داد و گفت:

«پارو بزنید یاران من!»

پاروها به کار افتادند و قایق ها سینه‌ی آب را شکافتند و پیش رفتند و در آن لحظه کسی متوجه نشد که کوهی از اندوه و افسوس بر شانه‌های رابین سنگینی می‌کند.

•••

قایقرانان بدون آن که ابراز خستگی کنند تا شب پارو زدند. با تاریک شدن هوا قایق‌ها را به ساحل رودخانه هدایت کردند تا شب را در آنجا اطراق کنند. آتشی افروخته شد که یاران دیانوش یک لحظه اجازه نمی‌داند شعله‌های آن فروکش کند. توجیه آنان، وجود موجوداتی با چشمان درخشان بود که در آب رودخانه جابجا می‌شدند. گرمای آتش و جمع صمیمی پیرامون آن، این فرصت را به دست داد که ژیوار از دیانوش بپرسد:

«تصاحب موقت یک کشتی چه نفعی به حال مردم شما داشت که به خاطرش تن به خطر دادید.»

دیانوش سری به نشانه‌ی رضایت جنباند و گفت:

«وقتی کشتی شما به ساحل ما نزدیک می‌شد، همه باور کرده بودیم که فرشته‌ی نجات ما از راه رسیده است.»

کاراکو با تعجب پرسید:

«فرشته‌ی نجات؟»

دیانوش جواب داد:

«بله، فرشته‌ی نجات. تنها وسیله‌ی مطمئنی که می‌توانست مردم ما را گروه گروه به ساحل امنی منتقل کند، کشتی شما بود.»

یوشیتا پرسید:

«مگر اینجایی که هستید چه خطری شما را تهدید می‌کند؟»

«خطر کوسه‌های آدمخوار. ما مردمی ماهیگیر هستیم و از روزی که سر و کله کوسه‌ها پیدا شده، هیچ کسی جرأت رفتن به دریا ندارد.»

سردار اوژن پرسید:

«چرا با آنها مبارزه نکردید؟»

دیانوش جواب داد:

«فایده نداشت؛ قایق‌های ما تحمل آرواره‌های وحشتناک کوسه‌ها را نداشت. خیلی‌ها خوراک آنان شدند و خیلی‌ها عضوی از بدنشان را از دست دادند.»

دیانوش این را گفت و تکه‌ای هیزم به درون آتش افکند. سرگش با تأسف پرسید:

«آیا دست تو هم...؟»

سرگش سؤالش را کامل نپرسید، اما دیانوش با حرکت سر منظور او را تأیید کرد و سپس گفت:

«کودکان ما گرسنه بودند و کوسه‌های بی‌رحم به ما مجال ماهیگیری نمی‌دادند.»

سوبار پرسید:

«پس باید چه می‌کردید؟»

دیانوش جواب داد:

«تنها راه معقول، ترک آنجا بود و به همین دلیل بود که مردم با آمدن کشتی شما باور کردند که فرشته‌ی نجات آمده است.»

ژیوار گفت:

«ما از این واقعه خوشحالیم و از آشنا شدن با تو و یارانت خوشحال‌تر و برای دونفری که جان‌شان را از دست دادند متأسفیم.»

دیانوش هیزم افروخته‌ای از درون اجاق بیرون کشید و به سمت ساحل آب پرتاب کرد. تمساح عظیم الجثه‌ای که پا به ساحل نهاده بود، گریخت و به درون آب فرو رفت. دیانوش پس از این کار از جا برخاست و گفت:

«با خیال آسوده بخوابید، من و دوستانم نمی‌گذاریم آتش خاموش شود.»

ژیوار گفت:

«ما هم کمک می‌کنیم.»

دیانوش گفت:

«اگر لازم بود خبرتان می‌کنیم.»

همه که روز پراضطرابی را پشت سر گذاشته بودند از شدت خستگی به زودی خواب‌شان برد و صبح که از خواب برخاستند با اتفاقی ناخوشایند مواجه شدند. دیانوش و دو تن از یارانش کنار رودخانه ایستاده بودند و از دو نفر دیگر نشانی نبود. ژیوار با توجه به چهره‌های محزون آنان پرسید:

«آیا اتفاقی افتاده است؟»

دیانوش با صدایی گرفته جواب داد:

«تعداد تمساحان زیاد شدند، آن دو سوار قایق شدند تا آنها به دنبال خود بکشانند.»

ژیوار گفت:

«صبر می‌کنیم تا برگردند.»

دیانوش سرش را با تأسف تکان داد و گفت:

«اگر قرار بود برگردند، تا به حال برگشته بودند.»

•••

به ناچار آنها مجبور شدند که ادامه‌ی مسیر را با یک قایق سفر کنند. همه از اتفاقی که افتاده بود اندوهگین بودند و در کمک به دو قایقران باقیمانده، برای پارو زدن از یکدیگر سبقت می‌جستند.

در اواسط روز، مسیر رودخانه تغییر کرد و از میان صخره‌هایی می‌گذشت که فوران مواد مذاب و آتشین از دل سنگ‌هایش منظره‌ای بدیع و در عین حال ترسناک پدید آورده بود. قایق به دستور دیانوش متوقف شد و او گفت:

«باید از میان کوه آتش بگذریم.»

سوبار با ترس گفت:

«از گرما می‌سوزیم؟»

دیانوش گفت:

«شنا می‌کنیم.»

یوشیتا گفت:

«فکر خوبی‌ست. آب مانع حرارت است.»

آرشان طبیب گفت:

«کله‌هایمان چه؟ آنها از آب بیرونند.»

جامین با خنده‌ای که از او انتظار نمی‌رفت، گفت:

«پرسش ندارد؛ می‌پزند.»

رادمان با دغدغه پرسید:

«راه دیگری نیست؟»

دیانوش جواب داد:

«نه. باید شنا کنیم و هم قایق را با خود بکشانیم و این کار را بی‌وقفه باید

انجام دهیم.»

ژیوار رو به دیانوش کرد و گفت:

«باید این را در نظر گرفت که بقیه مثل تو و یارانت شناگران قابلی نیستند.»

رابین که سرتاسر دیشب و امروز را کلامی حرف نزده بود، با یأسی آشکار گفت:

«غرق می‌شویم. همه غرق می‌شویم!»

ژیوار گفت:

«روش دیگری هم هست.»

دیانوش با کنجکاوی پرسید:

«چه روشی؟»

«قایق را وارونه کنیم. زیر قایق هوای کافی برای تنفس هست. آنگاه می‌توانیم شنا کنیم و با اطمینان بیشتر از میان کوه آتش بگذریم.»

دیانوش لب به تحسین ژیوار گشود و گفت:

«آفرین! اگر همه‌ی عمر فکر می‌کردیم چاره‌ای به این آسانی پیدا نمی‌کردیم.»

ژیوار با نگاه به فواره‌های آتشین گفت:

«شاید چندان آسان هم نباشد.»

به دستور دیانوش، یارانش پارو زدند و قایق را به جریان رود در میان صخره‌های آتش هدایت کردند. فوران‌های آتشین مواد مذاب، رنگ هوا را نارنجی کرده بودند و بوی گوگرد مشام را می‌آزرد. قایق تا جایی که سرنشینانش تحمل حرارت را داشتند پیش رفت و آنجا که دیگر تحمل ممکن نبود، ادامه‌ی حرکت را به روش پیشنهادی ژیوار ادامه دادند. قایق را بر روی خود واژگون کردند و در حالی که هر یک در زیر آن گوشه‌ای را گرفته بودند، شناکنان خود و قایق را جلو کشیدند. قایق بواسطه‌ی سنگینی وزن آنها پایین کشیده شده و هوای تنفسی‌شان کمتر شده بود. اولین نفر که در تاریکی آن زیر صدایش در آمد سوبار شاعر بود که گفت:

«نفس کشیدن سخت است.»

سرگش گفت:

«چون که هواکم است.»

سردار اوژن گفت:

«بس که فربهیم، قایق را پایین کشیده‌ایم.»

دیانوش گفت:

«من و دوستانم می‌توانیم دست‌ها را رهاکنیم و زیر قایق شناکنیم.»

ژیوار مخالفت کرد و گفت:

«نه، این کار خطرناک است؛ جریان آب رودخانه شدید است و شما را از قایق دور

می‌کند.»

جامین گفت:

«تعجب می‌کنم. با محاسبات من قایق نباید اینقدر پایین کشیده می‌شد؛ انگار

وزنه‌ای فلزی به قایق بسته شده باشد.»

حرکت آنها هر لحظه کند و کندتر می‌شد و به همان میزان نفس کشیدن

دشوارتر. رابین با صدایی خفه گفت:

«من دیگر قدرت شناکردن ندارم؛ نفسم به زحمت بالا می‌آید.»

دیانوش گفت:

«تو دیگر شنا نکن و فقط محکم قایق را بچسب.»

رادمان با ترس گفت:

«اگر هوا تمام شود!»

ماهور با ترسی فزون‌تر گفت:

«خفه می‌شویم. همه خفه می‌شویم!»

یوشیتا گفت:

«از زیر قایق بیرون بیاییم.»

آرشان مخالفت کرد و گفت:

«نه، کباب می‌شویم.»

ژیوار گفت:

«باید تحمل کنیم.»

احساس شد که قایق مقداری بالا رفت. کاراکو با خوشحالی گفت:

«قایق بالا رفت. بالا رفت!»

سوبار با خوشحالی بیشتر گفت:

«هوا آمد! هوا آمد!»

واقعیت این بود که دو تن یاران باقیمانده دیانوش در اقدامی داوطلبانه، قایق را رها کرده بودند و هنگامی که جریان قوی آب آنها را از قایق جدا کرد، به جز دیانوش کسی متوجه عدم حضور آنها نشد. آن دو پس از خروج از زیر قایق، شناکنان به دنبال آن می‌آمدند و هر وقت هرم گرما آزارشان می‌داد، در زیر آب شنا می‌کردند و این عمل رفته رفته رمق آنان را گرفت و لحظه به لحظه فاصله‌شان با قایق بیشتر شد، تا سرانجام گرما و خستگی از پای‌شان درآورد و در حالی که پنجه‌ی دستان‌شان در هم گره خورده بود در آب غرق شدند.

•••

هنگامی که قایق و افراد زیر آن به سلامت از میان صخره‌های آتش عبور کردند و در ساحل نجات آرام گرفتند، در آنجا بود که همگان به علت واقعی نجات خود پی بردند. دیانوش به یاد یاران وفاداری که برای نجات جان بقیه از فداکردن جان خود دریغ نکرده بودند، شش شاخه گل سرخ وحشی را به آب جاری رود سپرد و با افسوس و اندوه گفت:

«افسوس که می‌باید به قول خود عمل می‌کردم، وگرنه چرا باید به جای هر یک از آنها نمی‌بودم.»

ژیوار لب به تحسین آن شش مرد بزرگ گشود و گفت:

«ای کاش جهان پر از شما وارستگان بود!»

•••

آن‌شب آنها تا هنگام خواب، خاطره‌ی این سفر پرخطر را مرور می‌کردند و بیشتر از پیش در مقابل عظمتِ فداکاری یاران دیانوش سر تعظیم فرو می‌آوردند و در این میان تنها کسی که از بقیه کنار گرفته و لب به سکوت دوخته بود و سر در گریبان خود داشت رابین وزیر بود که انگار در این جهان نبود. او حتی بعد از آن که بقیه یکی پس از دیگری مغلوب خواب شدند، چشم به آسمان پرستاره دوخته و همچنان غرق افکار خود بود.

خستگی چنان جسم همه را فرسوده بود که پاسی از روز گذشته از خواب بیدار شدند و با تعجب رابین را در میان خود ندیدند. زره‌ای که به شاخه‌ی درخت آویزان بود، قصه‌های ناگفته‌ای را آشکار می‌کرد. اکنون بر همگان روشن شده بود که علت افسردگی او چه بوده است. زره زرین سنگینی که او از ابتدای سفر در زیر لباس بر تن داشت و از دیگران پنهان کرده بود و بر خلاف بقیه در ابتدای ورود به دالان آبی از خود جدا نکرده بود، هم در آنجا و هم به هنگام عبور از میان صخره‌های آتش، موجب سنگینی قایق و وقوع مرگ ناگوار یاران دیانوش شده بود و اکنون که عذاب وجدان او را افسرده و نادم کرده و سر به کوه و بیابان نهاده بود، کسی میل نداشت که دل به حال او بسوزاند، مگر ژیوار.

یوشیتا که از جست و جو در آن اطراف بازگشته بود، گفت:

«در صخره‌های این اطراف، پله‌هایی در سنگ کنده شده که من رد پای او را تا کنار آنجا پیدا کردم.»

با شنیدن این سخن آه از نهاد دیانوش برخاست و گفت:

«ای وای! او در بدترین روز پا در سرزمین سقیلا نهاده است.»

نام سرزمینی که دیانوش بر زبان آورد و هم روز بدی که او از آن یاد کرد، هر دو مفاهیمی آشنا در نزد ژیوار بود و از نظر او موقعیت چنان حساس بود که بدون هیچ توضیحی به طرف صخره‌ها و پله‌های سنگی شتافت و گفت:

«عجله کنید دوستان، رابین در مخمصه افتاده است!»

ششم • جشن مرگ •

دروازه‌ی شهرِ سقیلاکه رابین وزیر به آنجا رسیده بود، برخلاف مرسوم، کاملاً از هم
گشوده بود و نشانی از دروازه‌بان و نگهبان نیز در آنجا پیدا نبود. رابین برای ورود
لحظه‌ای دچار تردید شد، اما چون راه برگشتی برای خود تصور نمی‌کرد، به ناچار
از دروازه گذشت و وارد شهر ناآشنا شد.

گذرگاه شهر خلوت بود و انگار کسی در آنجا زندگی نمی‌کرد، ولی این تصور
دیری نپایید و به یکباره مردمی که انگار از زمین جوشیده باشند، از هر طرف
هلهله‌کشان به سمت او سرازیر شدند. رابین هنوز از بهت این اتفاق غریب بیرون
نیامده بود که گردونه‌ی مجللی از روبرو آمد و مردم با دیدن آن کنار رفتند و راه را
برای عبورش باز کردند. گردونه که گوزن‌های شاخ بلند آن را می‌کشیدند، پیش
آمد و مقابل رابین ایستاد. مردی که لباس تشریفات به تن داشت از گردونه پیاده

شد و در حالی‌که تا کمر خم شده بود، به رابین گفت:

«به سرزمین ما خوش آمدید. ملکه مشتاق دیدار شما هستند.»

رابین با اشاره‌ی آن مرد سوار گردونه شد. او که گیج و بی‌اراده سوار شده بود، با حیرت مشاهده می‌کرد که چگونه مردم به هنگام عبور گردونه با پرتاب شاخه‌های گل از او استقبال می‌کردند.

••••

در قصر، ملکه‌ی پیر او را به گرمی پذیرفت و رابین که هنوز ماجرا برایش عجیب می‌نمود، فرصتی یافت تا از ملکه علت این استقبال غیر معمول را بپرسد. ملکه در پاسخ به سؤال رابین با لحنی اندوهبار جواب داد:

«ماجرا به ماه قبل برمی‌گردد. زمانی که پسرم، شاه این سرزمین، به مرض مشکوکی از دنیا رفت و در کمتر از ده روز شاهزادگان بر سر تصاحب تاج و تخت، بی‌رحمانه یکدیگر را متهم به خیانت کردند و رفتار مردمان پست را پیشه کردند. من چاره‌ای ندیدم مگر این که جملگی‌شان را تنبیه کنم. آنها باید با چشم خود می‌دیدند که چطور یک غریبه از راه می‌رسد و تاج و تخت موروثی آنها را تصاحب می‌کند و دستور دادم اولین غریبه‌ای که وارد شهر می‌شود، فرد خوشبختی باشد که شاه این سرزمین می‌شود و الان خوشحالم این بخت نصیب کسی شده است که رفتار نجیب‌زادگان را دارد و تاج شاهی برازنده‌ی سر اوست.»

رابین با خود فکر کرد که سرنوشت او را به کجاها که نکشانده است. او مشابهتی عجیب بین وقایع این سرزمین و سرزمین خودش می‌دید. آیا این مردم هم منتظر ساینا بوده‌اند؟ یک لحظه به نظرش آمد که شاید ساینا خود او باشد و متعاقب این فکر از ورود به این شهر احساس رضایت کرد.

••••

و اما حقیقت ماجرا را در جایی دیگر، ژیوار برای بقیه توضیح داد. او در مسیر حرکت به سمت سقیلا گفت:

«در سرزمین سقیلا، هر سال در این روز ماجرایی تکرار می‌شود؛ اولین فرد غریبه‌ای را که وارد شهر می‌شود تاج و تخت می‌بخشند و برای این که باور کند، همه‌ی خواسته‌های او را برآورده می‌کنند و آن فلک‌زده خبر ندارد که پادشاهی‌اش یک شبانه‌روز بیشتر دوام ندارد و مرگ دهشتناکی در انتظارش است و باید قربانی شود.»

یوشیتا پرسید:

«هدف‌شان ازین کار چیست؟»

دیانوش گفت:

«هر سال روح مرداب می‌آید تا بچه تمساح‌هایی را که از تخم در آمده‌اند با خود به مرداب ببرد. مردمان سقیلا معتقدند که اگر جسم بالاترین مقام سرزمین‌شان به روح مرداب تقدیم شود، آن سال را از گزند روزگار در امان می‌مانند.»

سردار اوژن با تأسف گفت:

«و حالا ممکن‌ست قرعه به نام رابین در آمده باشد؟»

ژیوار گفت:

«ممکن‌ست و باید او را پیدا کنیم قبل از این که تاج مرگ را بر سرش نهند.»

•••

در قصر، رابین فارغ از نقشه‌ای که برای او کشیده شده بود، فرصتی پیدا کرد که از خزانه‌ی سلطنتی دیدار کند. کثرت جواهرات و سکه‌های زر به حدی بود که رابین را متقاعد می‌کرد که با آنها می‌تواند قدرتمندترین سپاه جهان را برای بازپسگیری سرزمینش از چنگ بازور مهیا کند، سرزمینی که بعد از آن شاهی بجز رابین را نشناسند. تصور احترامی که درباریان در حق او روا می‌داشتند و اشعار ستایش‌آمیزی که درباره‌ی او سروده می‌شد، رابین را به درجه‌ای از خودشیفتگی رسانده بود که حتی حاضر نبود خود را با ساینا نیز مقایسه کند و بی‌صبرانه منتظر بود که ملکه، طبق آیین سرزمین سقیلا، تاج شاهی را بر سرش نهد. البته ابتدا کمی تعجب کرد که چرا باید مراسم در کنار مرداب برگزار شود، اما آن را هم گذاشت به حساب همه‌ی

اتفاقات عجیب و غریبی که از لحظه‌ی ورود به این شهر شاهدش بوده است.

• • •

ظهر آن‌روز، در کنار مرداب جمعیت انبوهی که شامل همه‌ی مردم شهر می‌شد، حاضر بودند و با آمدن گردونه‌ی حامل ملکه و رابین هلهله‌ی شادی سر دادند. گردونه که توسط محافظین گوزن سوار همراهی می‌شد، به سمت جایگاه مخصوص هدایت شد و ملکه و رابین از آن پیاده شدند و بر روی دو تخت مرصع، رو به مرداب جلوس کردند. تاج زیبای جواهرنشان بر روی میزی در بین آن دو، حواس رابین را به خود معطوف کرده بود و آنقدر برای تصاحب آن عجله داشت که خیلی زود میل درونش را آشکار کرد و به ملکه گفت:

«مراسم تاج‌گذاری را زودتر برگزار کنید، کارهای زیادی هست که باید انجامش بدهم.»

ملکه‌ی با اشاره به ساحل مرداب گفت:

«صبر کن. هر وقت شن‌ها به جنبش در آمدند، زمان پادشاهی تو فرا می‌رسد.»

رابین با کنجکاوی پرسید:

«شن‌ها چه وقت به جنبش در می‌آیند.»

ملکه جواب داد:

«وقتی که آفتاب آنها را کاملاً گرم کند.»

اگر شرایط دیگری بود، رابینی که به همه چیز سوءظن داشت، مطمئناً کنجکاوی بیشتری به خرج می‌داد، ولی اکنون شوق رسیدن به یک حکومت باد آورده، زبان او را بسته بود و بی‌آن‌که بداند چرا، چشم به شن‌ها دوخت و منتظر ماند که آنها به جنبش در آیند.

سرانجام آفتاب، داغ‌ترین شعله‌های سوزنده‌ی خود را نثار شن‌های ساحل مرداب کرد و آنچه که ملکه وعده‌اش را داده بود به وقوع پیوست. شن‌ها آرام آرام به جنبش در آمدند و به زودی بچه تمساح‌هایی که از تخم بیرون آمده بودند، یکی

بعد از دیگری شن را کنار زدند و راه مرداب را در پیش گرفتند. رابین که تازه منظور از جنبش شن‌ها را دریافته بود، با شگفتی به منظره‌ی خروج پایان ناپذیر بچه تمساح‌ها و تحرک بازیگوشانه‌ی آنها چشم دوخته بود که خطاب ملکه او را به خود آورد. ملکه در حالی که تاج را از روی میز برداشته و به سمت او دراز کرده بود، گفت:

«فرزندم، اکنون لحظه‌ی فرخنده‌ی تاجگذاری فرا رسیده است. تاج را بگیر و بر سرت بگذار.»

دست رابین برای گرفتن تاج دراز شد که ناگهان فریاد هشدار دهنده‌ای در فضا طنین افکند.

«نگیر رابین!»

رابین ابتدا صدای ژیوار را شناخت و بعد خود او را دید که جمعیت را کنار زد و پیش آمد و هشدارش را تکرار کرد:

«به تاج دست نزن! می‌خواهند تو را قربانی کنند.»

رابین در گرفتن تاج از دست ملکه دچار تردید شد، چرا که دید ملکه از هشدار ژیوار دچار رعشه شده است. ملکه با صدایی که به جیغ شبیه بود فریاد زد:

«این دیوانه دیگر کیست؟ دستگیرش کنید!»

رابین از جا برخاست و گفت:

«صبر کنید!... او دوست من‌ست. آیا راست می‌گوید؟»

و چون بقیه‌ی همسفرانش را هم دید که از بین جمعیت جلو آمدند، ادامه داد:

«همه‌ی اینان را که می‌بینید، دوستان منند.»

ملکه خشمش را کنترل کرد و با خنده‌ای تمسخرآلود گفت:

«دوستانی اینچنین بدخواه هرگز ندیده‌ام، مگر این که بر آنان ستمی بزرگ کرده باشی.»

رابین به یاد گذشته افتاد و آهی کشید و گفت:

«همین طورست، ستمی بزرگ کرده‌ام.»

و بعد تاج را از دست ملکه گرفت و خطاب به همراهان پیشین خود گفت:

«می‌دانم که سینه‌هاتان مالامال از نفرت‌ست، حق دارید. می‌دانم که هرگز مرا نمی‌بخشید، حق دارید. رنج بی‌پایان مرا نه این تاج و نه حکمرانی بر هیچ سرزمین پهناوری، تسکین نخواهد داد. اگر تن داده‌ام به این امید است که شاید در سایه‌ی این بخت ناخوانده، رنج دیگران را تسکین بخشم، شاید بار سنگین گناهم سبک شود. اگر مرا لایق این بخت نمی‌دانید، تاج را تقدیم هر کدام که شایسته هستید می‌کنم، فقط مرا ببخشید.»

دیانوش مجال واکنش به کسی نداد و جلو دوید و به رابین گفت:

«زره سنگین تو یاران مرا به کشتن داد؛ بگذار چند روزی من شاه باشم و اندوه بازماندگان آنها را تسکین دهم.»

ملکه از استدلال دیانوش بوی توطئه به مشامش رسید و لذا با تحکم خطاب به رابین گفت:

«زودباش تمامش کن! تاج را بر سر بگذار!»

دیانوش که ضمن صحبت خود را به رابین نزدیک کرده بود، فرصت فکر کردن به او نداد و به چالاکی تاج را از دست او ربود و آن را با فشار زیاد بر سر ملکه فرو کرد و با نفرت گفت:

«این تاج لایق سر توست!»

دیانوش دست رابین را که گیج و مبهوت مانده بود کشید و با خود به سمت بقیه دواند. ملکه که تاج روی چشمانش را پوشانده بود، جیغ می‌زد و سعی می‌کرد که تاج را از سرش بیرون بکشد، اما فایده‌ای نداشت. تاج اکنون بر سر او بود و گروهی سرباز نیزه به دست که هر سال وظیفه‌ی قربانی کردن کسی که تاج بر سر می‌نهاد را بعهده داشتند، هم اینک نیز بی‌آن‌که برایشان مهم باشد که تاج بر سر کیست، ملکه را احاطه کردند و به زور نیزه‌هاشان او را به سمت مرداب هدایت کردند. خواهش و التماس ملکه که به سرنوشت دردناک خود واقف بود اثری نداشت و سرانجام به

درون مرداب فرو افتاد و صدها بچه تمساح به او حمله‌ور شدند و با خود به عمق مرداب فروکشاندند. با ناپدید شدن ملکه، به یکباره غریو شادی از مردمان شهر برخاست. کوس و کرنای به صدا درآمد و همگان با حرکاتی هماهنگ به اجرای رقصی آیینی مشغول شدند. یوشیتا متعجب از دیدن این منظره، گفت:

«عجیب‌ست، ملکه‌شان طعمه‌ی تمساح‌ها شد و اینان پایکوبی می‌کنند.»

سردار اوژن گفت:

«عجیب‌تر این سربازان حق ناشناس. ملکه‌شان را به کشتن دادند.»

ژیوار گفت:

«آنها همه برای اجرای این مراسم تربیت شده‌اند. برایشان فرقی ندارد که قربانی چه کسی است. برویم، جای ما اینجا نیست.»

آنها با عجله آنجا را ترک کردند و قبل از این‌که نگهبانان بازگردند، از دروازه‌ی شهر عبور کرده بودند.

•••

به مکان قبلی در کنار رودخانه که بازگشتند، ژیوار خطاب به دیانوش گفت:

«تو کمک زیادی به ما کردی و گرچه همه دوست داریم که همراهمان باشی، اما اجباری به این کار نداری. ما به گردن تو هیچ دینی نداریم و کشتی را هم هدیه‌ای از جانب ما برای مردمت بدان.»

دیانوش گفت:

«اگر به قولی که از ابتدا داده بودیم عمل نکنم روان یارانم از من آزرده خواهند شد، پس به من اجازه بدهید همراه شما باشم.»

همه از خواسته‌ی او استقبال کردند و خوشحال شدند. ژیوار در تکریم او گفت:

«از تو جز این انتظاری نمی‌رفت.»

دیانوش چیزی به خاطر آورد و فوراً رفت و با زره زرین برگشت و با تبسم خطاب به رابین گفت:

«خوب شد این را فراموش نکردیم.»

سکوت برقرار شد. همه منتظر واکنش رابین بودند. او برای لحظاتی خیره به دیانوش نگریست و در مقابل عظمت روح او حیران ماند و در آخر گفت:

«آیا ارواح یاران تو مرا بخشیده‌اند؟»

دیانوش ساده و بی‌تکلف جواب داد:

«می‌بخشند؛ من آنها را خوب می‌شناسم.»

اشک از چشمان رابین جاری شد و زره را از دست دیانوش گرفت و به آن نگاه کرد و آنگاه در حرکتی غیرمنتظره زره را با همه‌ی توان به درون رود خروشان افکند تا خود را از باری که می‌بایست حمل کند، رهایی بخشد.

هنگامی که همه سوار قایق شده بودند که سفر را ادامه دهند، یوشیتا آهسته از ژیوار پرسید:

«بی آن کتابی که به آب سپردی، چگونه ما را به نزد ساینا خواهی رساند.»

و ژیوار در پاسخی رمزآلود گفت:

«خودِ مقصد راهنمای ماست.»

هفتم • مقصد •

هنگامی که قایق در انتهای رود به گل نشست، آنها پدیده‌ای عجیب را مشاهده کردند. آب رودخانه در دشتی وسیع پراکنده می‌شد و چنان در شنزار ناپدید می‌گشت که نه انگار در پشت سر، رودی خروشان جاری است. انگار رودخانه مأمور بوده است که آنان را تحویل بیابان بدهد و از بین برود. واقعه آنقدر عجیب بود که آنها باورشان بشود پا در سرزمین عجایب نهاده‌اند و به همین دلیل خیلی تعجب نکردند وقتی که دوازده اسب بی‌صاحب را رها شده در همان اطراف دیدند. دوازده اسب و درست به تعداد نفرات آنها.

پس از مدت‌ها سفر با کشتی و قایق، سواری با اسبان تیزپا و راهوار، تازگی دوباره‌ای داشت و لذا بدون توقف تا غروب آفتاب پیش تاختند و شب را در زیر نور آسمان پرستاره‌ی دشت بیتوته کردند. آتشی افروخته شد و غزالی را که کاراکو لحظاتی

قبل در همان اطراف صید کرده بود، بر آتش بریان کردند و بعد از مدت‌ها با خوردن یک خوراک لذیذ شکمی از عزا درآوردند. هوای خنک شب و آسمان پرستاره، طبع شعر سوبار را برانگیخت و قطعه‌ای در غم غربت سرود و در همان حال و هوا گفت:

«کسی نمی‌داند الان در کجای جهان هستیم؟ چقدر از خانه دوریم و چقدر به مقصد نزدیک؟ کسی نمی‌داند.»

رادمان گفت:

«شاید ژیوار بداند.»

ژیوار که آخرین بار در این ارتباط به سؤال یوشیتا پاسخی رمزآلود داده بود، این بار فقط به لبخندی بسنده کرد و حرفی نزد. جامین نفس عمیقی کشید و گفت:

«عجیب‌ست، احساس می‌کنم به خانه برگشته‌ام و هوای وطنم را استنشاق می‌کنم..»

در این وقت صدای شیهه‌ی اسبان یکی بعد از دیگری بلند شد. سردار اوژن گفت:

«انگار بی‌تابند.»

آرشان طبیب گفت:

«شاید هم دلتنگ..»

ماهور مستوفی با حسرت گفت:

«مثل ما.»

و چون اسبان دوباره شیهه کشیدند، ژیوار گفت:

«یکی به آنها سر بزند.»

یوشیتا و دیانوش رفتند تا سر و گوشی به آب بدهند و وقتی که برگشتند، دست شخصی را محکم چسبیده بودند و کشان‌کشان با خود می‌آوردند. ژیوار او را شناخت، اما آشنایی نداد. مرد کسی جز زیما نبود، همان جوان خوش چهره‌ای که ژیوار قبل از آغاز سفر در آن کاروانسرای عجیب با او ملاقات کرده بود. زیما هم

ژیوار را شناخته بود و عجیب این که او هم ابراز آشنایی نکرد، انگار آن دو قرار بود در آنجا یکدیگر را ملاقات کنند، بی آن که کسی از آشنایی‌شان مطلع باشد. زیما که اکنون رفتارش بیشتر از پیش به طنزی نمکین آمیخته بود، در حالی که سعی می‌کرد خود را از دستان یوشیتا و دیانوش خلاص کند، گفت:

«رهایم کنید، انگار که ببرگرفته‌اید!»

ژیوار گفت:

«دستانش را رها کنید.»

یوشیتا و دیانوش دستان او را رها کردند، اما چهارچشمی مراقبش بودند که فرار نکند. زیما گرد و خاک لباس عجیبش را که او را شبیه دلقک‌ها کرده بود، تکاند و گفت:

«بی آن که شخصیت طرف را در نظر بگیرند، همینطور مثل گونی زباله آدم را روی زمین می‌کشند.»

یوشیتا در جواب حرف او گفت:

«آدم با شخصیت چرا دور و بر اسبان مردم می‌پلکد؟»

زیما با لحنی که معلوم نبود جدی است یا شوخی جواب داد:

«چرا باور نمی‌کنید که اسب‌ها خودشان مرا دعوت کردند؟ راهم را گم کرده بودم، آنها مرا دعوت کردند که شب را در کنار شما باشم.»

سوبار آهسته کنار گوش سرگش گفت:

«دیوانه است.»

و زیما که معلوم نبود حرف سوبار را چگونه شنیده است در واکنش خطاب به سوبار گفت:

«خیر، دیوانه نیستم.»

و خطاب به سمتی که اسبان در تاریکی به زحمت دیده می‌شدند، با صدای بلند پرسید:

«مگر شماها مرا دعوت نکردید؟»

شیهه‌ی اسبان که انگار جواب زیما را می‌دادند، خنده و تعجب همه را برانگیخت. زیما حرکت مضحکی به سروگردنش داد وگفت:

«شنیدید؟ هر یازده‌تای‌شان حرف مرا تأیید کردند.»

یوشیتا فوراً گفت:

«دروغ گفتی؛ آنها دوازده تا هستند.»

زیما قیافه‌ی حق به جانب گرفت و گفت:

«درست است، دوازده تایند ولی یکی از آنها با من قهرست. نمی‌دانم چه پدرکشتگی با من دارد.»

شیهه‌ی یکی از اسب‌ها شنیده شد و زیما که انگار حرف ناشایستی از اسب شنیده باشد، خطاب به او گفت:

«هر چه دلت می‌خواهد بگو؛ من جوابت را نمی‌دهم.»

ژیوار با لبخندی که گویای خیلی سخن‌ها بود گفت:

«از همه‌ی این حرف‌ها گذشته، به نزد ما خوش آمدی و متأسفیم که غذایی باقی نمانده تا تعارفت کنیم.»

زیما کنار آتش نشست و در حالی‌که کف دست‌ها را به هم می‌مالید با شعف گفت:

«اتفاقاً سهم مرا بیشتر از کفایت کنار گذاشته‌اید.»

و سپس هیزم روشنی را از درون اجاق بیرون کشید و در مقابل چشمان حیرت زده‌ی جمع، شعله‌ی آتش را همچون مرغ بریان با دندان کند و جوید و فروداد. بعد از تمام شدن شعله‌ی آتش، هیزم را همانند استخوان خالی دور انداخت و دور دهانش را پاک کرد و دستی به شکمش مالید وگفت:

«خیلی وقت بود که اینطور شکمی از عزا در نیاورده بودم، حال اگر اجازه بدهید همین‌جا کنار آتش بیتوته کنم. قول می‌دهم که صبح اول وقت رفع زحمت کنم.»

زیما کلاه گنده‌اش را از سر برداشت و زیر سر نهاد و خیلی زود صدای خرناسش همه را هم به خنده انداخت و هم به فکر خفتن. یوشیتا گفت:

«همه هم که بخوابید من تا صبح بیدار می‌مانم و مواظبم که این مرد کلکی زیر سرش نباشد.»

بعد از آن که خواب همه را اسیر خود کرد، بین یوشیتا و لشگر توفنده‌ی خواب جنگ درگرفت و پی‌درپی پشت یکدیگر را بر خاک مالیدند. پلک‌ها فرو می‌افتادند و برمی‌خاستند و یک توقف کوتاه سبب شد که خواب بر او غلبه کند و هنگامی که چشم گشود، روز شده بود و اثری از زیما نبود. اسب‌ها هم به جز یکی از آن‌ها همه ناپدید شده بودند. یوشیتا بقیه را بیدار کرد و متوجه ماجرا نمود و با هیجان گفت:

«حقه باز فرار کرده! کوتاهی از من بود. وای به حالش اگر به چنگم بیفتد!»

ژیوار برای آن که به او آرامش بدهد، گفت:

«زیاد حرص و جوش نخوریم؛ یازده اسب شن نیستند که در بیابان گم شوند. شاید در آن کاروانسرا باشند.»

اشاره‌ی ژیوار به کاروانسرایی در همان نزدیکی بود. وجود کاروانسرا به آن نزدیکی تعجب همه را برانگیخت که چطور تا به حال متوجه آنجا نشده بودند، و به هر حال کاروانسرایی که انگار به یکباره در دل بیابان روییده بود، خیال و سراب نبود و همه به زودی وارد آنجا شدند. کاروانسرای خالی از سکنه با چاه آب موجود در آنجا، تا پیدا شدن اسب‌ها می‌توانست مسکن قابل قبولی در آن بیابان برهوت باشد. یوشیتا داوطلب یافتن سارق شد و سوار بر تنها اسب باقیمانده، آنجا را ترک کرد.

حسی غریب یوشیتا را واداشت که اسب را در تاختن آزاد بگذارد و از این کار پشیمان نشد، چون اسب یکسره فرسنگ‌ها تاخت و او را به شهری بزرگ برد و معابر سنگفرش شهر را هم زیر سم در نوردید و به کنار بساط شعبده‌بازی رساند که کسی جز زیما نبود.

سکوی شعبده‌بازی مسطح و وسیع بود و یازده اسب مسروقه هم با نظمی دیدنی به صف شده و معلوم بود که گوش به فرمان زیما هستند. وقتی که یوشیتا به آنجا رسید و از پشت جمعیتی که گرداگرد سکو جمع بودند ناظر صحنه شد،

زیما از جمعیت می‌پرسید:

«آقایان، بانوان، بچه‌ها! اگر من یک گاو درسته را خام خام بلعیده باشم، فکر می‌کنید چه بلایی سرم بیاد؟»

هرکسی پاسخی داد و بازار خنده و شوخی گرم شد. زیما جلو آمد و گفت:

«انگار باورتان نمی‌شود که این کار را کرده باشم، پس خوب تماشا کنید.»

زیما شکمش را جلو داد و باد کرد. شکم او به طرز غریبی ورم کرد و ترکیب مضحکی شبیه به یک گاو بزرگ به خود گرفت. صدای خنده‌ی جمعیت به همراه بیانات تعجب‌آمیز آنها در هم آمیخته شد. زیما با اشاره‌ی دست ساکتشان کرد و گفت:

«حالا که باورتان شد بگویید که من با این گاو خام چه باید بکنم.»

هرکس چیزی می‌گفت و زیما سخن یکی را پسندید و گفت:

«آفرین! باید آن را پخت.»

و به خواهرش که نقش دستیار او را داشت اشاره کرد و گفت:

«ژینا جان آن مشعل را بیاور.»

ژینا نرم و سبک دوید و مشعل فروزانی را از درون مشعلدان برداشت و برای زیما آورد. یوشیتا حدس زد که او چه می‌خواهد بکند. زیما شبیه به کاری که دیشب انجام داده بود، تکه تکه از شعله‌ی آتش را گاز زد و بلعید و با این کار جمعیت تماشاچی را به وجد آورد. همه شعله را که گاز زد و جوید و بلعید، گفت:

«حالا ببینید گاو چگونه پخته می‌شود.»

جمعیت سکوت کردند و منتظر اتفاق بعدی بودند. زیما دهانش را گشود و اندکی بعد بخار از آن بیرون زد که با هر پیچ و تابی که به شکم می‌داد، فشار و حجم بخار بیشتر و از ورم شکم کاسته می‌شد. جمعیت از شدت خنده به اوج نشاط و شادمانی رسیده بودند. زیما کف دو دست را به هم کوبید که صدایی مانند رعد از آن برخاست و جمعیت را به سکوت واداشت. زیما خطاب به آنها گفت:

«حالا به من بگویید وقت چه کاری ست؟»

یوشیتا که انگار علت حضور خود را از یاد برده بود، بی‌اختیار گفت:

«وقت خواب است.»

و بعد فوراً سر خود را دزدید که زیما او را نشناسد. اما زیما که شنیدن این پاسخ برایش مهم بود، فوراً گفت:

«احسنت! حالا وقت خواب ست.»

و هنوز اقدامی نکرده بود که ژینا دوید و جلوی پای برادرش دراز کشید و فوراً خوابش برد. زیما با واکنشی تعجب‌آلود سرش را به صورت او نزدیک کرد و در چهره‌اش دقیق شد و بعد خطاب به جمعیت گفت:

«این دختر انگار زودتر جنبید و جای مرا اشغال کرد، ولی من از او زرنگ‌ترم تماشا کنید چطور از جا بلندش می‌کنم. اینطوری.»

زیما شروع به فوت کردن به سمت خواهرش کرد و همه سرک می‌کشیدند که بفهمند نتیجه‌ی کار او چه می‌شود و با تعجب دیدند که ژینا به سبکی یک پر از زمین جدا و در میان زمین و هوا معلق ماند. یوشیتا مثل بقیه مجذوب کار زیما بود که اتفاقی جدید همه چیز را دگرگون کرد. یکی در بین جمعیت فریاد زد:

«فرار کنید؛ سربازان بازور آمدند!»

و جمعیت به یکباره از هم پاشید و هریک به گوشه‌ای گریختند. یوشیتا عده‌ای سوار نقابدار سیاه‌پوش را دید که به تاخت نزدیک می‌شدند. زیما با دیدن سواران، خواهرش را همانطور معلق در میان زمین و هوا رها کرد و برگرده‌ی اسبی نشست و او را هی کرد. اسب با جهشی تماشایی از سکو فرود آمد تا سوارش را از مهلکه برهاند. ده اسب باقیمانده نیز هماهنگ با هم از سکو فرود آمدند و در تعقیب اسب زیما رفتند. یوشیتا بی‌اختیار در پی زیما فریاد کشید:

«کجا؟ اسب‌ها را کجا می‌بری؟ آنها مال ما هستند.»

اما گوش زیما بدهکار فریاد یوشیتا نبود و به تاخت از مهلکه گریخت. سواران سیاه‌پوش نیز در تعقیب او، از دو سمت یوشیتا عبور کردند و دور شدند و کمی

بعد، از آن جمعیت انبوه به جز او و ژینا که همچنان در خواب، میان زمین و هوا معلق بود کسی باقی نمانده بود.

•••

وقتی که یوشیتا به کاروانسرای محل اقامت همراهانش بازگشت تنها نبود و ژینا را بر ترک اسبش حمل می‌کرد. او که نتوانسته بود دخترک را به هیچ طریقی از خواب بیدار کند، ترجیح داد که او را در همین وضعیت با خود گروگان بیاورد و به همین منظور به محض ورود به صحن کاروانسرا، رو به حجره‌ای که همراهانش در آنجا بودند با صدای بلند گفت:

«دزد اسبان گریخت، ولی شریک دزد را گروگان آورده‌ام.»

به ندای او هیچ پاسخی داده نشد. یوشیتا متعجب از سکوت مرموزی که بر آنجا حاکم بود، افسار اسب را به تیرکی بست و به سمت حجره رفت و به درون سر کشید و از آنچه که دید جاخورد. همه مجروح و بیهوش هرکدام درگوشه‌ای افتاده بودند و بدون استثناء زخمی بر چهره داشتند که از آن خون جاری بود. ناله‌ی ضعیف ژیوار، او را به سمت خود جلب کرد. یوشیتا کنارش زانو زد و گوشش را به دهان او نزدیک کرد تا صدایش را بهتر بشنود. ژیوار به زحمت گفت:

«نقابداران بازور... شمشیرهاشان به زهر آغشته بود... همه را مسموم کردند.»

یوشیتا با اضطراب گفت:

«بگو من چه کنم؟»

«آن جوان شعبده باز را پیدا کن... داروی این زخم پیش اوست.»

ژیوار این را گفت و از هوش رفت. یوشیتا بی‌درنگ از حجره بیرون آمد تا ژینا را به هر طریق ممکن از خواب بیدار کند و نشانی برادرش را از او بپرسد. اما از دیدن او در موقعیتی متفاوت به شدت جا خورد. ژینا به شکلی باورنکردنی درون دلو آب نشسته و در حال فرو رفتن به درون چاه بود. او در مقابل چشمان از تعجب بازمانده‌ی یوشیتا فقط دستی به نشانه‌ی خداحافظی تکان داد و لحظه‌ای بعد

درون چاه ناپدید شد. یوشیتا بی‌اختیار و پی‌درپی فریاد زد:

«نه!... نه!... نه!»

و از صدای فریاد خودش از خواب پرید و از دیدن بقیه در اطراف خود نفس راحتی کشید. ژیوار با لبخند به او گفت:

«انگار خواب آشفته‌ای می‌دیدی.»

یوشیتا سری به نشانه‌ی تأیید سخن او تکان داد و گفت:

«خوشحالم که فقط یک خواب بود.»

«شاید اگر بیدار نمی‌شد، از خوابی که می‌دید زهره ترک شده بود.»

جمله‌ای که زیما ادا کرده بود، یوشیتا را متوجه پشت سرش کرد و از آنچه که دید چشمانش از تعجب گشاد شد. زیما کنار دختری ایستاده بود که برای یوشیتا چهره‌ای آشنا داشت و کسی جز ژینا نبود. یوشیتا با اشاره به ژینا و با بیانی الکن از زیما پرسید:

«او... او از کجا آمده؟»

زیما ضمن سوار شدن بر اسب جواب داد:

«خواهرم ژیناست. شانس آوردم که مرا پیدا کرد وگرنه مجبور بودم بقیه‌ی راه را پیاده گز کنم.»

زیما کمک کرد تا خواهرش بر ترک اسب بنشیند و سپس با همه خداحافظی کرد و به تاخت از آنجا رفت، یوشیتا در حالی که نگاه متحیرش به دنبال آنها بود، از ژیوار پرسید:

«ژیوار، او کی بود؟»

ژیوار جواب داد:

«مردی خوش قلب، بذله‌گو... و بخشنده. او به هر یک از ما یک شمشیر هدیه داد.»

یوشیتا به شمشیری که ژیوار و بقیه به کمر بسته بودند نگاه کرد و پرسید:

«اما من شمشیری ندارم.»

ژیوار با اشاره به شاخه‌ی درخت بالای سرشان گفت:

«سهم تو را آنجا آویخته است.»

یوشیتا شمشیری را که درون غلاف به شاخه‌ی درخت آویخته شده بود برداشت
و به کمر بست و در حالی‌که همچنان نگاه به تعقیب آن دو دوخته بود، برای بار دیگر
پرسید:

«آنها کی بودند؟»

ژیوار که می‌رفت سوار اسب شود، جواب داد:

«شاید باز هم ملاقات‌شان کنیم. اکنون برویم که شاید در این اطراف کاروانسرایی
پیدا کنیم.»

•••

آرزوی ژیوار به زودی برآورده شد و مسافت زیادی را نپیموده بودند که وجود یک
کاروانسرا از دور نمایان شد. یوشیتا که به یاد خواب دیشبش افتاده بود، بی‌اختیار
اسبش را هی کرد و قبل از بقیه خود را به کاروانسرا رساند و از دروازه‌اش گذشت و وارد
صحن آنجا شد. کاروانسرا در نظرش آشنا می‌آمد و همان بود که در خواب دیده بود.
خودش را به سر چاه آب رساند و دلو را درون چاه رها کرد. صدای برخورد دلو با آب،
اندکی از دلشوره او کاست، با این وجود زیر لب گفت:

«نمی‌گذارم که اینجا اقامت کنند.»

یوشیتا به تاخت کاروانسرا را ترک کرد و خودش را به بقیه رساند و مقابل‌شان
ایستاد و با لحنی که علیرغم تلاش او اضطرابش را نمی‌پوشاند گفت:

«ابداً... ابداً جای مناسبی نیست. چاه آبش خشک است و حجره‌هایش مخروبه
شده‌اند. متروک و ناامن‌ست. نه، اصلاً محل مناسبی نیست.»

سردار اوژن از او پرسید:

«حتی به درد استراحت کوتاهی هم نمی‌خورد؟»

یوشیتا با تشویشی آشکار جواب داد:

«گفتم که به درد نمی‌خورد.»

رابین که خسته‌تر از هم به نظر می‌رسید گفت:

«بالاخره سایبانی دارد که به اندازه‌ی یک چُرت کوتاه ما را از گزند آفتاب سوزان محافظت کند.»

یوشیتا به توجیهی تازه روی آورد و گفت:

«آه، فراموش کردم بگویم؛ سقف و دیوارها همه ترک برداشته‌اند و هرآن ممکن‌ست بریزند. شاید هم تا حال ریخته باشند.»

توجیه یوشیتا چنان ساختگی و غیرقابل باور بود که تعجب همه را برانگیخته بود. جامین با همان لحن طنزآلود همیشگی گفت:

«پس شانس آوردی آنوقت که زیرش بودی نریخت.»

سخن جامین مستمسکی برای خنده و تفریح شد. سوبار شاعر گفت:

«چه معلوم؟ شاید هم او مرده است و ما با روحش صحبت می‌کنیم.»

سردار اوژن شمشیر از نیام کشید و گفت:

«بگذارید با این شمشیر امتحان کنم؛ اگر شمکش سوراخ نشد، پس روح اوست.»

رادمان خزانه‌دار در حالی‌که از شدت خنده شکمش بالا و پایین می‌شد گفت:

«اگر سرش را ببریم و آخ نگوید، معلوم می‌شود که با روح آن مرحوم طرفیم.»

همه خنده‌شان گرفته بود به جز ژیوار که متفکرانه چشم به چهره‌ی پرتشویش یوشیتا دوخته بود.

هیچ یک زودتر از یوشیتا متوجه حضور ناگهانی سواران نقابدار سیاهپوش نشدند، سوارانی که او در کابوس شبانه دیده بودشان. دهان گشود که هشدار دهد، اما صدایی از گلویش خارج نمی‌شد. خوابی که رفته رفته تعبیر می‌شد، همچو بختک بر سینه‌اش سنگینی می‌کرد و علیرغم تلاش، قدرت تکلم را از او سلب کرده بود. دهانش باز مانده بود، اما فریادی از گلویش بیرون نمی‌آمد و این حالت تا آنجا دوام یافت که نقابداران آنها را در محاصره گرفتند. یوشیتا با همه‌ی توان و لیکن

بریده بریده و الکن به سخن درآمد و گفت:

«مراقب باشید!... آنها... شمشیرهاشان به زهر آغشته است!»

نخستین نفر که نسبت به حضور تهدیدآمیز نقابداران واکنش نشان داد، سردار اوژن بود. او طوری که بقیه بشنوند گفت:

«از افراد بازور هستند، اینجا چه می‌کنند؟»

ژیوار دست بر قبضه‌ی شمشیر نهاد و آهسته گفت:

«دوستان آماده‌ی نبرد باشید.»

رابین گفت:

«عده‌شان زیادست؛ گفتگو کنیم، شاید ما را نشناخته باشند.»

ژیوار گفت:

«به سم اسبانشان خوب نگاه کنید.»

همه نگاه کردند و جامین زودتر از بقیه گفت:

«سم اسبانشان خون‌آلودست.»

و ژیوار نتیجه‌ی این مفهوم را بیان کرد و گفت:

«بنظرتان کسانی که سم اسبشان به خون‌آلوده است اهل گفتگویند یا فرمان کشتار دارند؟»

یوشیتا که خود را بازیافته بود، مقابل آنان ایستاد و ملتمسانه گفت:

«من عاقبت شوم این مبارزه را قبلاً دیده‌ام؛ التماس می‌کنم که بگریزید.»

اما یورش ناگهانی نقابداران که انگار از فرمانی درونی و مرموز پیروی می‌کردند، مجال برای تفکر در چند و چون سخن یوشیتا باقی نگذاشت و به زودی صدای چکاچاک برخورد تیغه‌های شمشیر و نعره‌های مبارزه‌جویانه و شیهه‌ی اسبان، آخرین کلام هشدارآمیز یوشیتا را نیز در هیاهوی خود فرو خورد.

«صورت خود را از زخم شمشیرهای‌شان محفوظ دارید!»

یوشیتا برای ممانعت از آنچه که پیش‌بینی می‌کرد، پیش از دیگران وارد نبرد

شد. او به هر طرف می‌تاخت و خود را سپر بقیه می‌کرد و بی‌واهمه می‌جنگید، آنقدر که شدت خستگی بر او غالب شد و رفته رفته دیدگانش تار گردید، از هوش رفت و از زین اسب فرو افتاد.

•••

چه مدت گذشت، نفهمید و هنگامی که نسیمی خنک او را به هوش آورد، سکوت عجیبی همه جا را فرا گرفته بود. سر بلند کرد و به اطرافش نگریست. اجساد کشته‌شدگان در هر گوشه‌ای پراکنده بود. سراسیمه برخاست و به جستجو در میان آنان پرداخت. همه آنها از نقابداران سیاهپوش بودند و اکنون نقاب بعضی‌هاشان کنار رفته و چهره‌ی عجیبشان آشکار بود. آنان به شکلی غیرمعمول فاقد دهان بودند. تلاش او برای یافتن حتی یکی از یارانش بی‌نتیجه ماند. در همین لحظه شیهه‌ی اسبی از درون کاروانسرا، او را متوجه آنجا کرد و در یک آن کابوس شب پیش به یادش آمد و بی‌درنگ به طرف کاروانسرا دوید. همه‌ی اسبان در صحن کاروانسرا رها بودند. دیوانه‌وار به جستجوی حجره‌ها پرداخت و سرانجام در یکی از حجره‌ها آنچه را انتظار داشت مشاهده کرد. همه در حالی که زخم بر گونه داشتند، هر کدام گوشه‌ای بیهوش افتاده بودند. درست شبیه منظره‌ای که قبلاً در خواب دیده بود و فهمید که باید بی‌معطلی به سراغ ژیوار برود. ژیوار که آهسته ناله می‌کرد، با دیدن او قصد حرف زدن داشت که یوشیتا به او مجال نداد و گفت:

«خودت را به زحمت ننداز؛ همه چیز را از پیش می‌دانم، باید به سراغ زیما بروم. دوای زخم شما نزد اوست.»

ژیوار با لبخندی بی‌رمق گفته‌ی او را تأیید کرد.

•••

یوشیتا مسیری را که قبلاً در خواب آزموده بود در پیش گرفت و مطمئن بود که از همان راه به شهر می‌رسد. در راه همه‌اش با خود فکر می‌کرد که چرا او از زخم تیغ مهاجمان مستثنی مانده است و به نتیجه‌ای نمی‌رسید.

•••

به شهرکه رسید، از روی نشانه‌هایی که به یاد داشت، مستقیماً به جایی رفت که زیما در آنجا معرکه گرفته بود، اما بر خلاف تصور و انتظاری که داشت اثری از زیما و بساط معرکه‌اش در آنجا ندید. سر درگم بود که چه کند و چاره‌ای به نظرش نرسید، مگر آن که در همان حوالی گشت وگذاری کند تا بلکه نشانی از زیما بیابد. وارد بازار شهر شد و در همان ابتدای ورود با دو نقابدار سیاهپوش مواجه شد که از روبرو به سمت او می‌آمدند. یک لحظه تصمیم گرفت که برگردد، اما وجود دو نقابدار سیاهپوش دیگر در پشت سرش، مجال هرواکنشی را از او سلب کرد. چاره‌ای ندید جز این که بایستد و خود را به تماشای فرشی که به دیوار آویخته شده بود مشغول نشان بدهد. او در حالی‌که سعی می‌کرد خونسرد و بی‌تفاوت بنماید، پنجه بر قبضه‌ی شمشیر نهاد و مراقب بود که غافلگیر نشود. چهار نقابدار از دو طرف به او نزدیک شدند و بر خلاف تصور یوشیتا از کنارش گذشتند و توجهی به حضورش نکردند. یوشیتا تعجب کرد و دوباره پرسش پیشین در ذهنش جان گرفت که دلیل بی‌توجهی نقابداران مهاجم به او در صحنه‌های خواب و بیداری چیست. او دقایقی بعد و با دیدن کسبه و مشتریانی که به کار خرید و فروش مشغول بودند پاسخ سؤالش را گرفت. یوشیتا برای نخستین بار آثار زخم کهنه‌ای را در چهره‌ی یکایک آنها می‌دید که شیاری در گونه‌ی آنها از زیر چشم تا کنار لب باقی گذاشته بود، زخمی که در صورت خنده، حالتی کریه به چهره‌ی آنان می‌بخشید، حالتی که احتمالاً وادارشان می‌کرد که از خنده پرهیز کنند، حسی که از دیر باز به واسطه‌ی اثر زخم کهنه‌ی در چهره‌ی خودش، برایش آشنا بود. او اکنون حدس می‌زد که علت مصون ماندش از زخم شمشیر مهاجمان، اثر زخمیست که بر چهره داشته است و این پرسش بزرگ برایش به وجود آمد که هدف نقابداران از ایجاد چنین زخمی در چهره‌ی دیگران چه بوده است. او هنوز در همین فکر بود که جنب و جوش و تحرک نقابدارانی که در بازار گشت زنی می‌کردند توجهش را جلب کرد. آنان همگی با شمشیرهای آخته

به سمتی می‌دویدند که از آنجا صدای خنده‌های گروهی کودک به گوش می‌رسید. کنجکاوی یوشیتا به شدت تحریک شده بود. دهنه‌ی اسب را رها کرد و بی‌اختیار بدنبال نقابداران دوید. آنان چنان به سرعت در کوچه پس‌کوچه‌های پشت بازار می‌رفتند که یوشیتا به زودی گمشان کرد. او پشت دیواری ایستاد و مترصد بود که از کدام جهت برود که ناگهان صدای خنده‌های کودکانه تبدیل به جیغ و فریادهایی ناشی از ترس و وحشت شدند. یوشیتا بی‌معطلی از دیوار که کنارش ایستاده بود بالا رفت و ناظر صحنه‌ای دهشتناک در کوچه‌ی پشت دیوار شد. کودکان دختر و پسر از وحشت نقابداران به هر سمتی می‌گریختند و مادران‌شان با التماس از آن گروه بی‌رحم درخواست می‌کردند که به کودکان‌شان رحم کنند. نقابداران توجهی به ضجه‌ی کودکان و التماس مادران نداشتند و هر کودکی را که به چنگ می‌آوردند، اثری از زخم شمشیر بر گونه‌شان می‌نشاندند و دیری نپایید که مادران، فرزندان خونین چهره را با خود بردند و نقابداران نیز با همان سرعت که اجتماع کرده بودند، پراکنده گشتند. شاید اگر صدای شیهه‌ی اسب نمی‌بود، یوشیتا برای مدت‌ها همانجا مات و مبهوت باقی می‌ماند، اما صدای شیهه او را متوجه پشت سرش کرد. اسب او را پیدا کرده و در حالی که روی دو پایش بلند شده بود، پی‌درپی شیهه می‌کشید و با این عمل نشان می‌داد که قصد دارد او را به مکان دیگری ببرد.

•••

جایی که اسب مستقیماً او را به آنجا برد، همان مکان آشنایی بود که یوشیتا بخاطر دیدن زیما در جستجویش بود. جمعیت زیادی اطراف سکو جمع شده بودند و از تماشای حرکات زیما و خواهرش لذت می‌بردند. زیما مشغول آتش‌خواری بود و ژینا پی‌درپی مشعل‌های روشن را به دست او می‌داد و وی شعله‌های هر یک را به شیوه‌ای تازه می‌خورد. یکی را گاز می‌زد، یکی را هورت می‌کشید، یکی را لیس می‌زد و یکی را با دست تکه‌تکه می‌کند و می‌خورد و هر عمل او موجی از خنده و نشاط بر می‌انگیخت و در آن میان تنها یوشیتا بود که بی‌صبرانه انتظار پایان نمایش را

می‌کشید تا هر چه زودتر زیما را در جریان اتفاقی که برای دوستانش افتاده بود بگذارد. نمایش بعدی عجیب و باورنکردنی بود. ژینا درِ جعبه‌ای چوبی راگشود و اسبان زیبای سفیدی یکی بعد ازدیگری از درون جعبه بیرون آمدند و به فرمان زیما مجموعه‌ای از حرکات هماهنگ و زیبا و باورنکردنی را به نمایش می‌گذاشتند و جمعیت را غرق شادی و نشاط می‌کردند که در بحبوحه‌ی آن فریاد بلند ژینا همه چیز را تغییر داد.

«فرار کنید! فرار کنید! نقابداران می‌آیند!»

سواران نقابدار به تاخت از دور می‌آمدند و قبل از رسیدن آنها جمعیت به سرعت پراکنده شدند. زیما سوار بر اسبی شد و قصد گریز داشت که یوشیتا با اسبش راه او را بست و ملتمسانه گفت:

«نه، نرو! دوستانم زخمی و مسموم شده‌اند و به کمک تو نیاز دارند.»

اما زیما به هر طریق ممکن خود را از تنگنا رهاند و لحظه‌ای قبل از رسیدن نقابداران از مهلکه گریخت. یوشیتا در پی او فریاد کشید:

«لااقل بگو تراکجا پیدا کنم لعنتی؟»

ژیناکه چوبی به دست گرفته بود به استقبال سواران نقابدار شتافت و شجاعانه تن ظریفش را سد رفتن آنان کرد. سواران که گویا هدفی جز دستیابی به زیما نداشتند، بی‌توجه به او، مسیرشان را به سمت تعقیب زیما تغییر دادند و از این رهگذر ژینا در میان تنه و دست وپای اسبان گرفتار شد. یوشیتا شمشیر از نیام کشید و بی‌واهمه به مقابله با آنان شتافت.

«با من بجنگید جنایت پیشه‌گان، با من بجنگید!»

فریادهای مبارزه جویانه و حتی سرنگونی دو تن از آنان به ضرب شمشیر او از روی اسب، موجب نشد که بقیه از تعقیب زیما منصرف شوند،گویی که آنها فقط به قصد زیماگسیل شده بودند و اراده‌ای دیگری از خود نداشتند. یوشیتا خودش را بالای سر ژینا رساند که بی‌حال درگوشه‌ای افتاده بود. یوشیتا قبل از هر کار از او پرسید:

«او کجا رفت؟ برادرت کجا رفت؟»

ژینا نای جواب دادن نداشت و از هوش رفت. خواب یوشیتا به شکل دیگری تعبیر می‌شد و او فهمید که برای یافتن زیما باید خواهر او را همراه خود ببرد و لذا معطل نکرد و جسم بیهوش ژینا را بر ترک اسبش سوارکرد و راه کاروانسرا را پیش گرفت.

•••

درکاروانسرا شرایط دگرگون شده بود. از اسبان نشانی در صحن آنجا نبود. یوشیتا ناخودآگاه اسب و ژینا را رها کرد و خود را به حجره‌ی اقامت دوستانش رساند و برخلاف انتظار اثری از آنان در آنجا ندید. سراسیمه به حیاط برگشت و در اینجا هم اثری از ژینا برگرده‌ی اسبش نبود. یوشیتا زیر لب غرید و گفت:

«تو یکی را می‌دانم کجا رفته‌ای!»

و با شتاب خود را به چاه آب رساند و چرخ آن را با قدرت چرخاند و دلو را بالا کشید، اما در دلو بجز آب چیزی نبود. با خشم دلو را در چاه رها کرد، صدای چرخش چرخ چاه با صدای سم اسبانی که به تاخت می‌آمدند توأم شد و تا به خود آمد سواران نقابدار صحن کاروانسرا را اشغال کردند. یوشیتا شمشیر را از نیام کشید و آماده‌ی مبارزه شد. نقابداران بی‌توجه به حضور او به جستجوی حجره‌ها مشغول شدند. وجود یوشیتا از نفرت مالامال شده بود و بی‌اختیار نعره برآورد و گفت:

«آنان که دنبالشان هستید همه دوستان منند و من اکنون آماده‌ام که انتقام‌شان از شما بزدلان بگیرم. بیایید با من بجنگید!»

و چون واکنش مهمی از نقابداران ندید، برای تحریک آنان خنده‌ی بلند و تمسخرآلود سرداد و گفت:

«دنبال کی هستید، شما مگر جز کودکان هماوردی نمی‌شناسید؟»

قهقهه‌ی تمسخرآلود یوشیتا، به یکباره اوضاع را دگرگون کرد و نقابداران را از هرکجا بودند، به سمت او کشاند. یوشیتا که تصور چنین یورشی را نداشت، تمام مهارت‌هایی را که در مبارزه‌ی تن به تن آموخته بود، به کار بست و جانانه جنگید. او در حمله و گریزهایش تعدادی از نقابداران را از پای درآورد، ولی نفرات مهاجم

آنقدر زیاد بودند که عاقبت خستگی بر او غلبه کرد و در یک غافلگیری، تیغ تیز شمشیری گونه‌اش را شکافت. او مدتی پس از این جراحت نیز به مبارزه ادامه داد، اما هر لحظه که گذشت توانش کاهش یافت و جهان در مقابل دیدگانش تار و تارتر شد و در آخر به زانو افتاد و بر زمین غلتید.

•••

وقتی‌که یوشیتا چشم گشود، در خود احساس رخوت می‌نمود. ابتدا گیج بود و نمی‌دانست که چه به سرش آمده است تا کم‌کم آنچه را که اتفاق افتاده بود به یاد آورد. سرش را به پهلو چرخاند و سعی کرد اطرافش را نگاه کند. اولین چیزی که دید غلاف چرمینی بود شبیه به آنچه که ژیوار کتابش را درون آن می‌نهاد. آهسته دستش را دراز کرد و آن را جلو کشید. کتابی از درون غلاف بیرون افتاد که برای یوشیتا کاملاً آشنا بود. باورش نمی‌شد؛ او مطمئن بود که ژیوار کتاب و غلافش را قبل از ورود به دالان مارها در آب انداخته بود، پس اکنون آن کتاب در اینجا چه می‌کرد؟ یادش آمد که ژیوار در ترغیب بقیه برای به آب انداختن وسایل‌شان، گفته بود «در سبک کردن خود تردید نکنیم و امیدوار باشیم که رودخانه هر آنچه را پاک و مفید است به دست اهلش برساند.» پس آیا اکنون کتاب هم به دست اهلش رسیده بود؟ لحظه‌ای در زنده بودن خود شک کرد و با تردید نیم‌خیز شد تا موقعیت خود را بهتر درک کند. او با دقت بیشتر خودش را در بستری تمیز، درون حجره‌ای باز مشاهده کرد که جزیی از یک تالار وسیع با حجره‌های مشابه در اطراف آنجا بود. در تالار، افراد زیادی در رفت و آمد بودند که او در میان‌شان یاران آشنای خود را شناسایی کرد که همگی در گاری‌های دستی، پتک، کلنگ و تیشه حمل می‌کردند و آنها را بین مردمی که درون حجره‌ها بودند، تقسیم می‌کردند. یوشیتا از علت حضور خود و دوستانش در آن مکان عجیب سر در نمی‌آورد، اما خوشحال بود که مرده یا زنده در کنار بقیه است، مخصوصاً حضور ژیوار به او قوت قلب می‌بخشید و با همین دلگرمی با دشواری از بستر برخاست و به هر زحمتی بود، خودش را به ژیوار رساند و در حالی که سعی

می‌کردگاری دستی را از او بگیرد گفت:

«مرا تنها گذاشته بودید، ولی سرانجام آمدم.»

ژیوار با لبخندی سرشار از مهربانی به زخم صورت یوشیتا که هنوز خون‌آلود بود نگاه کرد و گفت:

«بله آمدی، اما هنوز نیاز به مراقبت داری.»

و زیر بغل یوشیتا را گرفت و دوباره او را به بستر بازگرداند. ژیوار ضمن شستشوی زخم صورت یوشیتا با لبخندی معنی‌دار از او پرسید:

«چرا نمی‌خواستی در آن کاروانسرا ساکن شویم؟»

یوشیتا جواب داد:

«می‌دانستم چه سرنوشتی در انتظار ماست. همه چیز در رؤیای من زنده بود. می‌خواستم ازین سرزمین بسلامت بگذریم تا آرزوی دیدار با ساینا را به گور نبرم.»

ژیوار گفت:

«و خبر نداشتی که سرنوشت ما با سرنوشت این مردم گره خورده است.»

یوشیتا پرسید:

«این جانیان نقابدار چه کسانیند و از جان مردم چه می‌خواهند.»

ژیوار جواب داد:

«لشکریان بازور. اسم او را شنیده‌ای؟»

یوشیتا با تعجب پرسید:

«یعنی این همه راه پیموده‌ایم و هنوز در نقطه‌ی آغاز هستیم؟»

ژیوار با لحنی رازآلود جواب داد:

«شاید هم در نقطه‌ی پایان.»

یوشیتا جواب روشنی نگرفته بود، اما سؤال مهم دیگری را هنوز در ذهن داشت که می‌بایست جوابش را بداند و لذا پرسید:

«چرا نیش شمشیر این خبیثان تنها صورت مردمان را آماج گرفته است.»

ژیوار با نگاه به مردمی که ازکنار حجره می‌گذشتند و همه زخم شمشیر بر چهره داشتند جواب داد:

«اینان فرقه‌ای نفرت‌انگیزند که جز دشمنی با شادی و نشاط چیزی نیاموخته‌اند.»

یوشیتا گفت:

«من صورت تعدادی از آنها را دیدم؛ دهان نداشتند.»

ژیوار گفت:

«آنان خیلی وقت‌ست که سخن گفتن را فراموش کرده‌اند و لذا دهانی برای گفتگو ندارند و زبان‌شان، زبان شمشیرست. کریه‌المنظرانی هستند که تحمل زیبایی و لبخند را ندارند و به همین دلیل تیغ بر چهره‌ی مردمان می‌کشند.»

یوشیتا با اندوه و نفرت گفت:

«و من را که اثر زخم بر چهره داشتم، به حساب نیاوردند!»

ژیوار گفت:

«و هم این‌که هرگز چهره‌ات به لبخند گشوده نبود.»

و به خاطر نگاه افسرده‌ی یوشیتا ادامه داد:

«می‌دانم که غم مردم رنجدیده‌ی سرزمینت، مجال هر لبخندی را از تو گرفته است، ولی فراموش نکن که شکفتن هر لبخند بر لبان انسان، زخم هزار شمشیر را از یاد می‌برد.»

یوشیتا پرسید:

«به خاطر همین زیما برای خنداندن مردم هر لحظه خطر را به جان می‌خرد؟»

ژیوار سرش به نشانه‌ی تأیید تکان داد و گفت:

«تا صدای خنده در این سرزمین بلند باشد، بازور آرزوی چیرگی بر مردمان را به گور خواهد برد.»

یوشیتا پرسید:

«مردم تا کی باید تاوان سنگین اشتباه‌شان را بپردازند؟»

ژیوار جواب داد:

«عصر امروز جواب پرسش تو را می‌دهم.»

••••

عصر آن روز حال یوشیتا آنقدر بهتر شده بود که ژیوار پیشنهاد سفر کوتاهی را به
او بدهد.

آنان از راهی مخفی در انتهای تالار، وارد گذرگاه باریکی شدند که به یک آبراهه
منتهی می‌شد. در آنجا قایقی در اختیارشان نهاده شد و آن دو پاروزنان مسیر آبراهه
را در پیش گرفتند تا در انتهای آن به دریاچه‌ای رسیدند. دریاچه در غاری فراخ واقع
شده بود که دیواره‌های بلند آن منظره‌ای شگفت‌انگیز داشت و راه عبوری باریک در
بلندای آن دیده می‌شد. ژیوار با اشاره به دریاچه گفت:

«زمانی که آتش از اعماق این آب‌ها شعله‌ور شود، طلسم بازور شکسته خواهد
شد.»

یوشیتا با تعجب پرسید:

«آتش از اعماق آب؟»

ژیوار در جواب او گفت:

«در آب دقیق شو، بگو چه می‌بینی؟»

یوشیتا به آب زلال دریاچه چشم دوخت و دید که در اعماق آن نور سرخ عجیبی
می‌درخشد. پرسید:

«آن نور سرخ چیست؟»

ژیوار جواب داد:

«آتشی که هنوز شعله‌ور نشده.»

در راه بازگشت، ژیوار توضیح داد:

«زمانی که بخار از آب دریاچه برخیزد، روز پایان رنج این مردم است و آثار این
زخم کریه از چهره‌ها زدوده می‌شود و تا آن زمان راز دریاچه باید از بازور پنهان بماند.»

یوشیتا پرسید:

«تا آن روز ما هم در این سرزمین می‌مانیم، یا باید به سفر ادامه بدهیم؟»

ژیوار جواب داد:

«با زخم‌هایی این چنین کریه، شایسته نیست به دیدار ساینا رفت. پایان این راه از میان آب جوشان دریاچه می‌گذرد.»

یوشیتا پرسید:

«بقیه هم می‌دانند؟»

ژیوار جواب داد:

«بله، می‌دانند.»

• • •

به تالار که برگشتند، یوشیتا فکر نمی‌کرد که تجربه‌ی حضور در شهر زیرزمینی جزیره‌ی گل‌ها دوباره تکرار می‌شود. در میانه‌ی تالار داربستی بر پا شده و رشته‌های بلند ریسمان بر فراز آن استوار گشته بود تا مردان بر روی ریسمان‌ها تمرین جنگاوری کنند. هر دو نفر هم‌اورد می‌بایست ضمن مبارزه با حریف، تعادل خود را نیز حفظ می‌کرد. آن‌هایی که از داربست سقوط می‌کردند، مجبور بودند که دوباره زحمت بالا رفتن را تحمل کنند. سقوط‌های پیاپی افراد موجب خنده و نشاطی در میان تماشاگران شده بود و آن‌ها را نیز ترغیب می‌کرد که مهارت خود را بر روی ریسمان‌ها بیازمایند و در این میان ژینا ماهرانه بر طبل کوچکی می‌کوبید و بر هیجان ماجرا می‌افزود. یوشیتا از ژیوار پرسید:

«شرط می‌بندم که این بساط، ابتکار زیماست. درست نمی‌گویم؟»

«من فقط مجری دستورات ژیوار هستم.»

یوشیتا با شنیدن این سخن برگشت و زیما را در پشت سر دید که دو شمشیر در دست داشت. او یکی از آن‌ها را به طرف یوشیتا انداخت و گفت:

«می‌خواهی مهارتت را امتحان کنی؟»

یوشیتا شمشیر را در هوا گرفت و گفت:

«به امتحانش می‌ارزد.»

ژیوار به یوشیتا گفت:

«صبر نمی‌کنی که همه‌ی توان از دست داده‌ات را باز یابی؟»

یوشیتا لبخندی زد و گفت:

«نه. فوقش می‌افتم و کمی بقیه را می‌خندانم.»

ژیوار خندید و گفت:

«راست می‌گویی؛ به اینش می‌ارزد.»

صعود ماهرانه‌ی زیما از یکسو و یوشیتا از سوی دیگر به بالای داربست، توجه همه را به خود جلب کرد و با شروع مبارزه‌ی نمایشی آن دو، کم‌کم صحنه از دیگر مبارزان خالی شد و همه جلب تماشای حرکات چابک آن دو بر روی ریسمان باریک شدند. هیچ‌کدام نمی‌توانستند آن دیگری را وادار به سقوط کنند و از این رو لحظات مهیجی را می‌آفریدند. ژیوار با نگاهی تحسین‌آمیز به نمایش آن دو چشم دوخته بود و لذت می‌برد. رابین و بقیه هم که از توزیع پتک، تیشه و کلنگ فارغ شده بودند، به ژیوار پیوستند و به مبارزه جالب توجهی که بر روی بند در جریان بود نظر دوختند و به وجد آمدند.

رابین وزیر به سردار اوژن گفت:

«هرگز به مخیله‌ام خطور نمی‌کند که روی دیوار پهنی راه بروم تا چه رسد به این ریسمان باریک.»

سردار اوژن که یاد جوانی‌هایش افتاده بود، گفت:

«فقط باید به روبرو نگاه کنی؛ آن وقت فرقی نمی‌کند که زیر پایت ریسمانی باریک باشد یا دشتی پهناور.»

کاراکو گفت:

«وقتی که سرخوش باشی، حاضری تا ته دنیا بر روی ریسمان بروی.»

جامین کیمیاگر به طنز گفت:

«حتی می‌توانی توی آینه شنا هم بکنی.»

بر روی ریسمان، زیما حین مبارزه به یوشیتا گفت:

«دلم می‌خواهد بدانم اکنون به چه فکر می‌کنی؟»

یوشیتا ضرب شمشیر او را دفع کرد و جواب داد:

«به مردم سرزمینم.»

زیما سری تکان داد و گفت:

«درست به همان چیزی که من فکر می‌کردم... و می‌دانی الان وقت چیست؟»

یوشیتا پرسید:

«وقت چیست؟»

زیما جواب داد:

«وقت آن است که آواز بخوانیم.»

یوشیتا گفت:

«بخوان.»

زیما شروع به خواندن آواز کرد. مضمون شعرهای حماسی آواز درباره‌ی مبارزه با بازور، پیروزی بر او و ملاقات با ساینا بود. یوشیتا هم با او هم آواز شد و در پایین سرگش که به سر شوق آمده بود با صدای زیبا و رسایش به آن دو پیوست. ژیوار هم شروع به هم‌نوایی کرد و رفته‌رفته بقیه هم یکی بعد از دیگری آواز را همراهی کردند و چیزی نگذشت که طنین پرقدرت صدای جمع، فضای تالار را به لرزه درآورد. اشک شوق از چشمان همه جاری بود و گونه‌های زخمی‌شان را خیس می‌کرد. یوشیتا هرگز فکر نمی‌کرد که روزگار، انتخابی چنین متفاوت را پیش پای او قرار دهد.

•••

فردای آن روز که زیما باز هم در گوشه‌ای دیگر از شهر بساط سرگرمی پهن کرده بود خطاب به جمعیت انبوهی که آن‌جا گرد آمده بودند گفت:

«دوستان، مرا ببخشید که شما را معطل نگه‌داشته‌ام. امروز قصد دارم نمایشی برایتان اجرا کنم که خاطره‌ی آن را سال‌ها از یاد نبرید، اما... اما با کمال تأسف من منتظر همکاری هستم که نمی‌دانم چرا دیر کرده.»

و تا مردم خواستند واکنش‌های نومیدانه نشان دادند، زیما فوراً به سخن ادامه داد و گفت:

«صبر کنید! انگار دارد می‌آید.»

گوشش را به زمین چسباند و دوباره گفت:

«آره، انگار دارد می‌آید؛ صدای پایش را می‌شنوم!»

و از جا بلند شد و جمعیت را مخاطب قرار داد و گفت:

«کنار بروید... کنار بروید، دارد می‌آید.»

مردم کنار رفتند و گذرگاهی در میان‌شان گشوده شد و در انتهای گذرگاه سر و کله‌ی گربه‌ای پیدا شد که میومیوکنان جلو می‌آمد. جمعیت از دیدن گربه به هیجان آمده بود و هیاهوکنان او را تشویق به رفتن می‌کردند. گربه به سکو که نزدیک شد با چالاکی جستی زد و بر روی چارپایه و از آنجا بر سقف اتاقک چوبی بالای سکو فرود آمد و همانجا نشست. زیما دست‌ها را رو به جمعیت گشود و گفت:

«حالا ببینید و لذت ببرید از نمایش امروز!»

و خود نیز به چالاکی گربه، با جهشی بر روی چارپایه و از آنجا بر سقف اتاقک، کنار گربه فرود آمد و فوراً با کشیدن یک ریسمان، پرده‌های جانبی را افکند و اتاقک را از دید جمعیت پنهان کرد. لحظاتی در سکوت و انتظار گذشت و سرانجام وقتی که پرده افتاد، زیما و گربه از روی سقف اتاقک ناپدید شده بودند. مردم از تعجب واکنش نشان دادند و منتظر بقیه‌ی ماجرا ماندند. لحظه‌ای بعد، درِ اتاقک آهسته گشوده شد و سرِ الاغی بیرون آمد و بعد از نگاهی به اطراف همچون گربه چند بار میو کرد. صدای خنده‌ی جمعیت برخاست و متعاقب آن درِ اتاقک به شدت گشوده شد و الاغ به چالاکی یک گربه از درون آن بیرون جست در حالی که زیما برگرده‌ی او نشسته

بود و نقابی شبیه به سواران بازور بر چهره داشت و دهلی به‌گردن آویخته بود. زیما ضربه‌ای بر دهل کوفت و الاغ با همان چالاکی از روی سکو پایین جست و هماهنگ با نوای دهل به حرکت درآمد. جمعیت که به نشاط آمده بودند به دنبال زیما و الاغش به راه افتادند. از هیاهوی جمعیت، درها و پنجره‌ها یکی بعد از دیگری گشود می‌شد و مردم با دیدن ماجرا که نمایشی تحقیرآمیز درباره‌ی نقابداران بود، به جمعیت می‌پیوستند. رفته‌رفته گروهی عظیم از مردمان شهر که با شور و غلغله نمایش را همراهی کردند به میدان شهر رسیدند و در آنجا ناگهان با اجتماع سواران نقابدار سیاهپوش مواجه شدند که پیشاپیش آنها بازور سوار بر اسب سیاهش نشسته بود.

زیما الاغ را ایستاند و دهل زدن را نیز متوقف کرد، اما جمعیت همچنان سرخوش و نترس از کنار او می‌گذشتند و به سمت سواران جاری بودند. زیما که از این شجاعت مردم به وجد آمده بود، نقاب را از چهره برداشت و با همه توان بر دهل کوبید. مردم با دست خالی قیام کرده بودند. آنها شجاعانه نقابداران را از روی اسب‌ها پایین می‌کشیدند و گرچه چهره‌هاشان پی‌درپی آماج تیغ شمشیر قرار می‌گرفت، همچنان به این نبرد نابرابر ادامه می‌دادند.

•••

در شهر زیرزمینی، ژیوار و یارانش گرداگرد تالار نشسته بودند و شمشیرها را صیقل می‌دادند که زیما با تنی زخمی و غرق خون آمد و خبر قیام مردم را آورد و با صدای بلند مژده داد:

«امروز همه‌ی مردم شهر خندیدند. امروز همه‌ی مردم شهر خندیدند!»

ژیوار که انگار در همان لحظه انتظار شنیدن خبر دیگری را هم داشت، به انتهای تالار چشم دوخت. جایی که ژینا از راه مخفی بیرون آمده بود و به سمت آنها می‌دوید و از همان دور فریاد می‌کشید:

«از آب دریاچه بخار بر می‌خیزد!... از آب دریاچه بخار بر می‌خیزد!»

جمله‌ی زیما و فریاد ژینا پیامی در دل نهفته داشت که ژیوار بی‌درنگ و با همه‌ی

نیرو فریاد برآورد:

«دیوارها را برای ورود مردم شهر بشکافید!»

ندای بلند ژیوار موجب شد که همه به طرف حجره‌ها هجوم ببرند و به زودی با پتک و کلنگ و تیشه برگردند و شروع به تخریب قسمت‌هایی از دیوار تالار بکنند که قبلاً نشانه‌گذاری شده بودند. دیری نگذشت که نور خورشید از شکاف‌هایی که ایجاد شد به درون تالار تابید و مردمی که پشت دیوارها بودند، با چهره‌های خون‌آلود و بدن‌های زخمی به درون هجوم آوردند. ژیوار از اطرافیانش خواست که همه را از تازه واردان و ساکنان قبلی به سمت مدخل دالان هدایت کنند. جمعیت زیاد بود و مدخل دالان تنگ. اول بچه‌ها و پیرها، بعد زنان به درون هدایت می‌شدند و هنوز عده‌ی زیادی باقی مانده بودند که نقابداران سیاهپوش از دیوارهای شکافته وارد تالار شدند. بازور با همان هیبت ترسناک و چشمان خون‌رنگی که از شکاف نقاب وحشت می‌آفرید، پیشاپیش مزدورانش آمده بود که کار را یکسره کند. ژیوار شمشیر از نیام کشید و با صلابتی که از او انتظار می‌رفت خطاب به یارانش ندا در داد:

«می‌جنگیم و سپر مردمانی می‌شویم که باید بروند.»

به زودی همه‌ی آنان که برای چنین لحظه‌ای فنون مبارزه آموخته بودند، شمشیرها و نیزه‌ها و چوب‌ها را برداشتند و با نقابداران درگیر شدند. سردار اوژن و یوشیتا که خود سالیان متمادی فنون جنگی را آموخته و به‌کار برده بودند، از مهارت و شجاعت ژیوار در شگفت مانده بودند. او هم به خوبی می‌جنگید و هم از یارانش حمایت می‌کرد و نشان می‌داد که ویژگی‌های یک فرمانده‌ی تمام عیار را دارا می‌باشد.

وقتی که تالار از پناهجویان تخلیه شد، ژیوار خودش را به زیما که علیرغم تن مجروح، هنوز جانانه می‌جنگیدند، رساند و به او گفت:

«اکنون نوبت هنرنمایی توست.»

زیما که منظور ژیوار را به خوبی درک کرده بود، به چالاکی یک گربه از داربست بالا رفت و به ریسمانی چنگ انداخت و خود را رها کرد. ژینا هم که دلش طاقت

نیاورد برادر را تنها بگذارد، با همان چابکی، به ریسمانی دیگر چنگ انداخت و در یک لحظه نقابداران سیاه‌پوش دیدند که مرد و زنی در میان زمین و آسمان آونگ شده‌اند و با هر نوسان تیغ مرگ بر سرشان فرود می‌آرند. ژیوار از فرصتی که زیما به وجود آورده بود استفاده کرد و از بقیه‌ی خواست که خود را به ورودی دالان برسانند. همه از او اطاعت کردند، به جز یوشیتا که درخواست کرد بماند و به زیما و خواهرش کمک کند. ژیوار به او گفت:

«تو مگر نمی‌خواهی به دیدار ساینا بیایی؟»

یوشیتا گفت:

«اگر سعادتش را داشته باشم، با او ملاقات می‌کنم.»

ژیوار که در چند روز گذشته متوجه دلباختگی یوشیتا به ژینا شده بود، در کلام او و قار عاشقانه‌ای دید که وی را مجاب کرد به اراده‌ی او گردن نهد.

ژیوار آخرین نفری بود که تالار را ترک می‌کرد و در آخرین لحظه برگشت و میدان نبرد را نگاه کرد. یوشیتا به زیما و ژینا پیوسته بود و سه‌تایی در جهات مختلف در نوسان بودند و نقابداران را به ستوه آورده بودند. ژیوار قبل از ورود به دالان شنید که بازور با آن صدای کریهش به سربازان فرمان می‌داد که از تیر و کمان استفاده کنند. ژیوار با لحنی حزن‌آلود زیر لب زمزمه کرد:

«به امید دیدار یاران وفادار!»

و وارد دالان شد.

●●●

وقتی که ژیوار از طریق آبراهه به ساحل دریاچه رسید، بقیه‌ی همراهانش در آنجا بودند و انتظارش را می‌کشیدند. مردمی که از هجوم نقابداران گریخته و به آنجا هدایت شده بودند، در مسیر باریک و مرتفع مشرف به دریاچه عبور داده می‌شدند. همه‌ی آنها در معرض بخار نارنجی رنگ غلیظی قرار داشتند که از سطح دریاچه بر می‌خاست، بخاری که ناشی از جوشش آب بر اثر گدازه‌های سرخی

بودند که در عمق دریاچه می‌جوشیدند و به طرز معجزه‌آسایی اثر کریه زخم را از چهره‌های گذرندگان می‌زدود.

ژیوار به محض آن که به همراهانش ملحق شد با شعف گفت:

«دوستان لحظه‌ای که انتظارش را می‌کشیدیم فرا رسیده؛ نگاه کنید، آتش در اعماق آب شعله‌ور شده است.»

همراهان ژیوار که مژده‌ی وقوع این لحظه را قبلاً از او شنیده بودند، برای ادامه‌ی سفر بی‌تابی می‌کردند.

سردار اوژن پرسید:

«کی باید به دیدار ساینا برویم؟»

ژیوار چشم به اعماق آب دوخت و گفت:

«هنگامی که آتش از درون آب فوران کند.»

حضور نقابداران به سرکردگی بازور که از آبراهه می‌آمدند، به انتظار آنها رنگ دیگری بخشید.

بازور، آکنده از کینه‌ی انتقام، مزودرانش را به سمت آنها هدایت می‌کرد و هر لحظه فاصله‌شان کمتر می‌شد. ژیوار و بقیه شمشیرها را از نیام کشیده و آماده‌ی یک جنگ نابرابر شدند. جامین کیمیاگر با نومیدی از ژیوار پرسید:

«آیا پس از این سفر طولانی قرارست سرنوشت ما در اینجا رقم بخورد بی‌آنکه به دیدار ساینا نایل شویم؟»

رابین با اندوه گفت:

«امیدوار بودم که او به من راه جبران اشتباهاتم را نشان دهد.»

رادمان و ماهور با هم گفتند:

«ما هم همین امید را داشتیم.»

آرشان طبیب با حسرت گفت:

«من تازه داشتم لذت تیمار مردمان کوچه و بازار را می‌چشیدم.»

کاراکو گفت:

«من هم داشتم تازه رفاقت با دیگران را تجربه می‌کردم.»

سرگش با بغض گفت:

«یکی پرده‌های اشک را از مقابل چشمانم کنار بزنند تا بهتر به دیدار فرشته‌ی مرگ بروم.»

سوبار آهی کشید و گفت:

«من هم شعرِ جاودانِ مرگ را می‌سرایم.»

اوژن سلحشورانه گفت:

«اکنون وقت مبارزه است، نه حسرت خوردن.»

دیانوش که هنوز چشم به آب دریاچه دوخته بود گفت:

«یاران من همه مرگشان در آب رقم خورد، من نیز ترجیح می‌دهم که در این فرجام شریک‌شان شوم.»

و هنوز سخن او به آخر نرسیده بود که آب به طرز غریبی ابتدا تبدیل به کوهانی سرخ و درخشان شد و سپس از دل آن آتشی خیره‌کننده فوران کرد.

ژیوار با فریادی شعف‌آلود به استقبال آرزوی دیانوش رفت و گفت:

«اکنون همه‌ی ما در این آرزو با تو همدلیم.»

و خطاب به بقیه گفت:

«هرکس هوای دیدن ساینا را دارد به دنبال من بیاید!»

ژیوار این را گفت و به درون آب پرید. دیانوش بی‌درنگ و بقیه نیز به فواصلی که متناسب با میزان بیم و امید در هر یک از آنان بود، به آب زدند. بازور به مزدورانش دستور تعقیب آنان را داد، اما نقابداران با توجه به جریان مواد مذاب آتشناکی که سطح دریاچه را فرا می‌گرفت، جرأت ورود به آب را نداشتند. ژیوار و بقیه به تدریج دور و در میان بخار نارنجی رنگ ناپدید شدند. پناهجویان از گذرگاه گذشته و راه به فراسوی امن یافته بودند و در این زمان که جز بازور و نقابداران در آنجا نمانده بودند، دل صخره‌ها

شکاف برداشت و جریان مذاب سوزنده به بیرون فوران کرد و مجالی برای گریز آنان باقی نگذاشت و همگی در زیر امواج سرخ و مذاب مدفون شدند. بازورکه فریاد وحشت‌زده‌اش در غار پیچیده بود، قبل از آن که به خاکستر تبدیل شود، چهره‌اش پی‌درپی تغییر شکل می‌داد که در آن میان سباک، شاه و ملکه‌ی سرزمین یوشیتا، مرغ مگس‌خوار، مارهای آبراه وحشت و ملکه‌ی سقیلا را می‌شد تشخیص داد.

هشتم ● دیدار●

ژیوار و یارانش که از دل آب‌های جوشان و بخار آتشین گذشته بودند، اکنون به طرز غریبی شناگران آب‌های لاجوردی رنگ دریاچه‌ای صاف و زلال بودند که میان قلل مرتفع محصور بود. آنان با همراهی ماهیانی که پولک‌هایشان به زیبایی رنگین‌کمان بود، نرم و لغزان شنا کردند و خود را به ساحل رساندند.

در ساحل، مردمانی که لباس‌هایی از حریر به تن داشتند به پیشواز آنها آمدند. چهره‌هاشان همه آشنا بود؛ پیشاپیش بقیه، گلنیا می‌آمد. تاویار و سرگل بازو در بازوی هم داشتند. یوشیتا و ژینا دست در دست یکدیگر می‌آمدند و زیما ساقدوش‌شان بود. برادران یوشیتا و یاران دیانوش هم بودند و عجیب‌تر از همه... تو هم در میان‌شان بودی!

هر دو گروه به هم ملحق شدید، نه شما از آنان پرسیدید که از کجا آمدید و نه

اینان پرسیدند که شما در این حوالی چه می‌کنید. همه چیز پذیرفتنی بود و فقط می‌بایست دست در دست یکدیگر به سمت قله‌ی روبرو رهسپار شوید، دامن از گل پُر کنید و آوازخوانان به دیدار ساینا بروید و چه باک اگر تاج زرینی به همراه نداشتید و زره رویینی و دفتر و دیوانی. و چه باک اگر حتی به دیدار ساینا نیز موفق نمی‌شدید که اکنون هر یک که به دیگری می‌نگریستید، وی را بجز ساینا نمی‌دیدید.

و به راستی که جملگی ساینا بودید.

نام‌نامه

آرشان از نام‌های تاریخی و کهن به معنی: دلیر، دلاور، نام پسر اردشیر دوم پادشاه هخامنشی.
اوژن از نام‌های سلحشورانه به معنی: بر زمین کوبنده و دشمن شکن.
بازور در قصه‌های شاهنامه نام جادوگری تورانی در سپاه افراسیاب بود که با ایجاد سرما و یخ‌بندان لشکر ایران را دچار مشکل می‌کرد و سرانجام به دست رهام پسر گودرز کشته شد.
تاویار از نام‌های کُردی به معنی: نگهبان آتش.
جامین از نام‌های کردی، اسم یکی از قهرمانان ایران زمین.
چترا واژه اوستایی و به معنای «نسل» می‌باشد. نام یکی از پادشاهان سلسله ماد.
دیانوش از نام‌های کهن ایرانی به معنی: دارنده‌ی جاودانگی.

رابین از نام‌های کردی به معنی: مشاور و معتمد.

رادمان از نام‌های تاریخی و کهن به معنی: رادمنش، با سخاوت، از شخصیت‌های شاهنامه، نام یکی از سرداران خسرو پرویز پادشاه ساسانی.

زیما از نام‌های اوستایی به معنی: زمین.

ژینا از نام‌های کردی و به معنی زندگی بخش از ریشه‌ی زندگی «ژین» می‌آید. ژینا در ایران باستان به معنی زن پیروز بوده.

ژیوار از نام‌های کردی به معنی: زندگی، نام کوهی در اورامان.

ساینا از نام‌های اوستایی به معنی: سیمرغ، دانا و باخرد، سایه‌ای که مشخص و قابل رؤیت باشد، عنقا.

سباک از نام‌های تاریخی و کهن به معنی: زرگر، از شخصیت‌های شاهنامه.

سرگش از نام‌های کهن پارسی، موسیقی‌دانی که در زمان خسرو دوم زندگی می‌کرد.

سَرگُل از نام‌های کردی به معنی: اولین گل، بهترین از هر چیز.

سقیلا نام شهری در روم که گشتاسب آنجا اژدها کشته است.

سوبار از نام‌های تاریخی و کهن به معنی: اسب سوار ـ لغت زند و پازند.

کاراکو از نام‌های باستانی ایرانی، نام یکی از سرداران ماد.

گلدایه نامی با ریشه‌ی کردی به معنی: مادرگلها.

گلزاد از نام‌های ایرانی به معنی: زائیده‌ی گل.

گلنیا به معنی: پدرگلها.

یوشیتا از نام‌های اوستایی، نام پهلوانی از خاندان فریان.